D0696700

Une simple histoire d'amour

TOME 4 • LES EMBELLIES

DU MÊME AUTEUR CHEZ LE MÊME ÉDITEUR:

Une simple histoire d'amour, tome 1: *L'incendie,* 2017
Une simple histoire d'amour, tome 2: *La déroute,* 2017
Une simple histoire d'amour, tome 3: *Les rafales,* 2017
L'amour au temps d'une guerre, tome 1: *1939-1942,* 2015
L'amour au temps d'une guerre, tome 2: *1942-1945,* 2016
L'amour au temps d'une guerre, tome 3: *1945-1948,* 2016
Les héritiers du fleuve, tome 1: *1887-1893,* 2013
Les héritiers du fleuve, tome 2: *1898-1914,* 2013
Les héritiers du fleuve, tome 3: *1918-1929,* 2014
Les héritiers du fleuve, tome 4: *1931-1939,* 2014
Les années du silence 1: *La tourmente* (1995) et *La délivrance* (1995), réédition 2014
Les années du silence 2: *La sérénité* (1998) et *La destinée* (2000), réédition 2014
Les années du silence 3: *Les bourrasques* (2001) et *L'oasis* (2002), réédition 2014
Mémoires d'un quartier, tome 1: *Laura,* 2008
Mémoires d'un quartier, tome 2: *Antoine,* 2008
Mémoires d'un quartier, tome 3: *Évangéline,* 2009
Mémoires d'un quartier, tome 4: *Bernadette,* 2009
Mémoires d'un quartier, tome 5: *Adrien,* 2010
Mémoires d'un quartier, tome 6: *Francine,* 2010
Mémoires d'un quartier, tome 7: *Marcel,* 2010
Mémoires d'un quartier, tome 8: *Laura, la suite,* 2011
Mémoires d'un quartier, tome 9: *Antoine, la suite,* 2011
Mémoires d'un quartier, tome 10: *Évangéline, la suite,* 2011
Mémoires d'un quartier, tome 11: *Bernadette, la suite,* 2012
Mémoires d'un quartier, tome 12: *Adrien, la suite,* 2012
La dernière saison, tome 1: *Jeanne,* 2006
La dernière saison, tome 2: *Thomas,* 2007
La dernière saison, tome 3: *Les enfants de Jeanne,* 2012
Les sœurs Deblois, tome 1: *Charlotte,* 2003
Les sœurs Deblois, tome 2: *Émilie,* 2004
Les sœurs Deblois, tome 3: *Anne,* 2005
Les sœurs Deblois, tome 4: *Le demi-frère,* 2005
Les demoiselles du quartier, nouvelles, 2003, réédition 2015
De l'autre côté du mur, récit-témoignage, 2001
Au-delà des mots, roman autobiographique, 1999
Boomerang, roman en collaboration avec Loui Sansfaçon, 1998, réédition 2015
« Queen Size », 1997
L'infiltrateur, roman basé sur des faits vécus, 1996, réédition 2015
La fille de Joseph, roman, 1994, 2006, 2014 (réédition du *Tournesol,* 1984)
Entre l'eau douce et la mer, 1994

Visitez le site Web de l'auteur: www.louisetremblaydessiambre.com

LOUISE TREMBLAY D'ESSIAMBRE

Une simple histoire d'amour

TOME 4 • LES EMBELLIES

Guy Saint-Jean Éditeur
4490, rue Garand
Laval (Québec) Canada H7L 5Z6
450 663-1777
info@saint-jeanediteur.com
saint-jeanediteur.com

• • • • • • • • • • • • • • • • •

Données de catalogage avant publication disponibles à Bibliothèque et Archives nationales du Québec et à Bibliothèque et Archives Canada

• • • • • • • • • • • • • • • • •

Nous reconnaissons l'aide financière du gouvernement du Canada par l'entremise du Fonds du livre du Canada (FLC) ainsi que celle de la SODEC pour nos activités d'édition. Nous remercions le Conseil des Arts de l'aide accordée à notre programme de publication.

Gouvernement du Québec – Programme de crédit d'impôt pour l'édition de livres – Gestion SODEC

Édition : Isabelle Longpré
Révision : Isabelle Pauzé
Correction d'épreuves : Johanne Hamel
Infographie : Christiane Séguin
Page couverture : Toile peinte par Louise Tremblay d'Essiambre, « Nouveaux horizons », inspirée de l'œuvre de Martha Markowsky "From the lane".

Dépôt légal – Bibliothèque et Archives nationales du Québec, Bibliothèque et Archives Canada, 2018
ISBN : 978-2-89758-442-9
ISBN EPUB : 978-2-89758-443-6
ISBN PDF : 978-2-89758-444-3

Imprimé et relié au Canada
1re impression, mai 2018

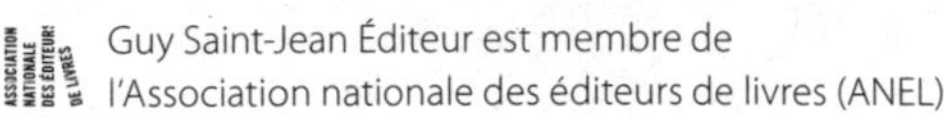

À ma toute belle Alexie que j'aime tant.
Déjà dix-sept ans, ma grande ! Le temps a filé
si vite, mais pour moi, la jeune femme que
tu es devenue restera toujours mon bébé...

À Nicole Saint-Jean, elle sait pourquoi.
Merci surtout pour ton amitié.

Enfin, je fais un petit clin d'œil au club de
lecture de Salaberry-de-Valleyfield. Mesdames,
vous avez si bien su entretenir la flamme
lors de notre rencontre en août dernier !
Ce fut un pur bonheur de vous rencontrer.

« Il n'y a qu'un seul bonheur dans cette vie, c'est d'aimer et d'être aimé. »

Georges Sand

NOTE DE L'AUTEUR

Je sais, je sais, j'avais dit trois tomes. Je l'avais même promis à tous ceux et celles que de longues séries rebutent. Et j'étais sincère, je vous le jure ! Cependant, au moment où j'ai fait cette promesse, j'avais oublié que je n'ai pas toujours le contrôle sur la vie de mes personnages. En fait, soyons honnêtes jusqu'au bout : ce sont eux qui me mènent par le bout du nez la plupart du temps !

Voilà, la confession est faite, et cette fois-ci, croyez-moi, ils se sont tous ligués contre le pauvre écrivain que je suis et je n'ai pas eu le choix de dire oui à ce dernier tome.

Nous allons donc poursuivre notre route en compagnie de Marie-Thérèse, qui s'ennuie de plus en plus de la ville, car elle y voit d'infinies possibilités pour rendre son existence plus paisible. Toutefois, elle ne sait trop comment aborder le sujet avec son mari, entre autres choses, alors elle m'a demandé de lui en glisser un mot.

— S'il vous plaît ! Dites-lui au moins d'aller voir ! Si jamais la petite épicerie était toujours à vendre, ça serait bien, non ?

Comment dire non à une femme si gentille de qui j'aimerais bien être l'amie ?

Nous marcherons donc aussi en compagnie de son mari Jaquelin, espérant un instant d'intimité pour lui parler. Cependant, je n'ai toujours pas trouvé les mots pour donner suite à la requête de Marie-Thérèse. C'est un moyen contrat que j'ai accepté là et j'aurais peut-être dû y réfléchir à deux fois avant de dire oui. À mes yeux, il est clair comme de l'eau de roche que Jaquelin a peur des imprévus et qu'il se cramponne à sa cordonnerie avec l'énergie du désespoir, malgré les embûches petites et grandes qui parsèment son quotidien. Répéter sans relâche que la maison ne lui appartient pas et qu'il n'a pas le choix de travailler à la cordonnerie s'il veut garder le patrimoine des Lafrance intact n'est qu'un prétexte. Enfin, c'est ce que je crois.

Devrais-je alors lui parler du chalet?

Demander à Émile de le faire?

Faire miroiter l'épicerie que Marie-Thérèse aimerait bien acheter?

Vraiment, je ne sais trop par quel bout commencer pour aborder le sujet avec Jaquelin.

S'il savait que son pèrc rêve d'avoir un pied-à-terre sur le bord du fleuve et que, pour ce faire, il serait prêt à vendre la maison et le commerce, sans pour autant abandonner son fils, peut-être bien que Jaquelin accepterait de m'écouter. Peut-être même qu'il changerait d'avis en ce qui concerne la cordonnerie, parce qu'il serait soulagé, lui qui s'est peut-être habitué à devoir demander de l'aide, mais qui s'y résout uniquement à cause des circonstances.

Avec Jaquelin, il est souvent difficile de prévoir.

Et cela, c'est sans oublier qu'il y a Cyrille et Ignace, qui aimeraient suivre les traces de leur père. À tout le moins, ils en donnent l'impression...

C'est compliqué, tout ça.

Cependant, je suis heureuse de voir que la tante Félicité va mieux. Je l'aime bien, cette femme, et son sens de la répartie me réjouit. Surtout quand ses piques malicieuses visent Irénée Lafrance ! Leurs conversations tumultueuses, leurs prises de bec, comme l'aurait sans doute dit ma mère, ont saupoudré un peu de soleil sur mes journées, en cet été 2017, gris et frais... Plutôt décevant, disons-le franchement.

Comme ce matin, la pluie frappe encore et toujours à ma vitre, et que j'en ai assez de toute cette eau qui noie mon jardin, sans parler de la marmotte dodue qui a choisi mon potager pour y faire son épicerie depuis le mois de juin, je vais donc sauter dans le passé pour assister à la rentrée des classes de 1924 à Trois-Rivières.

Là-bas, même si on est déjà au début du mois de septembre, il fait encore beau et pas mal plus chaud qu'ici !

Vous m'accompagnez? Je pars à l'instant, en souhaitant de tout cœur qu'Agnès, de son côté, soit retournée à Montréal pour reprendre ses études à l'école du quartier, comme elle en avait tant envie.

Arbre généalogique

FAMILLE LAFRANCE

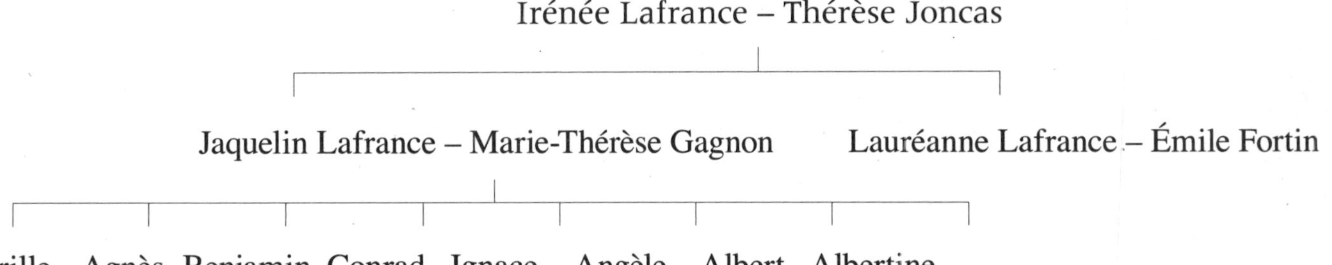

PREMIÈRE PARTIE

1924 - 1925

CHAPITRE 1

Le lundi 1er septembre 1924,
à Trois-Rivières

Dans la cour de récréation, en milieu d'après-midi, en compagnie de Cyrille Lafrance et de Fulbert Morissette

Cyrille avait profité du fait que son parrain, l'oncle Émile, quittait Sainte-Adèle-de-la-Merci en direction de Montréal pour retourner au collège afin d'entamer la deuxième année de son cours classique.

— Pensez-vous, mononcle, que vous pourriez me laisser au collège en retournant à Montréal? J'aimerais ça, pour une fois, arriver autrement qu'en charrette.

À ces mots, le parrain de Cyrille avait esquissé un sourire malicieux.

— Je peux comprendre ça, mon jeune! Dis-toi qu'en plus, ça va me faire plaisir de te laisser en passant, avait spontanément répondu Émile, heureux propriétaire, depuis quelques mois, d'une rutilante automobile grise. Hein, Lauréanne, que ça dérangera pas trop de laisser mon filleul à Trois-Rivières, même si ça nous met un peu plus tard chez nous? avait-il demandé d'un même souffle, tout en tournant les yeux vers son épouse.

— Pas une miette, mon mari. D'autant plus que ça va nous permettre de le voir, ce fameux collège dont on a tellement entendu parler!

Sur ce, Lauréanne avait détourné la tête à son tour pour demander:

— Que c'est que t'en penses, Agnès?

— Je pense que c'est une très bonne idée, matante, avait alors entériné cette dernière, avec une petite étincelle d'intérêt dans le regard. Moi avec, j'aimerais ben gros voir l'école de mon frère. Comme ça, quand j'vas penser à lui, ça va être facile de l'imaginer.

À ces mots, Cyrille et Agnès avaient échangé un sourire chargé de complicité silencieuse.

Un peu plus tôt, au cours des vacances qui prenaient fin, ils s'étaient fait la promesse solennelle de se retrouver plus souvent, de s'isoler, chaque fois qu'ils se croiseraient chez leurs parents, le temps d'une bonne conversation ou de quelques confidences, peut-être. À cause de leurs études respectives qui les avaient tenus éloignés l'un de l'autre, la dernière année, passée sans vraiment se parler, leur avait paru interminable.

En réalité, dans un premier temps, c'était Cyrille qui avait provoqué un moment d'intimité en proposant à sa sœur de l'accompagner chez leur oncle Anselme.

— Envoye donc ! Je t'aiderai à faire le repas en revenant !

Ce jour-là, malgré le sérieux de leur discussion, ils avaient aussi ri de bon cœur en mentionnant le dédain qu'ils éprouvaient tous les deux devant l'odeur de chou qui imprégnait, d'une part, les murs du collège de Cyrille et, d'autre part, ceux de l'appartement de la rue Adam, quand les voisins cuisinaient des mets typiques de leur pays natal.

— Ils viennent de Russie, je pense ben, avait souligné Agnès, pis ils demeurent juste en dessous de chez monsieur Gédéon, le vendeur ambulant. Enfin, c'est mononcle Émile qui dit ça, parce que moi, je les vois pas tellement souvent. N'empêche que maintenant, chaque fois que j'vas sentir du chou bouilli, c'est à toi que j'vas penser, Cyrille, pis me semble que ça va être un peu moins pire !

Si l'été 1924 avait commencé dans les rancunes et la bouderie, parce qu'Agnès aurait préféré rester à la ville en compagnie de sa nouvelle amie Marie-Paul, les vacances s'étaient néanmoins terminées dans la bonne humeur retrouvée, un peu grâce à l'intervention de Cyrille, mais surtout grâce à Marie-Thérèse, qui avait accepté de bon cœur de recevoir les deux amies montréalaises de sa fille, pour un séjour à Sainte-Adèle-de-la-Merci.

— Marie-Paul pis Louisa ? Pourquoi pas ? Elles sont ben élevées toutes les deux, pis avec Émile pour les voyager, si leurs parents sont d'accord, ben entendu, moi, je vois pas d'inconvénient!

Agnès en avait été ravie et, de toute évidence, ses amies aussi. Leurs petites vacances sous le toit de la famille Lafrance avaient été agréables en tous points, malgré l'insistance de la petite Angèle, qui aurait bien voulu se joindre au groupe des filles.

— Moman!

À cause de sa petite sœur, Agnès avait souvent été exaspérée.

— S'il vous plaît, moman, dites à Angèle de me laisser un peu tranquille! Pour une fois que j'ai des amies avec moi!

— Je le sais ben, ma grande, mais pour une petite fille comme Angèle, c'est difficile à comprendre qu'elle est pas nécessairement la bienvenue! Fais-lui plaisir à matin en l'amenant se promener avec vous autres, pis je l'occuperai durant l'après-midi.

N'empêche que Marie-Paul et Louisa étaient passées d'une surprise à une autre en découvrant les charmes et autres particularités de la campagne, avec ou sans la présence d'Angèlc. Elles s'étaient pincé le nez en croisant certaines fermes qui exhalaient des odeurs de crottin, mais elles avaient respiré à pleins poumons les effluves de pin fraîchement plané, quand elles s'étaient promenées près de la scierie. Elles s'étaient souvent arrêtées pour écouter les caquètements et les hennissements, et elles avaient ralenti le pas pour s'attarder aux meuglements des vaches et au chant d'une multitude d'oiseaux.

— C'est ben pour dire, mais en ville, on a juste des moineaux qui piaillent, des goélands qui se disputent, pis des pigeons qui roucoulent, avait fait remarquer Louisa. Ici, il y a toutes sortes d'oiseaux pis toutes sortes de bruits que je connaissais pas, pis je trouve ça ben agréable. En tout cas, c'est plus plaisant que d'entendre un autobus tout essoufflé qui crache de la boucane au coin de la rue, ou un tramway qui grince comme une vieille poulie de corde à linge !

Agnès avait profité de l'occasion pour leur présenter sa cousine Judith, avec qui elle s'entendait à merveille, et même son amie Geneviève, qui lui avait avoué, quelques jours plus tard, dans le creux de l'oreille, que maintenant, elle comprenait pourquoi Agnès s'était attachée aux deux filles de la ville.

— Sont pas mal fines, tes nouvelles amies, tu sais, avait-elle murmuré tandis que, bras dessus bras dessous, les cinq filles marchaient d'un bon pas en direction de la rivière pour y faire trempette. T'avais raison.

Puis, après une brève hésitation, Geneviève avait ajouté :

— Si tu veux, on pourrait peut-être recommencer à s'écrire ? Tu me raconteras ce que tu fais de bon en ville, pis moi, ben, je te parlerai du village.

Cette suggestion avait fait naître un merveilleux sourire sur le visage d'Agnès. Son amie Geneviève qui la boudait depuis près d'un an avait enfin décidé de faire marche arrière. Que demander de plus pour être heureuse ?

— C'est sûr que j'vas recommencer à t'écrire, avait-elle confirmé, sans la moindre hésitation. Je me suis tellement ennuyée de toi, tu sais… Pis si mes amies de Montréal sont venues jusqu'ici, toi, tu pourrais peut-être venir nous voir en ville? J'vas en parler à matante Lauréanne, pis je te ferai savoir sa réponse dans ma première lettre!

Pendant ce temps, du côté de Montréal, Irénée et la tante Félicité, tout au sérieux de la tâche qu'on leur avait confiée, avaient fait découvrir les plaisirs de la pêche à la ligne et quelques douceurs de la ville au petit Ignace; puis, la semaine suivante, ils en avaient fait autant avec son frère Conrad.

— Tu parles d'une bonne idée d'avoir pensé à nous emmener les garçons, avait alors déclaré Irénée, soutenu en ce sens par la tante Félicité.

Si Ignace les avait un peu étourdis avec ses mille et une questions, tant sur la ville que sur les poissons, Conrad, plus contemplatif, y était allé d'un simple merci.

— C'est pas mal gentil de nous avoir offert ça, à mon frère pis moi, avait-il déclaré avec sérieux, visiblement conscient de la chance qui lui avait été offerte.

Il était surtout très reconnaissant.

— La ville est intéressante, même si je préfère la campagne. Par contre, être sur l'eau, dans une chaloupe, c'est pas mal reposant… Pensez-vous que je pourrais dire à Benjamin que lui avec, il va pouvoir venir un jour?

— Pourquoi pas ? Pour astheure, ça serait un peu difficile, parce que l'été achève, pis que tout le monde va reprendre ses occupations. Mais l'an prochain, par exemple, j'suis à peu près certaine que ça serait faisable !

La réponse était venue spontanément de la part de la tante Félicité, avec une conviction telle que la vieille dame laissait ainsi entendre qu'elle reviendrait, elle aussi, pour passer des vacances chez Lauréanne et Émile. Irénée lui avait alors jeté un regard en coin, bouche bée, avant de sourire furtivement dans cette barbe qu'il laissait pousser depuis le début de l'été pour se donner l'allure d'un vrai matelot, comme celui qui posait fièrement sur le dessus de son paquet de cigarettes.

En vérité, depuis juin dernier, la vie d'Irénée Lafrance avait changé du tout au tout grâce à la présence de cette femme au caractère entier qui s'appelait Félicité Gagnon et qu'il avait appris à apprécier. Aussi paradoxal que cela puisse être, en sa compagnie, l'appartement de la rue Adam lui avait paru moins exigu, plus agréable, et les journées avaient cessé de s'étirer dans l'ennui.

Et que dire du plaisir de la voir s'enticher de la pêche, elle aussi !

Quoi qu'il en soit, il semblait évident que la vieille dame était complètement remise de l'infarctus qui l'avait terrassée l'hiver précédent. Elle avait recommencé à mener sa vie tambour battant, ce qui réjouissait tous ceux qui la côtoyaient, Irénée y compris !

En fait, la belle saison en avait été une de bouleversements des habitudes pour un peu tous les membres de la famille Lafrance.

— Pis tout le monde y a trouvé son profit ! avait souligné Marie-Thérèse, la veille au soir, au moment du souper, alors qu'en compagnie de Jaquelin, Lauréanne et Émile, elle faisait le point sur l'été qui s'achevait. Maintenant, tout le monde, restez ben assis à vos places, c'est l'heure de la surprise !

En effet, on avait profité de la visite d'Émile et Lauréanne pour souligner le premier anniversaire des jumeaux, nés le 23 août de l'année précédente. Marie-Thérèse revenait justement vers la table, tenant à bout de bras un immense gâteau au chocolat.

— Bonne fête, Albert et Albertine ! Déjà un an. J'en reviens juste pas de voir comment c'est que le temps a passé vite !

Tout en parlant, Marie-Thérèse avait déposé le gâteau au beau milieu de la table, hors de la portée de bébé Albert, qui avait déjà les yeux brillants de gourmandise.

— Pendant que j'vas servir les plus vieux, va donc chercher deux tabliers, ma belle Agnès. Un pour toi pis un pour ta tante Lauréanne. On va donner du gâteau aux jumeaux.

— Ouache ! Je me rappelle comment mademoiselle Angèle s'était barbouillée, le jour de sa fête d'un an ! Vous êtes ben sûre de vouloir recommencer, moman ?

— Et comment que j'suis certaine ! Le gâteau de la

première fête, c'est un passage obligé, ma belle. Un peu comme le baptême! Envoye, Agnès, grouille-toi! Va chercher deux tabliers parce qu'Albert est à veille de grimper sur la table tellement il est pressé de manger!

— Heureusement qu'Albertine est plus sage. C'est à peine si elle a remarqué le gâteau, avait alors noté Lauréanne. C'est toi qu'elle regarde, ma pauvre Marie-Thérèse.

— Je le sais ben... Elle est pas gourmande, ma puce... En fait, il y a juste moi qui arrive à lui faire avaler une couple de bouchées à l'heure des repas. Si ça te dérange pas, Lauréanne, j'aimerais ça que tu t'occupes d'Albert avec Agnès. Vous serez pas trop de deux pour le ralentir. Si la petite mange pas ben ben, lui, il mange pour deux! Pendant ce temps-là, j'vas donner la béquée à ma fille. Tu vas voir! Un petit morceau, deux si je suis chanceuse, pis elle va être rassasiée.

Marie-Thérèse n'avait pas tort! Si Albertine se contenta de jouer dans la pâte à gâteau en suçant le glaçage qui lui collait aux doigts, Albert y allait à pleines poignées. Il en avait du bout des pieds jusque dans les cheveux.

Puis Lauréanne et Marie-Thérèse avaient débarbouillé deux bébés épuisés et elles les avaient mis au lit avec leurs bouteilles avant de revenir à la cuisine pour prendre un café entre adultes.

Dans la cour arrière de la maison, les garçons Lafrance, tous réunis pour disputer une partie de baseball sous les conseils de Cyrille, laissaient éclater leurs rires. Les encouragements joyeux et bruyants de la petite Angèle se faufilaient jusque dans la cuisine. Marie-Thérèse avait alors ébauché un sourire avant de poursuivre.

— Je pense qu'un souper comme celui d'à soir a tout pour clôturer en beauté un été, ma foi, pas piqué des vers ! Ignace et Conrad ont adoré leur séjour en ville et surtout leur expérience de la pêche, avait-elle répété en souriant à son mari. Agnès a vu ses amies de Montréal comme elle l'espérait tant, pis en plus, elle s'est réconciliée avec son amie Geneviève, ce qui est pas peu dire ! Cyrille a enfin travaillé à la cordonnerie avec son père comme il en avait toujours rêvé, tandis que moi, j'ai finalement pu me reposer à ma guise… Ouais, quel bel été ! Pis toi, de ton bord, Lauréanne, t'as aidé matante à se remettre de son attaque en t'occupant d'elle durant une bonne partie de la belle saison, pis t'as eu des enfants autour de toi à t'en fatiguer.

— Détrompe-toi, Marie-Thérèse, les enfants me fatigueront jamais, avait finement rétorqué celle qui n'avait jamais eu le bonheur d'être mère. J'ai tellement espéré avoir une grosse famille que de jouer à la mère de temps en temps, c'est juste du bonheur pour moi, avait-elle précisé. Quant à la tante Félicité, elle est vraiment pas de trouble. Je t'avouerais que c'est plutôt elle qui s'est occupée de mon père, pis par le fait même, ça a été une vraie bénédiction pour moi !

— En fin de compte, avait analysé Jaquelin en ronchonnant, il y a ben juste moi qui a pas pu aller en ville comme je l'avais souhaité. Avec les commandes de souliers neufs pour l'automne qui sont toutes rentrées en même temps au début du mois d'août, Cyrille aurait jamais pu y arriver sans moi, même si Ignace se fend en quatre pour nous aider. De toute façon, Cyrille a pas encore assez d'expérience pour s'attaquer aux chaussures neuves.

Sur ce, Jaquelin était resté silencieux un moment, comme s'il soupesait ses derniers mots en secouant la tête, puis il avait ajouté, avec une pointe d'entrain :

— Mais une chance que j'avais Cyrille pour les réparations, par exemple ! Il apprend vite, ce garçon-là, j'en reviens pas encore.

— Faites-vous-en pas, Jaquelin. Pour le voyage à Montréal, c'est juste partie remise, avait alors répliqué Émile. Je me fais toujours une joie à l'idée de vous faire visiter ma ville ! Dès que l'occasion se présente, on en profite ! Je prendrai congé, au besoin.

— C'est sûr que j'vas me reprendre, Émile. Durant l'automne, on a toujours un petit moment de lousse entre les réparations pis les commandes de souliers neufs pour les fêtes... Je vous ferai signe, craignez pas ! Moi avec, j'suis déçu de pas avoir pu visiter Montréal comme j'en ai ben envie, croyez-moi ! Depuis le temps que j'y pense, pis que je me fais toutes sortes d'accroires à propos d'une grande ville... Mais astheure qu'on a toutes le téléphone dans nos maisons, c'est facile de planifier les sorties, les visites, pis c'est en plein ce que j'vas faire : à la seconde où je vois une occasion se présenter, je vous appelle, Émile, pis on essaye d'organiser quelque chose à notre convenance à tous les deux.

Ce fut donc ainsi, en ce jour de la fête du Travail, qu'Émile et Lauréanne quittèrent le village tout de suite après le dîner, afin de retourner en ville avec Agnès, qui reprenait ses cours dès le lendemain à l'école de leur quartier, en plus de Cyrille, qui en faisait autant, au collège de Trois-Rivières.

— On se donne des nouvelles ! cria Lauréanne, le cou tordu à la vitre de sa portière pour suivre Marie-Thérèse des yeux le plus longtemps possible. Pis on essaye de se revoir bientôt.

Les deux femmes se saluèrent tant et aussi longtemps que l'auto d'Émile n'eut pas disparu au coin de la rue.

Quand Cyrille se présenta au collège, bien qu'il ait été en avance de quelques heures sur l'horaire prévu pour l'arrivée des pensionnaires, il était attendu par le frère Alfred qui, devant la porte principale, faisait les cent pas au soleil dc septembre. Les yeux mi-clos, le visage offert à la douceur des rayons, le petit homme égrenait son chapelet.

— Votre père nous a téléphoné, expliqua-t-il en remisant son chapelet, avant même que Cyrille pose la moindre question. Je sais aussi que c'est votre parrain qui est venu vous reconduire. Votre père a même ajouté qu'on devrait le voir de temps en temps durant l'année scolaire parce que c'est lui, à partir de maintenant, qui va vous voyager entre votre village pis Trois-Rivières.

— Oui, c'est lui. Il a une belle auto, hein ?

— Pour être une belle auto, c'est vraiment une belle auto…

Pendant ce temps, Émile et Lauréanne étaient sortis pour se présenter, alors qu'Agnès, intimidée, avait salué depuis la banquette arrière. Puis, Émile ouvrit la malle arrière pour empoigner à deux mains le coffre de pensionnaire, contenant les effets dont Cyrille aurait besoin tout au long de l'année, et il le déposa sur le gravier de l'entrée.

— Vous êtes ben certain que vous voulez pas que je porte cette caisse-là jusqu'au dortoir ? demanda-t-il alors pour une seconde fois. C'est pesant, vous savez !

— Oh oui, je le sais !

Le frère Alfred, de constitution particulièrement frêle, considéra la caisse en bois brut avec désespoir, soupira mentalement à l'idée des deux longues volées de marches qu'ils auraient à gravir, Cyrille et lui, puis accepta la proposition sans plus de cérémonie.

— Bien… Si vous insistez, je ne dirai pas non. Même si monsieur Lafrance est plutôt costaud, à nous deux, on ne fait pas le poids devant vous, monsieur Fortin… Suivez-moi !

Émile empoigna le bagage, le souleva sans difficulté et emboîta le pas au frère Alfred, suivi de près par Cyrille. Toutefois, ce dernier avait à peine gravi la moitié de l'escalier qu'il s'arrêta brusquement avant de se retourner pour redescendre rapidement les marches. Il s'approcha de l'auto et se pencha à la fenêtre de la portière arrière.

— J'allais partir sans te dire bonjour, ma petite sœur! Ça se fait pas! Surtout qu'on en a pour un boutte avant de se revoir. Mais j'vas penser à toi souvent.

— Moi avec, Cyrille...

En quelques instants, le lourd coffre en bois avait été posé à côté du lit assigné à Cyrille. Celui-ci remercia chaleureusement son oncle, qui prit aussitôt congé pour rejoindre son épouse et sa nièce, tandis que Cyrille commençait à ranger tous ses effets sous le regard critique du frère Alfred, qui avait pour consigne de ne pas laisser seuls ceux qui arriveraient trop tôt. Ils devaient obligatoirement vider leur malle et la placer le long du mur dans le corridor, afin qu'elle soit éventuellement remisée au grenier. Ensuite, puisqu'il faisait très beau, le frère Alfred devait conduire les élèves à la cour de récréation, avant de retourner à ses activités coutumières.

— Et maintenant, dans la cour! ordonna-t-il à l'instant où Cyrille fermait le tiroir qui lui était dévolu, dans l'enfilade des rangements construits à même le mur du dortoir. Vous devrez y rester jusqu'à l'heure du souper. Une chance, il fait beau. En plus, vous devriez pas trop vous ennuyer, puisqu'un de vos confrères de classe est déjà arrivé.

Il n'en fallut pas plus pour titiller la curiosité de Cyrille.

— Ah oui! Qui? Quelqu'un que je connais?

Le frère Alfred, qui gardait un mauvais souvenir d'une certaine altercation – il en avait même fait des cauchemars – se fit volontairement évasif.

— Vous verrez bien... Maintenant, dehors! On met votre coffre dans le corridor et après, j'irai vous reconduire.

Comme si Cyrille ne connaissait pas le collège et qu'il avait besoin d'un cicérone!

Néanmoins, il suivit le frère Alfred avec plaisir, espérant que ce compagnon de classe déjà arrivé serait Xavier. Pourquoi pas? Après tout, Xavier Chamberland habitait la campagne, tout comme lui, et la route empruntée pour venir jusqu'à Trois-Rivières était plutôt longue, pour l'un comme pour l'autre. Ils en avaient déjà discuté ensemble.

Aussi, quelle ne fut pas la déception de Cyrille, et ce, dès le seuil de la porte, quand il reconnut Fulbert Morissette, assis un peu plus loin.

Il retint de justesse le soupir de contrariété qui lui gonfla spontanément la poitrine.

Fulbert était probablement le seul de ses confrères de classe que Cyrille n'avait pas envie de voir!

Le jeune Lafrance tourna aussitôt la tête vers le frère Alfred, qui le fixait en affichant sa mine la plus patibulaire. Cyrille comprit alors que leurs pensées se rejoignaient autour de Fulbert.

Nul doute que le religieux lui en voulait encore d'avoir perturbé le calme de la cour de récréation, le printemps dernier. Toutefois, le frère Alfred aurait dû avoir recours à autre chose que des sourcils froncés pour impressionner Cyrille, qui le connaissait suffisamment pour savoir que le petit religieux n'était pas vraiment sévère. Néanmoins, comme s'il lisait dans ses pensées, le frère Alfred attrapa la manche du chandail du jeune homme et il commença à la secouer à petits gestes vifs.

— Est-ce que je peux vous laisser seuls, tous les deux, sans risquer une autre bataille ? demanda-t-il de sa voix nasillarde.

Bien entendu, par ces mots, le frère Alfred faisait référence à l'empoignade qui avait eu lieu alors que Cyrille, pour défendre son ami Xavier, pris à partie par Fulbert, avait assené un coup de poing à ce dernier. Mal lui en avait pris, car s'il visait tout bonnement l'épaule pour faire reculer Fulbert, dans le feu de l'action, Cyrille l'avait atteint en plein visage, et son confrère de classe s'était aussitôt mis à saigner abondamment du nez. En moins de temps qu'il n'en faut pour le dire, la banale dispute avait viré au cauchemar pour un peu tout le monde.

À ce souvenir, Cyrille secoua la tête en fermant brièvement les yeux. Pour lui aussi, la dispute était, encore aujourd'hui, un fort mauvais moment à se rappeler.

— Bien sûr que vous pouvez nous laisser, promit-il au surveillant, en se tournant vers lui. J'ai eu ma leçon, craignez pas… De toute façon, la cour est en masse grande. On sera pas obligés de se parler, Fulbert pis moi.

— Dans ce cas…

Le frère Alfred s'éloignait déjà, accompagné du froufroutement caractéristique de sa longue soutane, qui fut rapidement remplacé par le bruissement des feuilles dans les grands peupliers de l'entrée, que l'on pouvait apercevoir par-delà le mur de pierres qui ceinturait la cour.

Cyrille, quant à lui, resta un long moment immobile dans l'encadrement de la porte sans trop savoir ce qu'il devait faire.

Fulbert l'avait-il entendu arriver? Sans doute, même s'il n'en donnait pas l'impression. Les yeux au sol, le fils du docteur Cyprien Morissette semblait perdu dans ses pensées.

Cyrille hésita encore.

Bien sûr, comme il l'avait souligné au frère Alfred, la cour était plutôt grande et il n'était absolument pas obligé de s'asseoir à côté de Fulbert. Des bancs en pierre taillée ou en bois verni étaient placés ici et là tout le long des murs du collège et Cyrille pouvait s'installer beaucoup plus loin, ignorant du coup la présence de Fulbert qui, pour sa part, ne serait pas du genre à faire les premiers pas. Dans la lignée de ce qui s'était vécu l'année précédente, Fulbert Morissette devait se ficher totalement de voir Cyrille prendre place à l'autre bout de la cour. Au contraire, cela devrait plutôt lui convenir.

De toute façon, qu'auraient-ils à se dire?

Cyrille secoua la tête, découragé devant cette espèce de maussaderie qui semblait vouloir perdurer.

Si l'animosité entre les deux belligérants avait

connu une très brève accalmie à la suite de la dispute, elle n'était pas morte pour autant, et l'année scolaire s'était terminée avec les deux clans habituels de la classe qui se regardaient, encore et toujours, en chiens de faïence. Il y avait la bande à Xavier, qui préférait les jeux de société, et la bande à Fulbert, qui pratiquait les sports. Quant à Cyrille, s'il préférait les sports, il aimait nettement mieux la compagnie de Xavier. Il s'était donc tourné vers les jeux de société pour occuper ses soirées.

Alors...

Cyrille en vint à la conclusion qu'il valait peut-être mieux ne pas attiser les braises, et que, pour ce faire, il serait préférable que Fulbert et lui attendent l'heure du repas, assis chacun dans son coin, entretenant soigneusement ce satané silence bourru, tout en souhaitant l'arrivée d'un autre élève.

Ce serait une solution facile et sans conséquences.

Par contre, n'avait-il pas là l'occasion de briser ce fichu silence, justement ? N'avait-il pas la chance de mettre un terme à cette bouderie inutile qui persistait depuis le printemps, et même depuis la rentrée de septembre dernier, sans que personne sache vraiment pourquoi, de toute façon ?

Cyrille inspira profondément, toujours aussi indécis, la bataille qui l'avait opposé à Fulbert repassant en boucle dans son esprit.

Après tout, si Xavier avait été l'instigateur de cette tentative de rapprochement, le jour de la fête de Fulbert, son rôle s'était arrêté à cela et ce dont tous les élèves et les surveillants devaient encore se souvenir, c'était le coup donné par Cyrille à Fulbert. Par contre, les deux belligérants n'en avaient jamais reparlé entre eux. Si, en apparence, on aurait pu croire que la querelle s'était terminée dans la bonne entente, puisque Fulbert avait été applaudi par l'ensemble des élèves du groupe des plus jeunes, à l'instant où il était entré dans le réfectoire, après un court moment passé à l'infirmerie, il n'en était rien.

Aux yeux de Cyrille, il ne faisait donc aucun doute que Fulbert lui en voulait encore, mais à son avis, c'était de bonne guerre. Lui non plus n'aurait pas aimé recevoir un coup en plein visage devant toute l'école ou presque. Même si ce coup avait été accidentel.

Au final, ces applaudissements n'avaient été qu'un peu de poudre aux yeux, comme un geste spontané sans grand fondement dans un moment d'émotion, au grand désespoir de Xavier, qui avait amorcé l'acclamation parce qu'il détestait toute forme de discorde et qu'il voulait le faire comprendre à Fulbert.

— Dire que mes lunettes ont été cassées pour ABSOLUMENT rien ! avait-il déclaré au lendemain de l'incident.

Ce jour-là, le pauvre Xavier, qui n'y voyait que très peu, espérait avec impatience les lunettes que son père avait promis de lui faire parvenir, afin de remplacer celles que Fulbert avait écrasées avec le talon de sa chaussure. En attendant, le jeune Chamberland passait son temps à jeter de petits regards apeurés tout autour de lui et sursautait au moindre bruit un peu fort, comme un animal pris au piège. Il y voyait si peu qu'avec la permission de leur titulaire, Xavier avait déménagé son pupitre pour l'installer entre ceux de Cyrille et de Pierre Rochon, qui lui dictaient à l'oreille le moindre mot inscrit au tableau, ceux qu'ils devaient tous prendre en note sous peine de retenue.

Xavier Chamberland...

Il avait été le premier ami que Cyrille s'était fait au collège après de nombreux mois de solitude et il s'en était beaucoup ennuyé durant l'été !

Ce fut pour cette raison que le nom de son ami donna à Cyrille le courage de s'approcher de Fulbert. Si jamais il arrivait à un quelconque résultat et que ce dernier acceptait de se montrer plus accommodant, Xavier serait sûrement le premier à applaudir et la rentrée scolaire serait ainsi plus agréable pour tout le monde.

Cependant, si Cyrille se heurtait à un mur d'indifférence, voire à un mur d'agressivité, personne n'en serait le témoin visuel. Il irait alors s'installer à l'autre bout de la cour pour attendre le repas et leur vie scolaire reprendrait là où elle avait été interrompue en juin dernier.

Sans plus de tergiversations, puisqu'il n'avait rien à perdre, mais tout à gagner, Cyrille franchit les quelques pas qui le séparaient de Fulbert.

— Salut ! Je peux-tu m'asseoir avec toi ?

Nul n'est plus sourd que celui qui ne veut pas entendre, n'est-ce pas ?

Au son de la voix de Cyrille, Fulbert sursauta exagérément, du moins était-ce là l'impression que Cyrille en eut, puis il leva subrepticement les yeux.

— Ah ! C'est toi, Cyrille.

Ensuite, de façon tout à fait ostentatoire, Fulbert promena son regard tout autour de la cour, comme s'il voulait signifier à son vis-à-vis qu'il y avait des tas d'autres places libres. Voyant que le manège n'apportait aucun résultat, Fulbert ramena les yeux au sol en disant :

— Si c'est ça que tu veux vraiment, ouais, tu peux t'asseoir.

Ce que fit aussitôt Cyrille, sans pour autant savoir comment engager la conversation. Après tout, Fulbert n'était pas un ami et ils ne connaissaient à peu près rien l'un de l'autre. Voilà pourquoi, en désespoir de cause et avec une banalité désespérante, Cyrille demanda :

— Pis Fulbert ? As-tu passé des bonnes vacances ?

— Comme d'habitude.

Curieusement, Cyrille crut entendre une sorte de tristesse dans cette réponse qui ne disait rien, ou, au contraire, qui disait peut-être tout... Alors, il insista.

— Pis c'est quoi, tes vacances, d'habitude ?

Fulbert respira bruyamment, puis il releva la tête. Encore une fois, il prit le temps de détailler la cour de récréation, avant de déclarer :

— Je passe un mois à la campagne chez mes

grands-parents, pis un mois à faire des paniers avec un ballon dans la cour chez mes parents. Tout seul.

Le ton de Fulbert était boudeur. Celui de Cyrille fut empreint de compassion.

— Tout seul, vraiment ? Ouache !

Sentir qu'on le comprenait fut agréable aux oreilles de Fulbert. Il se redressa sensiblement et passa la main dans ses cheveux, qu'il gardait un peu plus longs qu'en juin dernier.

— Ouais, c'est ouache, confirma-t-il en même temps... Surtout quand on est habitué d'avoir un tas d'amis à l'école, comme moi. Pis toi ? Qu'est-ce que t'as fait de bon durant les vacances ?

— Oh moi... Pas grand-chose. En fait, j'ai travaillé avec mon père.

— Chanceux !

La réponse avait échappé à Fulbert.

Encore une fois, au-delà des mots, Cyrille crut entendre une forme d'envie dans la voix de Fulbert et il fronça les sourcils, surpris. Se sentant rougir, le jeune Morissette baissa aussitôt les yeux, et, avec le bout de sa chaussure, il se mit à faire rouler un petit caillou sur les pavés.

Il n'était pas dans les habitudes de Fulbert Morissette, fils de médecin, de se montrer sous un mauvais jour, et laisser entendre qu'il enviait quelqu'un en faisait partie. Le jeune homme s'agita sur le banc, soupira bruyamment et haussa les épaules, visiblement embêté. Puis, il ajouta, pour sauver la face :

— Moi, ça serait difficile de travailler avec mon père, vu qu'il est médecin. Il est chirurgien et il fait des tas d'opérations tous les jours... Et toi, qu'est-ce qu'il fait, ton père, comme métier? Je me rappelle pas, ajouta alors Fulbert qui, pourtant, s'en souvenait fort bien.

Mais comme il n'avait trouvé rien d'autre pour clore le sujet...

— Mon père est cordonnier.

— Ah! Cordonnier, répéta Fulbert, avec une pointe de condescendance dans la voix. C'est vrai, je m'en souviens maintenant...

Pourtant, la réponse de Cyrille avait été donnée avec fierté, une fierté que Fulbert lui-même pouvait comprendre, car il vouait une admiration sans bornes à son père, le docteur Cyprien Morissette. À cette pensée, Fulbert se sentit interpellé par cette démonstration de fierté qui n'était pas la sienne, et, sans même prendre le temps d'y réfléchir, il se hâta de rectifier son tir:

— Je comprends maintenant pourquoi t'as de si beaux souliers, fit-il alors, avec une courtoisie qui surprit Cyrille.

Venant de la part de Fulbert, c'était tout un compliment. Cyrille y vit aussitôt un encouragement à poursuivre la conversation, une sorte de brèche à exploiter.

— Merci, répondit-il sans façon... C'est vrai que mon père travaille pas mal bien... Tout le monde le dit, au village. N'empêche...

— N'empêche quoi?

— C'est un peu fou de dire ça, rapport que ça fait des années que j'avais envie de travailler dans la cordonnerie avec mon père, pis que je l'achalais ben gros avec ça, mais l'expérience m'a un peu déçu.

— Ah oui? Pourquoi?

— Oh! Pour un tas de petites raisons... Tu sais, fabriquer des souliers neufs, c'est juste une partie du travail... C'est la partie qui a l'air la plus plaisante, je dirais, mais je l'ai pas essayée, parce que mon père a dit que ça prend ben de l'expérience avant d'en arriver à coudre des chaussures qui vont faire à la perfection.

— C'est vrai que ça doit pas être facile, il y a pas deux pieds pareils, constata Fulbert, qui commençait à prendre plaisir à cette banale conversation, lui qui avait passé l'été sans interlocuteur, si on faisait exception des généralités du quotidien échangées avec ses grands-parents, puis avec la gouvernante, puisque ses parents, eux, ne faisaient que traverser la maison en coup de vent, trop occupés à vaquer à leurs affaires. Qu'est-ce que t'as fait, d'abord, si tu fabriquais pas de souliers neufs?

— J'ai réparé des vieilles chaussures, des ceintures, des sacoches de femmes... Poser un nouveau talon, doubler une semelle, remplacer un fermoir, des affaires de même... C'est pas toujours agréable, parce qu'il y a des godasses qui sentent pas ben bon.

— Ouache...

— Ouais! Comme tu vois, moi avec, j'ai eu mon

boutte ouache, durant l'été. En plus, j'ai trouvé ça ennuyant : on fait toujours la même affaire.

— C'est comme toujours lancer un ballon dans le même panier.

Tout était dit !

Spontanément, il y eut un regard franc entre les deux garçons, qui venaient de vivre, chacun à sa manière, des vacances qui se ressemblaient.

Ces œillades qui se croisèrent étaient toutefois teintées de surprise, car c'était tout nouveau pour eux de se fixer droit dans les yeux, sans ressentir la moindre animosité.

Un fin silence se glissa dans la cour de récréation, tandis que Cyrille et Fulbert portaient les yeux au sol, vaguement embarrassés.

L'expérience de trouver un certain intérêt à discuter ensemble était nouvelle et elle demandait une évidente introspection. En effet, pour une toute première fois depuis leur rencontre, l'an dernier, Cyrille Lafrance et Fulbert Morissette s'étaient enfin parlé calmement.

L'entente serait-elle possible entre eux ?

« C'est Xavier qui serait content, se dit alors Cyrille, avec une belle sensation de contentement dans le cœur. Pis Pierre Rochon aussi, je le sais… Peut-être même que toute la classe y trouverait son profit, tant qu'à y être ! Comme dit Xavier, c'est vrai que c'est pas le diable agréable de toujours être sur la défensive. »

Cyrille savoura cette possibilité de réconciliation durant quelques instants avant de se rembrunir.

Il y avait encore loin de la coupe aux lèvres et avant d'en arriver aux claques dans le dos et aux fous rires partagés, il y aurait probablement un bon bout de chemin à faire. En fait, il y avait d'abord et avant tout une explication à demander à propos d'un événement qui continuait de tracasser Cyrille. Même si ledit événement ne touchait que lui, il avait eu suffisamment d'importance à ses yeux pour que l'amitié entre Fulbert et lui-même passe par cette explication. Qu'importe la réponse, toutefois ! Si elle était sincère, Cyrille s'en contenterait et il passerait l'éponge.

Le jeune homme se décida d'un coup.

— Fulbert ?

— Quoi ?

— Je peux-tu te parler sans risquer que tu te choques ?

À ces mots, Fulbert tourna la tête à demi et lorgna Cyrille du coin de l'œil, toute méfiance revenue.

— Que c'est tu veux dire par là ? demanda-t-il avec une certaine agressivité. Que je prends le mors aux dents tout le temps pour rien ?

— C'est pas ce que j'ai dit.

— Ben c'est quoi d'abord ? J'ai peut-être une couple de défauts, mais j'ai pas l'habitude de me choquer après le monde sans raison. Je prends les décisions qui sont importantes pour moi, je me fais des amis, pis je m'occupe pas des autres.

— Ouais, t'as pas tort en disant ça...

— Bon, tu vois ! J'suis de même depuis que j'vas

à l'école, pis j'ai pas l'intention de changer. Pis, c'est quoi tu veux savoir ?

Malgré l'envie de mettre la situation au clair, Cyrille n'en était pas moins mal à l'aise. On ne parle pas d'un vol comme on parle de la pluie et du beau temps, n'est-ce pas ? Il avait l'impression de marcher sur des œufs, car il ne voulait surtout pas rouvrir les hostilités.

— Tu te souviens-tu, l'an dernier, fit-il alors, tout hésitant, quand on a eu un travail long à faire en botanique ?

— Si je m'en souviens ? lâcha Fulbert avec désinvolture. Ça m'avait pris trois longues soirées pour en venir à bout, plus tout un dimanche après-midi pour recopier mes notes ben proprement. Mais je vois pas ce que je pourrais en dire de plus, par exemple, vu qu'on a eu la même note, toi pis moi.

— C'est vrai, constata Cyrille... C'était la première fois que ça nous arrivait, pis je l'ai pas oubliée. Mais c'est pas de ça que je veux parler...

L'attitude franchement décontractée de Fulbert laissait Cyrille décontenancé.

Ce garçon-là lui avait fort probablement volé son travail, en fait, Cyrille ne s'était jamais donné la peine de chercher un autre coupable, et il arrivait à se montrer aussi désinvolte ? Ça dépassait l'entendement !

Cyrille décida alors de se jeter à l'eau et tant pis pour les conséquences. Au moins, il en aurait le cœur net !

— En fait, Fulbert, déclama-t-il à toute allure

parce qu'il voulait en finir au plus tôt, ce que j'veux savoir, c'est pourquoi t'avais pris mon travail de botanique pour ensuite le mettre dans la poubelle de la bibliothèque où Xavier l'a...

— Mais de quoi tu parles? interrompit Fulbert, tout étourdi par le débit rapide du discours de Cyrille.

De toute évidence, Fulbert n'y comprenait rien et il ne voyait pas du tout où Cyrille voulait en venir.

— J'aurais fait quoi?

— Je ne...

Cyrille se tut brusquement, rouge de confusion. Devant l'attitude de Fulbert, les mots s'étaient soudainement embrouillés dans sa tête. Se pourrait-il que Fulbert Morissette n'y ait été pour rien?

Cyrille avala sa salive et prit une longue inspiration avant de poursuivre.

— Comme je l'ai dit, expliqua-t-il avec le bruit de son cœur qui résonnait dans ses oreilles, je parle du travail de botanique de l'an dernier. Celui que t'as pris dans mon pupitre pour le mettre dans...

— Ben là, je t'arrête tout de suite, Cyrille!

Fulbert était à la fois surpris et choqué. Il n'avait peut-être pas le meilleur caractère qu'on puisse trouver, sa mère le répétait assez souvent pour qu'il en soit convaincu, mais jamais il n'avait triché. Il lui arrivait parfois d'aider le destin pour arriver à ses fins, comme subtiliser une lettre, afin que la direction du collège comprenne qui était vraiment Cyrille Lafrance, mais rien de plus. Aux yeux de Fulbert Morissette, ce n'était pas une lettre glissée sous la porte du préfet de discipline ou quelques bonbons offerts pour s'acheter l'amitié des gens qui faisaient de lui un voleur.

Révolté, le jeune Morissette se redressa et lança un regard noir de reproches à son confrère de classe.

— C'est quoi, une accusation comme celle-là ? Sur quoi tu te bases pour me dire ça ? J'ai pas pris ton travail, Cyrille Lafrance, je le jure ! Pourquoi j'aurais fait ça, de toute façon ? On parlait même pas du même sujet, toi pis moi... Ça m'aurait donné quoi de prendre ton travail ?

— Je le sais pas... Ça serait à toi de me le dire, non ?

Excédé, Fulbert tapa du pied.

— Eh là ! Reviens-en, Cyrille ! Je peux rien dire pantoute, parce que j'ai rien pris pantoute. Si tu veux pas me croire, c'est ton problème, mais moi, j'ai rien à voir là-dedans !

Cyrille eut l'impression de recevoir une douche glacée, qui le paralysa. Depuis l'instant où il avait compris que son devoir avait disparu, Cyrille entretenait la supposition que Fulbert y était pour quelque chose. Mais voilà que ce dernier venait de se disculper avec une fougue qui ne pouvait mentir, et Cyrille n'avait aucune raison valable de mettre sa parole en doute.

— Ben voyons donc, murmura-t-il, décontenancé...

Cyrille tourna les yeux vers Fulbert.

— C'est qui d'abord ?

— Ça, je le sais pas, répondit Fulbert avec sa

nonchalance coutumière, soulagé tout de même de voir que Cyrille le croyait. Mais je comprends pas pourquoi t'es allé penser que ça pouvait être moi, par exemple. J'ai pas besoin de voler le travail des autres, j'suis capable d'avoir des bonnes notes tout seul. Je te trouve pas mal insultant, tu sauras.

Allez donc répondre à cela !

Fulbert avait l'air furieux. Il se leva et, sans ajouter quoi que ce soit, il se dirigea vers l'autre bout de la cour.

Quant à Cyrille, il en était devenu cramoisi. Au fait, pourquoi avait-il toujours supposé que c'était Fulbert, le coupable ?

En ce moment, le pauvre garçon admettait qu'à l'exception de quelques regards hostiles décochés par Fulbert à son endroit, rien ne pouvait justifier cette accusation gratuite. Cyrille fit donc la seule chose qu'il y avait à faire et il se leva à son tour. Puis, suivi par le regard courroucé de Fulbert, il traversa la cour à son tour et alla le rejoindre.

— Désolé, Fulbert, j'ai parlé trop vite. T'as pas tort de te sentir insulté, pis je m'excuse. Dans le fond, je le sais pas trop ce qui m'a fait penser que ça pouvait être toi… N'empêche qu'il y a quelqu'un qui l'a fait… Je comprends pus rien…

Malgré l'évidente sincérité de Cyrille, Fulbert hésita tout de même, et sa réponse ressembla alors à un vague grognement.

— Torpinouche, Fulbert ! Essaye au moins de me comprendre ! Xavier a quand même trouvé mon travail dans une poubelle, j'ai toujours ben pas inventé ça pour le plaisir!

Les coudes sur ses cuisses et le menton posé dans le creux de ses mains, Fulbert resta toujours aussi silencieux. Il semblait réfléchir intensément.

— Xavier, tu dis? murmura-t-il enfin, avec une forme d'interrogation dans la voix.

— Ouais, c'est ce que j'ai dit.

— Pis, par la suite, Xavier t'a avoué avoir trouvé ton travail dans la corbeille de la bibliothèque, c'est ben ça? poursuivit Fulbert, sur le même ton un peu absent et toujours sans lever les yeux vers Cyrille.

— T'as tout compris, Fulbert. C'est Xavier qui a trouvé mon travail juste sur le dessus de la pile des papiers chiffonnés. Une chance qu'il était sur le dessus parce que...

— Pis tu trouves pas, coupa Fulbert, qui gardait toujours les yeux au sol pour ne pas être déconcentré, que c'est un peu bizarre que ton travail aye été sur le dessus de la poubelle, justement?

— Ben... Pas vraiment. Pourquoi tu demandes ça?

— Tu vois pas?

Fulbert s'était redressé, comme s'il était monté sur un ressort et, avec un demi-sourire, il considérait Cyrille d'un regard satisfait.

— Me semble que c'est clair!

— C'est quoi tu vois que moi je vois pas? demanda Cyrille, qui commençait à en avoir assez de cette discussion qui, finalement, ne lui avait rien apporté de nouveau.

— Si j'avais volé le travail de quelqu'un pour le copier, expliqua alors Fulbert, tout fébrile, pis c'est ben la seule excuse qu'on peut avoir pour voler le travail d'un autre, me semble que je me serais arrangé pour que personne le retrouve jamais… Pas toi?

Cyrille resta silencieux un moment, tous les sens de nouveau aux aguets. En un sens, Fulbert n'avait pas tort.

— Ouais, vu de même, concéda Cyrille.

N'empêche qu'en disant cela, il se sentait anéanti. Que s'était-il réellement passé en février dernier?

Le pauvre Cyrille se sentait tout perdu.

Si ce n'était pas Fulbert, le coupable, qui donc lui en voulait à ce point? Jusqu'au retour des fêtes, l'an dernier, s'il n'avait pas d'amis proches, dans la classe, il n'avait pas d'ennemis non plus.

Puis, lentement, les propos de Fulbert firent leur chemin dans son esprit.

Cyrille s'obligea à revoir le déroulement de ces vingt-quatre heures que lui-même qualifiait de catastrophiques: la perte de son travail, l'inquiétude que cela avait causé, la nuit passée à mal dormir…

Puis, au réveil, Xavier, qui s'était posé en sauveur.

Eurêka! Il avait retrouvé le travail de Cyrille.

Par la suite, il y avait eu une poignée de main solennelle pour sceller leur nouvelle amitié et l'intégration de Cyrille au groupe des joueurs de pichenottes…

Tout cela, en une seule petite journée…

Cyrille eut soudainement l'impression de tout comprendre, même si cela lui apparaissait un peu extravagant. Il se tourna vers Fulbert.

— Tu serais pas en train de me dire que ça serait…

— Xavier lui-même ! exulta Fulbert, coupant cavalièrement la parole à Cyrille.

Sur ce, tout fier de lui, Fulbert afficha un large sourire.

— Qui d'autre ? demanda-t-il enfin.

En effet, qui d'autre ?

La perplexité de Cyrille se traduisit par des sourcils froncés, suivis, dans l'instant, par une moue dubitative, tant cette possibilité lui paraissait tirée par les cheveux.

— Me semble que ça se peut pas… Xavier ? C'est pas son genre… Il est trop sérieux pour faire une chose comme celle-là. Pis dis-moi donc pourquoi il aurait fait ça ? Lui avec, il a de très bonnes notes.

— Ben là, tu lui demanderas… Il y a juste Xavier qui peut répondre à ça. Pis si jamais t'osais pas lui en parler, je peux le faire à ta place.

Ça, c'était du Fulbert Morissette tout craché de vouloir s'imposer un peu partout autour de lui, de s'imaginer irremplaçable. Cette réplique eut l'heur de tempérer les interrogations de Cyrille.

— Non merci, dit-il, tout en secouant la tête… Je connais assez Xavier pour lui demander moi-même.

Cyrille avait décliné l'offre de son confrère sur

un ton songeur, avant de s'enfoncer dans un silence méditatif qui dura cinq bonnes minutes.

À force d'y penser, de retourner la situation dans tous les sens, Cyrille finit par admettre, un peu à contrecœur, que l'idée de Fulbert n'était pas aussi farfelue qu'elle en donnait l'impression à première vue. En emboîtant les événements les uns dans les autres, ça devenait même presque évident.

Cyrille s'appuya contre le mur de pierres chauffées par le soleil. À la première occasion venue, il vérifierait le tout avec Xavier.

Une fois cette décision prise, Cyrille se tourna vers Fulbert. Il était encore perturbé par la tangente que prenait la situation, mais comme il ne pouvait être certain de quoi que ce soit avant d'en discuter avec Xavier, il préférait passer à autre chose.

— Je te remercie de ton offre, Fulbert, répéta-t-il sur un ton décidé, mais j'vas régler ça par moi-même avec Xavier.

— Comme tu veux.

Ayant, pour l'instant, épuisé l'essentiel des choses à dire, les deux garçons échangèrent un dernier regard avant de replonger dans leurs pensées respectives, les yeux sur la cime des arbres pour l'un et à la pointe de ses chaussures pour l'autre, jusqu'à l'instant où une voix enthousiaste se fît entendre un peu plus loin.

— Hé ! Salut, les gars !

Cette fois-ci, ils furent deux à sursauter. Avec une symétrie désarmante, Cyrille et Fulbert portèrent le regard vers la porte donnant sur la cour de récréation.

Tout souriant, Xavier Chamberland se tenait dans l'embrasure et il saluait ses confrères d'une main énergique, comme s'il était tout à fait normal et habituel de voir Cyrille Lafrance et Fulbert Morissette se tenir compagnie.

En retrait se tenait le frère Alfred qui, lui, n'avait personne à saluer. De toute évidence, le petit religieux semblait préférer la sécurité de l'ombre et de la distance. Les trois garçons, qu'il appelait en secret le «trio infernal», allaient se retrouver ensemble dans la cour de récréation, sans personne pour venir tempérer leurs caractères bouillants, et il flairait là la possibilité d'une autre dispute.

— De grâce, pas de folies, les garçons, murmura-t-il à Xavier, sur le ton qu'il prenait pour la prière du soir.

— Promis, répondit alors Xavier sur le même ton.

Se contentant de cette brève réponse, le petit religieux s'éloigna à pas si rapides qu'on aurait dit une fuite. Après tout, le directeur ne lui avait jamais demandé de surveiller la cour de récréation, n'est-ce pas?

Fulbert fut le premier à réagir.

— Voilà l'occasion d'en avoir le cœur net, affirma-t-il à mi-voix, une main placée en cornet devant sa bouche pour éviter que la brise, cette indiscrète, ne transporte ses propos jusqu'à Xavier. Attends pas pour parler, Cyrille, règle ton problème tout de suite, sinon tu risques de jamais rien dire.

Le conseil était pertinent et Cyrille hocha la tête

pour montrer qu'il en tiendrait compte. Cependant, il aurait nettement préféré être seul avec Xavier. Malheureusement pour lui, si Fulbert montrait une assez bonne volonté, depuis ces derniers instants, il ne poussa pas la bienveillance jusqu'à offrir de s'éloigner.

Avec une discussion intéressante se pointant à l'horizon, comment voulez-vous qu'un Fulbert Morissette songe un seul instant à s'installer à l'autre bout de la cour de récréation et rate ainsi le spectacle ?

Bien adossé au mur, Fulbert suivit Xavier des yeux tandis que ce dernier s'approchait d'eux en marchant d'un bon pas.

Cyrille était déjà debout, prêt pour l'accolade, mais Fulbert, qui ne savait pas encore quelle attitude adopter, décida de rester assis.

Toutefois, après que Xavier eut fait un signe de tête et un sourire à l'intention de Cyrille, ses premiers mots furent pour Fulbert, devant qui il s'arrêta pile.

— Regarde !

Toujours souriant, Xavier se tenait fièrement devant ses confrères, les deux poings sur les hanches. Il bougeait vivement la tête de gauche à droite. Celui qu'on appelait communément « la taupe » avait passablement grandi durant l'été et il semblait plus costaud.

— Qu'est-ce que tu veux que je voie ? demanda Fulbert, qui ne comprenait pas en quoi Xavier était devenu soudainement intéressant.

Il commençait surtout à être agacé par toutes ces discussions.

— Mes lunettes, pardi ! rétorqua Xavier. Mon père a dû en acheter ENCORE une autre paire à la fin des vacances, parce que ma vue a ENCORE baissé. Les montures sont en corne, cette fois-ci. C'est plus confortable sur le nez même si c'est un peu plus lourd. Tant pis. Au moins, je vois toujours un peu et c'est ce qui compte le plus.

Ces derniers mots, lourds de sens, restèrent sans réponse durant un court moment, crevant cependant la bulle d'impatience de Fulbert.

Avait-il bien entendu ?

Xavier venait-il vraiment de laisser entendre qu'il était en train de devenir aveugle ?

Un ange passa.

Puis, Cyrille demanda, d'une voix inquiète :

— Qu'est-ce que tu veux dire par là, Xavier ?

— Que ma vue continue de baisser... Mais ce n'est pas grave ! Ne prends surtout pas cet air affligé, Cyrille. Je le sais depuis que je suis tout petit que je risque de devenir aveugle un jour. Ce n'est pas comme si je venais de l'apprendre cet été !

Cette affirmation d'une grande tristesse avait pourtant été lancée avec un parfait détachement. Elle fut cependant suffisante pour modifier le cours de l'histoire, dans l'espace de récréation du collège de Trois-Rivières, par un bel après-midi de septembre.

Fulbert en resta muet, se disant qu'à partir de

maintenant, il s'efforcerait d'être plus gentil avec Xavier. On le serait à moins, n'est-ce pas ?

Quant à Cyrille, affligé ou pas, il n'avait plus du tout l'intention de revenir sur l'incident du travail volé. D'un regard entendu, il fit comprendre à Fulbert qu'il ferait bien de se taire, lui aussi.

À des lieues de se douter qu'au moment de son arrivée dans la cour, ou peu s'en faut, il était le sujet de conversation de ses confrères, Xavier demanda :

— Et puis, les gars, à quoi ont ressemblé vos vacances ?

Passant devant Cyrille, Xavier se laissa tomber sur le banc de pierre, tout à côté de Fulbert, tandis que son regard de grand myope passait de l'un à l'autre dans l'attente d'une réponse.

— Rien de plus que ce que tu sais déjà, soupira Cyrille. Je te l'ai écrit.

— Pis moi, j'ai passé un mois au chalet de mes grands-parents, compléta Fulbert qui, sans trop savoir pourquoi, décida de taire l'autre mois de ses vacances. Pis toi, Xavier, qu'est-ce que t'as fait ?

— Au chalet, comme toi. Pierre Rochon est venu passer une couple de semaines avec moi, pis le reste du temps, je me suis promené. J'ai pas mal d'amis au lac aux Sables, des vrais amis qui acceptent de jouer à des jeux tranquilles, quand je suis avec eux. Sinon, quand il fait beau, on passe l'après-midi à se baigner. On a une plage derrière le chalet. La natation est bien le seul sport que je peux pratiquer sans que mes parents crient au danger.

— Chanceux! Moi, au chalet de mes grands-parents, il y a juste une rivière. On peut pas vraiment nager.

— Nager? Pourquoi vouloir à tout prix nager? L'idée est de se rafraîchir, non?

— Non, justement. Je trouve ça frustrant de me retrouver dans l'eau sans pouvoir nager. Barboter, c'est bon pour les bébés.

Cyrille écoutait Fulbert et Xavier, qui papotaient comme deux vieux amis, philosophant sur les qualités d'une bonne baignade, quand leur attitude lui fut soudainement intolérable. En un sens, elle était remplie d'insolence à son égard et Cyrille sentit aussitôt un grand vent d'amertume le soulever. Lui aussi, il aurait bien aimé avoir le temps de se distraire, de se rafraîchir à la rivière du village ou au chalet de Xavier, de qui il avait été obligé de décliner l'invitation. Au lieu de cela, il avait travaillé sans relâche ou presque. Son intervention fut cinglante.

— T'es ben chanceux, Fulbert, que ton gros problème des vacances aye été d'avoir une rivière à la place d'un lac, cracha Cyrille avec humeur. Chez nous aussi, on a une rivière, mais moi, j'ai appris à m'en contenter, tu sauras. Par contre, cette année, j'ai même pas pu y aller une seule fois, parce que j'ai travaillé quasiment chaque jour. Pis quand j'avais une journée de congé, il faisait trop froid pour se baigner.

Il n'en fallait pas plus pour que toutes les vieilles rancunes se réveillent. Fulbert décocha un regard empreint d'exaspération vers Cyrille.

— C'est toujours ben pas de ma faute à moi si t'as travaillé au lieu de t'amuser, grommela-t-il entre ses dents.

Puis, Fulbert fronça les sourcils et il ajouta :

— C'est quoi ta manie de toujours m'en vouloir pour tout ? T'avais juste à organiser ton horaire pour te garder un peu de temps libre quand il faisait beau, c'est tout.

— C'était pas aussi facile que ça, tu sauras, objecta Cyrille du tac au tac. L'horaire, c'est mon père qui le faisait, pas moi. Pis, ça dépendait des commandes.

— C'est ça quand on a pas d'argent pis que...

Cette réplique lancée par Fulbert était mesquine et totalement inutile. Elle percuta Xavier au passage, qui bondit aussitôt sur ses pieds. Se tournant carrément vers Fulbert, il le fustigea du regard. Toutefois, comme il était plutôt brillant et perspicace, sachant que le moindre reproche pouvait remettre le feu aux poudres, Xavier s'adressa à ses deux confrères en même temps.

— Holà, vous deux ! Un peu de calme, s'il vous plaît ! J'ai promis au frère Alfred qu'on ne se disputerait pas et je tiens toujours mes promesses... Mais admets avec moi, Fulbert, que ce n'est pas tellement gentil ce que tu viens de dire, même si tu as le droit de préférer un lac à une rivière. De toute façon, qu'est-ce qui vous prend tous les deux, de vous obstiner sur ce ton ? On faisait juste parler des vacances. Il n'y a pas de quoi en faire toute une montagne.

— Toi, on sait ben...

Fulbert fixait Xavier, les yeux mi-clos, prêt à en découdre, ayant déjà tout oublié de ce qui ressemblait à une réconciliation.

En un mot, même si Fulbert était capable de reconnaître qu'il méritait le reproche, il fulminait de s'être fait remettre à sa place par Xavier Chamberland.

Après tout, c'était un peu de la faute de Xavier s'il y avait eu une dispute au printemps. De là à estimer que c'était aussi à cause de lui s'il avait reçu une raclée devant tous les élèves, il n'y avait qu'un pas à franchir, ce que lui, Fulbert Morissette, avait fait sans la moindre hésitation. Si Xavier s'était mêlé de ses affaires au lieu de venir se moquer de son prénom démodé, rien de tout cela ne serait arrivé.

Il y avait une certaine logique dans l'évaluation de Fulbert et il s'y cramponna. S'il en voulait à quelqu'un, c'était bien à Xavier. Encore plus qu'à Cyrille. Il était temps que les pendules soient remises à l'heure ! Alors, Fulbert reprit de plus belle, sur un ton rempli de moquerie et de fiel.

— On sait ben, Xavier Chamberland ! Toujours gentil, toujours de bonne humeur, le chouchou des professeurs... Comme il parle bien, le Xavier ! Mais ça t'empêche pas de semer le trouble, par exemple.

D'une chiquenaude adroite, Xavier replaça ses lunettes.

— Semer le trouble ? Moi ?

Xavier avait une habileté indéniable à manier les mots et il ne se gênait pas pour en abuser au besoin. S'il se tenait habituellement loin des disputes, il était tout de même capable de se défendre, pourvu qu'on n'en vienne pas aux coups. Il eut alors une vague pensée pour le frère Alfred, une autre pour la dispute du printemps, puis il rétorqua :

— Je n'ai jamais semé le trouble, comme tu viens de le dire, Fulbert Morissette ! C'est plutôt toi, en avril dernier, qui t'en étais pris à moi pour...

— Je parle même pas de ça !

Les yeux de Fulbert brillaient de colère.

— Remarque que là avec, c'est toi qui avais commencé la chicane.

— Moi ? Je n'avais rien commencé du tout.

— Ah non ? Ben j'suis pas sûr de ça, moi. Après tout, c'est toi qui te moquais de mon nom. De toute façon, c'est pas de la dispute que je veux parler. C'est pas parce que t'as des problèmes avec tes yeux, Xavier Chamberland, que ça te donne tous les droits.

— Oh !

Xavier n'en revenait tout simplement pas.

— Je n'ai jamais pensé ça ! C'est méchant de croire que j'utilise ma mauvaise vision pour m'attirer les sympathies.

Malgré l'épaisseur du verre des lunettes de Xavier, on pouvait apercevoir la brillance de quelques larmes. Fulbert comprit aussitôt qu'il avait dépassé les bornes et, avant que Cyrille n'intervienne, il fit marche arrière.

— Peut-être ben, ouais, que j'exagère un peu, admit-il sur un ton conciliant. Je m'excuse. Vraiment.

À ces mots, Xavier et Cyrille se regardèrent, surpris.

Depuis quand Fulbert s'excusait-il? Toutefois, ceci étant dit, Fulbert n'allait pas rater pour si peu l'occasion qui lui était offerte de faire la lumière sur le vol du travail de Cyrille. Il avait été sincère quand il avait dit qu'il n'interviendrait pas, mais les circonstances avaient changé. Alors, il enchaîna:

— Mais toi, c'est en volant le travail de Cyrille que t'as été méchant. Même si t'avais peut-être une bonne excuse pour le faire.

Entendant ces mots, Cyrille baissa la tête, mal à l'aise. Il n'aurait jamais dû se fier à la parole de Fulbert. Pendant ce temps, Xavier, devenu muet, renifla ses larmes avant de dire un peu bêtement:

— Moi?

— Ouais, toi! Ça t'en bouche un coin, hein, de voir que j'ai tout deviné? Imagine-toi donc qu'après en avoir jasé ensemble, Cyrille pis moi, on a conclu qu'il y avait juste toi pour faire ça. Dis-lui, Cyrille! Dis-lui que c'est ça qu'on a fini par comprendre!

Ce dernier sentait la rougeur lui monter au visage encore une fois. Il était sans voix, lui aussi, visiblement ébranlé et gêné. Néanmoins, en même temps, il se sentait plus léger, car il allait peut-être finir par savoir la vérité. N'empêche qu'il n'aimait pas la tournure que prenait leur discussion ni la mine attristée de Xavier. La gorge nouée, Cyrille confirma les dires de Fulbert par un vague signe de la tête.

Un silence de tombeau pesa alors sur la cour. Un silence si dense que le simple chant d'un oiseau les fit réagir tous les trois. Fulbert expira bruyamment,

Cyrille leva les yeux vers Xavier qui, lui, demanda, d'une voix fêlée :

— Comment as-tu fait pour deviner ?

La question n'était qu'un aveu, et Xavier en était conscient. Pour se donner une certaine contenance, le pauvre garçon enleva ses lunettes qui, soudainement, lui semblaient encore plus lourdes qu'à l'accoutumée. Il en profita pour s'essuyer les yeux, frotta machinalement ses verres sur son chandail, puis il les replaça lentement sur son nez, tandis que Cyrille écarquillait les yeux.

— Parce que c'était vraiment toi ? demanda-t-il, incrédule, même s'il avait déjà eu sa réponse. C'est ce que Fulbert disait, mais moi, j'avais de la misère à le croire. Pourquoi, Xavier, pourquoi t'as fait ça ?

Xavier haussa les épaules. À quoi bon s'obstiner, puisque Fulbert avait découvert le pot aux roses ? Dans un long soupir, Xavier rendit les armes.

— Tout simplement parce que je ne voyais pas comment t'aborder autrement, expliqua-t-il enfin. Tu semblais tellement distant, Cyrille. Et en même temps, tu avais l'air gentil et un peu triste. Puis, tu étais toujours seul... Je me suis dit qu'avec un premier de classe, la meilleure façon d'entrer en contact, c'était par l'entremise d'un travail.

— Ben voyons donc... T'as vraiment pensé ça ?

Xavier esquissa un sourire malicieux.

— Avoue que je n'avais pas tort !

Maintenant que la vérité avait éclaté au grand jour, c'était au tour de Xavier de se sentir libéré, même si, pour lui, l'incident du travail de botanique était fort loin, et, somme toute, bien anodin. Jamais il n'avait eu l'intention de subtiliser le travail de Cyrille pour ne pas le lui remettre.

N'empêche !

Pour un garçon franc et entier comme Xavier, c'était un réel soulagement de savoir que son secret n'en était plus un. Quand il vit dans le regard de Cyrille que celui-ci ne lui en voulait pas, Xavier se tourna vers Fulbert.

— Je tiens cependant à préciser, Fulbert, que ton nom n'a jamais été prononcé, ce jour-là, affirma-t-il, soucieux que toute la clarté soit faite sur l'incident. Je n'y ai même jamais pensé. Et si j'avais su que Cyrille te tenait responsable, j'aurais avoué mon crime bien avant aujourd'hui. Pour moi, l'important n'était pas de trouver un coupable, mais bien de briser le silence entre nous.

— C'est vrai, ce que Xavier vient de dire, confirma alors Cyrille, en secouant vigoureusement la tête pour appuyer ses dires. J'ai jamais prononcé ton nom, Fulbert... Mais comme on se parlait pas vraiment, toi pis moi, pis que t'avais tout fait pour me battre aux élections, même acheter des votes avec des bonbons, ça me...

— Je sais tout ça. Inutile de se répéter, trancha Fulbert d'une voix autoritaire... Mon père aussi m'a dit que ça se faisait pas, donner des bonbons pour que le monde vote pour toi... Je le ferai plus... Mais j'ai jamais volé, par exemple...

Sur ce, Fulbert se tut brusquement. Il fixa Cyrille un moment en se disant qu'en cet instant, ils étaient tous un peu coupables de quelque chose. Autant aller jusqu'au bout pour pouvoir passer sereinement à autre chose.

— En fait, reprit-il alors, la seule affaire que j'ai prise, depuis que j'suis arrivé au collège de Trois-Rivières, c'était ta lettre pour…

— Ah ! C'était toi ! interrompit Cyrille, qui n'avait besoin de rien de plus pour comprendre que Fulbert parlait de la missive destinée à sa cousine Judith et qu'il avait écrite quelques jours à peine après son arrivée au collège. Ça m'a valu un méchant savon de la part du père Auguste, tu sauras… Mais remarque que le préfet me serait tombé dessus pareil, vu qu'il lit toutes les lettres qui partent du collège.

— C'est ben que trop vrai, approuva Fulbert. Tu vois, comme ça, je me sens un peu moins coupable.

— Parce que ça t'arrive de te sentir coupable, toi ?

— Un peu…

Fulbert secoua la tête, le regard songeur.

— Des fois oui, reconnut-il. Mais pas trop souvent… Judith, c'était qui ? demanda-t-il enfin, en curieux invétéré qu'il était.

— Judith, c'est ma cousine. On a le même âge pis on s'entend pas pire, elle pis moi, indiqua Cyrille, tout en restant le plus vague possible.

Personne n'avait besoin de savoir que le simple nom de la belle Judith suffisait à faire débattre son cœur.

Comme en ce moment…

Cyrille détourna les yeux, feignant de s'intéresser soudainement aux grands peupliers qui bruissaient doucement dans la brise de ce bel après-midi de fin d'été. Il souhaitait de toutes ses forces que son malaise ne se voie pas, car, s'il avait le cœur frémissant, il éprouvait aussi l'étrange sensation que tout son corps frissonnait avec lui.

Heureusement, sans le savoir, Xavier vint à sa rescousse.

Trop heureux de constater que les tensions semblaient vouloir s'apaiser, entre Fulbert et eux, que les disputes, les rancunes et les questionnements étaient peut-être enfin chose du passé, il prit une longue et bruyante inspiration empreinte de satisfaction, ce qui enterra jusqu'au bruit des peupliers. Xavier s'exclama alors :

— On dirait bien que l'heure de vérité a sonné. C'est une très bonne chose.

Tout en parlant, Xavier avait levé un index sentencieux et il promenait son regard flou de Cyrille à Fulbert.

— Les rancunes ne sont agréables pour personne, annonça-t-il, avec tout le sérieux qu'une telle déclaration exigeait. N'est-ce pas, les gars ? Si on a été capables de tout nous dire sans se monter les uns contre les autres, on devrait arriver à s'entendre durant toute une année. Qu'est-ce que vous en pensez, vous deux ?

— On pourrait, oui, déclara alors Cyrille, rempli d'espoir.

— On peut toujours essayer, conclut Fulbert, plus réaliste.

Ce fut à cet instant que Pierre Rochon, escorté par le frère Alfred, apparut à son tour dans l'embrasure de la porte.

— Hé ! Salut, les gars ! Je peux venir m'asseoir avec vous ?

Avant même que Cyrille ou Xavier aient le temps de réagir, Fulbert avait levé le bras. Parce qu'il avait l'habitude de prendre les décisions sans consulter ses amis et puisque, désormais, Cyrille et Xavier étaient en quelque sorte devenus des amis potentiels, Fulbert Morissette fit signe à Pierre de s'approcher.

— Amène-toi ! On est en train de régler tous nos problèmes ! Il manquait juste toi pour que ça soit complet.

CHAPITRE 2

Le mercredi 3 septembre 1924,
à Sainte-Adèle-de-la-Merci

Au lendemain de la rentrée scolaire, dans la cuisine de la maison de Félicité Gagnon

Si quelqu'un auparavant avait eu l'audace de dire à Félicité qu'un jour, elle se lasserait de sa petite maison, elle aurait piqué une sainte colère. Elle lui aurait répondu du tac au tac qu'il avait bien menti et elle l'aurait mis à la porte de chez elle sans autre forme de discussion. Cette maison, elle l'avait payée toute seule jusqu'au dernier sou, et elle en était très fière. Au fil des ans, elle l'avait aménagée à son goût, selon ses moyens, et elle y tenait comme à la prunelle de ses yeux.

Puis, récemment, Félicité avait été malade, très malade, au point où elle avait eu grand-peur de mourir.

Ce fut à partir de ce jour-là que la vieille dame

avait pressenti que bien des choses pourraient éventuellement changer dans sa vie, parce qu'au final, malgré ce qu'elle avait toujours cru, elle n'était l'instigatrice que d'une infime partie de son quotidien. À preuve, il y avait eu cet infarctus, qu'elle n'avait pas prévu, suivi d'un interminable séjour à l'hôpital, qu'elle n'avait surtout pas choisi de faire.

En revanche, l'oisiveté qui en avait découlé avait permis une longue réflexion, durant laquelle Félicité avait pu ressasser son passé jusqu'à plus soif, pour ensuite tenter d'imaginer à quoi pourraient bien ressembler les quelques trop brèves années qu'il lui restait à vivre.

Que voulait-elle faire de ce temps qui fuyait si vite, après avoir vécu plus de soixante-dix ans en solitaire ou presque ?

Reprendre là où la maladie l'avait obligée à s'arrêter ?

Ce serait assurément facile et pas nécessairement désagréable. Après tout, même si elle avait souvent ressenti le poids de la solitude, Félicité Gagnon avait eu une bonne vie, une très bonne vie.

Par contre, à titre de rêvasserie, se pouvait-il qu'elle puisse apporter quelques modifications à ce quotidien un peu trop prévisible ?

L'idée méritait réflexion, n'est-ce pas ?

C'est ce que la vieille dame s'était amusée à faire, jusque dans les moindres détails, pour en arriver à la conclusion que si elle avait envie de quelque changement que ce soit, il n'y avait plus de temps à perdre.

Félicité Gagnon n'était plus une jeunesse et il y avait nettement plus de vécu derrière elle que d'années devant, et cela, malgré les prévisions les plus optimistes qu'elle pouvait faire.

Néanmoins, l'exercice s'avérerait peut-être intéressant et, à certains égards, cela pourrait même être excitant, puisqu'elle avait toujours déclaré que l'imprévu était le sel de la vie.

La seule constante qui avait soutenu les ruminations de cette femme au caractère entier était sa nièce, Marie-Thérèse, de qui elle ne voulait surtout pas s'éloigner.

En vérité, Félicité Gagnon aimait cette jeune femme comme si celle-ci avait été sa propre fille et c'est bien connu, aucune mère n'aime savoir ses enfants loin d'elle. Du moins, c'était l'opinion de Félicité.

Convaincue de la justesse de cette pensée, qui s'imposait chaque fois qu'elle tentait d'imaginer un avenir différent de tout ce qu'elle connaissait, la tante Félicité avait alors décidé qu'au moment où elle quitterait l'hôpital, elle reprendrait le cours habituel de son existence, dans sa petite maison, à quelques pas de celle de Marie-Thérèse. Ainsi, elle pourrait continuer de lui rendre service, ce qu'elle voyait comme une belle façon d'occuper le temps, jusqu'au jour où le Bon Dieu la rappellerait à Lui.

C'était une solution logique, LA solution facile, elle en convenait, mais c'était aussi celle qui répondait le mieux aux attentes de son vieux cœur.

Puis Félicité était enfin sortie de l'hôpital, en compagnie de monsieur Touche-à-Tout, le vendeur itinérant, qui s'était gentiment offert pour la reconduire chez elle.

Ce jour-là, le nez à la fenêtre du camion bringuebalant, la vieille dame avait admiré la forêt comme si elle la voyait pour la première fois. L'excitation de retourner chez elle était à son comble et elle était émue, comme si elle vivait une seconde naissance.

Malheureusement, à l'instant où Félicité avait mis les pieds dans son salon, alors que le camion de Gédéon Touchette s'éloignait en crachotant, elle avait flairé que le train de sa réflexion risquait de dérailler.

Qu'avait-elle imaginé, quand elle se voyait trottinant du matin au soir dans la maison de Marie-Thérèse, la petite Angèle accrochée à ses jupes et bébé Albertine dans les bras ?

Épuisée par la longue route, ce fut une Félicité vacillante qui avait alors fait les quelques pas menant au vieux fauteuil en cuir râpé, posté tout à côté de la fenêtre, et elle s'y était laissée tomber, fourbue comme si elle avait été rouée de coups.

De toute évidence, ça n'irait pas du tout comme elle l'avait escompté durant son séjour à l'hôpital.

Le cœur battant la chamade, la pauvre femme avait alors connu une prise de conscience plutôt désespérante et une larme de déception avait emprunté le sillon d'une ride pour venir mourir sur son menton.

Si le cœur allait mieux, comme l'avait affirmé le

médecin, au moment de son départ, la vitalité, elle, n'était pas au rendez-vous.

Comment, dans de telles conditions, arriverait-elle à reprendre le fil de son quotidien ? Plus question de se voir en train d'aider Marie-Thérèse, comme elle l'avait fait durant une bonne partie de l'hiver. Sa vieille carcasse ne suivrait pas.

Félicité était anéantie.

Devant une constatation aussi désolante, elle s'était alors promis qu'elle allait au moins essayer de se débrouiller toute seule. Si elle n'était plus d'un grand secours pour sa très chère nièce, elle ne voulait tout de même pas s'imposer à elle comme un boulet à la cheville. Après tout, Marie-Thérèse avait une grosse famille, et il était tout à fait normal que cette dernière soit sa priorité.

Durant les semaines suivantes, la léthargie qui s'était emparée de Félicité avait été sa plus fidèle compagne. Malgré les affirmations du médecin, qui la disait guérie, et persuadée que l'ombre de la mort continuait de veiller pas trop loin, la tante Félicité avait entretenu la peur irraisonnée de subir une autre attaque. C'est à peine si de temps en temps, elle avait osé sortir sur son balcon pour humer la douceur du printemps et, régulièrement, elle avait demandé à son petit-neveu Benjamin de faire les courses pour elle. Trop souvent, hélas ! elle avait l'esprit encombré par le souvenir de son malaise, qui s'attachait à elle comme une seconde peau.

S'il avait fallu, ce matin-là, qu'elle échappe un des

jumeaux quand elle s'occupait de lui, que serait-il arrivé ?

Et qu'aurait-elle fait si l'incident était survenu alors qu'elle était tout fin seule dans sa maison ? Le petit Ignace n'aurait jamais pu la retrouver, étendue sur le plancher de la cuisine devant la glacière, et probablement qu'elle en serait morte.

Voilà ce qui aurait pu arriver à une dame d'un âge aussi avancé que le sien et qui, de surcroît, vivait seule.

Sur le sujet, personne sur Terre ne pourrait ébranler la conviction de Félicité : à sa façon, Ignace Lafrance, du haut de ses cinq ans, lui avait sauvé la vie.

Puis, au matin de Pâques, il y avait eu Irénée et sa proposition inusitée.

Pourtant, Irénée Lafrance, père de Jaquelin et grand-père d'Ignace, était un ancien du village, dont Félicité avait gardé un souvenir plutôt mitigé.

— C'est ben clair que vous filez encore un mauvais coton, pauvre vous ! avait-il lancé avec sa franchise décapante qui en désarmait plus d'un.

Ils étaient tous les deux installés sur la galerie des Lafrance, le temps de digérer le copieux repas servi par Marie-Thérèse. Ils avaient plutôt choisi de se bercer, tandis que les jeunes s'amusaient à faire de courtes promenades dans l'auto neuve d'Émile.

— Venez donc faire un tour à Montréal ! avait alors proposé Irénée. Vous allez voir que ma fille Lauréanne est dépareillée pour requinquer le monde !

— Ben voyons donc, vous !

Malgré le scepticisme éprouvé par Félicité, l'idée avait tout de même fait son bout de chemin. Puis, elle connaissait assez bien Montréal. Elle y avait passé quelques années, au moment de ses études pour devenir institutrice, et les jours vécus en ville resteraient toujours parmi ses plus beaux souvenirs.

Petit à petit, à force de repenser à la proposition d'Irénée, l'invitation était devenue tentation. Pourquoi pas ? Après tout, elle n'avait rien à perdre à essayer.

Ce fut ainsi que Félicité Gagnon, encore toute fragile et inquiète, avait fait la route jusqu'à Montréal, en compagnie d'Émile et de Lauréanne. Puis, sous l'œil attentif d'Irénée, elle avait installé ses pénates dans la petite chambre occupée en temps normal par Agnès, qui, de son côté, passait la belle saison à Sainte-Adèle-de-la-Merci, chez ses parents.

— Ben content de vous voir là, avait déclaré Irénée Lafrance en guise de bienvenue.

Épuisée par la longue route, la vieille dame ne s'était pas donné la peine de répondre. Sur un léger mouvement de l'épaule pour signifier qu'elle avait entendu, Félicité avait quitté la chambre en direction de la cuisine. Tout ce qu'elle souhaitait, à ce moment-là, c'était le réconfort d'un bon thé chaud.

N'empêche qu'Irénée n'avait pas eu tort d'affirmer que sa fille Lauréanne savait y faire pour bien accueillir son monde.

En quelques semaines, Félicité avait commencé

à se sentir ragaillardie et elle avait repris un peu de poids, parce que l'appétit lui était revenu. Ça sentait toujours bon dans la cuisine de Lauréanne.

Mais surtout, la peur de mourir l'avait enfin quittée, et, à ses yeux, c'était sa plus grande victoire.

Elle avait donc profité pleinement de ce qui restait de son séjour à Montréal; elle s'était bien amusée à la pêche en compagnie d'Irénée et de ses petits-neveux, venus les visiter; elle avait mangé un nombre incalculable de cornets de « crème à glace » au petit restaurant du coin, pour « se remplumer », disait-elle; et ce fut une femme rechargée en énergie qui était revenue chez elle la semaine précédente, pour enfin reprendre là où son infarctus l'avait arrêtée, en mars dernier.

— Bonne sainte Anne! Un dans l'autre, ça va m'avoir pris un bon six mois pour me remettre d'aplomb!

N'empêche que, présentement, Félicité avait en tête mille et un projets pour aider la famille Lafrance, à commencer par profiter du bel automne pour aller promener les jumeaux et ainsi soulager sa chère Marie-Thérèse.

— Tu vas voir, ma belle Thérèse, que je me sens pas mal mieux! M'en vas pouvoir recommencer à t'aider le plus souvent possible, avait-elle déclaré à sa nièce venue l'accueillir.

Celle-ci avait alors levé les yeux au ciel.

— Quelle drôle d'idée, matante!

— Comment ça?

— Pas question de vous voir chez moi à tout bout de champ. À l'occasion, je dis pas, pour un repas ou le temps d'une jasette, mais ça sera pas pour m'aider, par exemple ! Vous allez garder vos forces pour vous, matante. J'ai eu assez peur comme ça. De toute façon, avec les jumeaux qui ont commencé à marcher, pis qui sont capables de jouer tout seuls de plus en plus souvent, on arrive à se débrouiller pas pire, Jaquelin pis moi. Pensez donc un peu à vous.

— Bon, une autre affaire… J'espère que tu vas pas te faire du sang de punaise pour moi pendant trop longtemps, ma Thérèse ! Sinon, j'vas trouver ça ben fatigant, pis ça va finir par me tomber sur les rognons…

— Matante !

— Ben quoi ? Prends pas tes grands airs, ma fille ! Je sais de quoi je parle… Tiens ! Si c'est de même, pour ménager les susceptibilités de tout le monde, m'en vas faire un peu de manger pour toi pis ta famille. Que c'est tu dirais de ça ? Pis ben du cannage pour l'hiver ! avait alors rétorqué Félicité Gagnon de sa voix la plus ronchonneuse, question d'avoir tout de même le dernier mot.

— En autant que ça vous fatigue pas trop ! avait répliqué Marie-Thérèse.

— Veux-tu ben me ficher patience, ma tannante ! Tu peux toujours ben pas m'empêcher de faire à manger. Quand même !

Être désœuvrée ne ressemblait pas à Félicité Gagnon et, devant l'entêtement de Marie-Thérèse à vouloir la ménager, elle se mit à entrevoir l'avenir comme une suite interminable de journées grises. N'empêche que, malgré cela, elle ne s'imaginait toujours pas vivre ses vieux jours sans la présence quasi quotidienne de sa nièce à ses côtés et elle ferait tout en son pouvoir pour que celle-ci le comprenne.

— L'important, avait-elle murmuré, ce soir-là, avant de s'endormir, c'est que moi, je sais que j'vas de mieux en mieux. Marie-Thérèse va ben finir par s'en rendre compte elle avec, pis tout va rentrer dans l'ordre... Même le docteur de l'hôpital l'a dit : côté cœur, je pourrais pas me sentir plus d'équerre qu'en ce moment, pis je peux faire tout ce que je veux. C'est ça qu'il a dit, le docteur : je peux faire tout ce que je veux ! Va ben falloir que Marie-Thérèse se fasse à l'idée, bonne sainte Anne !

Toutefois, si la crainte de mourir avait disparu lors de son séjour à la ville, celle-ci avait été remplacée à courte échéance par une sensation de vide, qui s'était manifestée dès les premiers jours où Félicité s'était retrouvée chez elle sans la moindre compagnie.

Au bout du compte, la semaine qui venait de passer lui avait paru interminable.

— Mais comment j'ai faite pour vivre toute seule durant toutes ces années-là ? répétait-elle encore ce matin, assise à la table.

Devant elle, une tasse de thé fumant, comme de raison, et du pain grillé, qu'elle beurra généreusement avant de mordre dedans à belles dents.

Entre deux bouchées, Félicité soupira à fendre

l'âme, se demandant ce qu'elle allait bien pouvoir faire de sa journée. Ensuite, selon sa nouvelle habitude, elle tenta de trouver ce qu'elle pourrait inventer pour faire entendre raison à Marie-Thérèse.

Depuis son retour, il ne s'était passé qu'une dizaine de jours, et Félicité avait déjà la sensation de tourner en bourrique à force de passer de sa petite chambre située à l'étage à sa belle grande cuisine au rez-de-chaussée. De temps en temps, elle faisait une halte au salon pour briser la monotonie.

— C'est drôle à dire, bougonna-t-elle, tout en tendant la main vers la tasse de thé, mais ça me tente pus pantoute de rester toute seule. Pourtant, me semble qu'avant, ça me dérangeait pas tant que ça... Me semble que j'avais toujours quelque chose à faire pour m'occuper, icitte ou ben ailleurs. Pis v'là, bonté divine, que j'ai pus le goût de rien... Bonne sainte Anne, que c'est donc fatigant de pas savoir quoi faire, astheure que Marie-Thérèse a pus besoin de moi, pis qu'elle veut pas me voir retontir chez elle à tous les jours ! Pis si c'est ça que j'aurais envie de faire, moi, d'aller voir ma Thérèse pis de l'aider un brin avec sa famille, c'est toujours ben pas de ma faute ! Reposez-vous, qu'elle m'a dit... Voyons donc ! Voir que c'est de ça que j'ai besoin ! Du repos, j'en ai pris en masse durant le printemps...

La tante Félicité détailla sa cuisine en haussant les épaules.

— C'est ben beau faire à manger, constata-t-elle à mi-voix, pis mettre tous les légumes de la paroisse en conserve, c'est pas ça qui va amener du monde dans ma maison !

Sur ce, Félicité poursuivit son repas, songeuse. Puis, quand elle eut fini de manger, elle empila assiette, tasse et couteau pour les porter à l'évier, tout en observant, sur un ton accablé :

— J'aurais jamais cru ça possible, mais même le malcommode d'Irénée Lafrance commence à me manquer ! C'est le monde à l'envers ! Mais c'est dire aussi comment c'est que je m'ennuie...

Puis Félicité se surprit à rêver.

— Si j'étais à Montréal, j'irais prendre une marche avec Irénée parce qu'il fait ben beau, pis, en revenant, on s'arrêterait peut-être au casse-croûte pour un thé ou une petite collation. Au lieu de ça...

Félicité pinça les lèvres sans terminer sa phrase.

Quelques minutes plus tard, vaisselle lavée et chambre faite, Félicité se promenait déjà entre salon et cuisine, surveillant les passants à l'avant et la brise dans le pommier à l'arrière. Puis, elle s'arrêta brusquement dans l'embrasure de la porte qui menait d'une pièce à l'autre. Elle venait de décider qu'à défaut de compagnie, elle allait s'occuper des conserves.

— C'est pas que ça me tente plus que ça de travailler toute seule, mais quand Marie-Thérèse va voir tout ce que j'ai réussi à faire sans l'aide de personne, elle aura pas le choix d'admettre que j'vas mieux, pis que je peux lui donner un coup de main à l'occasion.

Devant une vérité aussi flagrante, Félicité hocha la tête en ébauchant un vague sourire.

— Ouais, c'est une bonne idée, ça ! M'en vas y montrer, moi, à ma Thérèse, que j'suis revenue de la ville comme j'étais avant, pleine de vigueur... Comment ça se fait que j'ai pas pensé à ça avant aujourd'hui ? Montrer que j'suis ben vaillante, ça nuira pas, même que c'est peut-être la meilleure solution. De toute façon, ça va aider à passer le temps.

Attrapant au vol sa veste de laine tout usée, Félicité sortit sur le perron arrière de la maison. Elle irait chercher son panier et son sécateur dans l'écurie, qui n'avait plus aucun cheval à loger depuis que sa Grisette avait été confiée à Anselme, le frère de Marie-Thérèse, et elle commencerait à vider son potager.

En moins de quinze minutes, Félicité avait déjà fait le tour des rangs et le fond du panier était tapissé des quelques vieilles fanes qui avaient résisté à l'hiver précédent avant de reprendre un peu de vigueur au début de la belle saison.

— Bonne sainte Anne ! Il y a rien à faire avec ça !

Félicité jeta un regard navré sur sa maigre récolte.

De toute évidence, le temps passé à faire le tour de son jardin n'avait été qu'une perte de temps, puisqu'il n'y avait rien dans son panier qu'elle pouvait mettre en bocal.

— Mais que c'est que j'ai à pas réfléchir de même, depuis quelque temps ? lança-t-elle aux nuages sur un ton abattu. C'était ben certain que j'aurais pas de légumes à cueillir : j'ai rien semé au printemps, pis j'ai pas été là de toute l'été. Comment ça se fait que j'ai pas pensé à ça, moi là? Petite misère! Me v'là rendue gâteuse, en plusse de tout le reste... C'est peut-être ben ma belle Thérèse qui a raison de pas vouloir m'avoir chez elle. J'suis rendue une vieille femme, tout juste bonne à déranger tout le monde!

Désabusée, Félicité Gagnon refit le tour de son terrain et, faute de légumes à récolter, elle arracha avec colère toutes les mauvaises herbes qui se trouvaient sur son passage.

Cette activité l'occupa durant une bonne partie de l'avant-midi. Elle retourna dans la maison uniquement au moment où il n'y eut plus aucun rang à nettoyer et, en désespoir de cause, elle fit bouillir de l'eau pour le thé, qu'elle continuait de boire en quantité appréciable, tous les jours. C'était son réconfort, son désennui, et parfois, comme en ce moment, ça devenait même une sorte de raison de vivre!

Sauf qu'aujourd'hui, la boisson chaude ne suffit pas à la rasséréner.

Félicité Gagnon avait toujours autant envie de bouger, de se rendre utile! De toute façon, la journée était trop belle, avec son soleil tiède et sa brise tout en finesse, pour se contenter de la regarder passer par la fenêtre.

— Pas question de perdre mon temps, enfermée dans la maison, décréta-t-elle en rinçant sa tasse, le regard s'égarant naturellement vers son potager désespérément inutile... J'vas manger tusuite une petite bouchée, pis par après, j'vas aller voir le jardin de légumes de Marie-Thérèse. Si ça adonne, m'en vas pouvoir me servir dedans... Tiens ! J'vas même y offrir, à ma Thérèse, de venir m'aider, ici, chez nous, quand elle aura une minute de lousse. Ça y ferait comme un petit congé, loin du bruit des enfants, pis elle verrait ben que j'suis en pleine forme. De toute façon, c'est comme rien qu'elle va être obligée de faire des conserves, comme à chaque année. Avec sa grosse famille, la pauvre enfant, elle a pas le choix de se faire ben de la réserve, si elle veut passer à travers l'hiver sans trop en pâtir.

Le léger repas se résuma à une soupe réchauffée, qui fut vite avalée. Aussitôt son bol lavé, Félicité ressortit de chez elle pour se rendre chez sa nièce, empoignant au passage le panier d'osier, qu'elle accrocha à son bras. Puis, elle saisit son sac à main qui la suivait dès qu'elle quittait la maison, tout comme son petit chapeau de paille noire, d'ailleurs.

« Une femme qui se respecte ne sort pas de chez elle sans ces deux attributs », avait-elle souvent entendu dans la bouche de sa mère.

Félicité en avait donc fait une habitude.

Depuis le matin, le soleil avait gagné en hardiesse, mais l'air gardait sa belle douceur. Après avoir pris une longue inspiration, Félicité se dirigea vers le trottoir de bois qui passait devant chez elle. De sa main libre, elle salua une vieille connaissance, esquissa un sourire, le cœur en joie de sentir que la vie lui appartenait encore tout entière, puis, bifurquant à gauche, elle se dirigea vers la demeure des Lafrance, cette belle grande maison blanche qui abritait à la fois la résidence de la famille et le gagne-pain de Jaquelin.

Sans hésiter, la vieille dame emprunta l'allée sablonneuse qui menait à la cordonnerie, située à l'arrière de la maison. Elle se doutait bien qu'elle avait de fortes chances d'y trouver Marie-Thérèse aux côtés de son mari.

Et si le Ciel lui souriait, les jumeaux ne seraient pas trop loin !

La petite cloche installée au-dessus de la porte tinta joyeusement, tandis que Jaquelin Lafrance, cordonnier du village, levait automatiquement la tête de son ouvrage.

— Matante ! fit-il tout souriant dès qu'il reconnut la parente de son épouse.

Il repoussa alors une bottine de femme à tige montante comme on en voyait de moins en moins souvent. Probablement appartenait-elle à quelque vieille femme de la paroisse qui tenait mordicus à ses antiquités ! Narquoise, Félicité se dit qu'elle comprenait, puisqu'elle-même ne laissait pas sa place pour user ses vêtements à la corde.

— Quelle bonne idée de venir nous voir de même ! lança Jaquelin, heureux de cet intermède dans le travail.

Il s'étira longuement, puis il frotta machinalement son bras paralysé avec sa main valide.

— Il fait un vrai temps de promenade, poursuivit-il. Entrez, matante, entrez ! Pis ? Comment c'est que vous allez? Je peux-tu faire quelque chose pour vous?

Tandis que Jaquelin lui parlait, Félicité, du regard, avait rapidement fait le tour de la pièce peinte en jaune.

— Apparence, oui, que tu pourrais m'aider, constata-t-elle en ramenant les yeux sur Jaquelin, rapport que je vois pas Marie-Thérèse. Elle est encore dans la cuisine ou quoi?

— Pantoute! Ça fait un boutte qu'on a fini de manger. Non, Marie a profité de la sieste des jumeaux pis d'Angèle pour aller faire des commissions... Avec l'incendie de l'autre année où on a quasiment tout perdu, pis le peu de conserves qu'elle a faites l'automne passé à cause de la naissance des jumeaux, il lui manquait ben des pots. C'est ça qu'elle est allée commander au magasin général, pour les faire livrer le plus vite possible. Ça, du sucre pis du gros sel, qu'elle m'a dit avant de partir. C'est fou comme le jardin a ben produit, cette année.

— Ben chez nous, c'est le contraire: mon jardin a rien donné. Mais c'est normal, vu que j'avais rien semé... N'empêche que j'suis contente de voir qu'on pense la même affaire, Marie-Thérèse pis moi, approuva Félicité tout en hochant la tête. C'est justement à propos des conserves, si j'suis ici... Je me disais, t'à l'heure, en mangeant, qu'on pourrait peut-être ben faire ça ensemble, comme d'habitude... Dérange-toi pas pour moi, mon beau Jaquelin, continue ton ouvrage. J'vas repartir comme j'suis venue, pis j'vas me rendre chez Gustave Ferron. Je devrais trouver Marie-Thérèse là-bas.

— Ça vous fatiguera pas trop, tous ces déplacements-là ?

À ces mots, Félicité Gagnon darda un regard furibond sur Jaquelin, les deux mains cramponnées à sa sacoche.

— Pas toi avec ! T'es aussi pire que ta femme, ma parole ! Lâchez-moi avec vos inquiétudes qui en finissent pus ! Si je dis que j'suis en forme, c'est que c'est vrai ! J'ai pas l'habitude de mentir. C'est plutôt à force de rien faire que je pourrais retomber malade... Virer neurasthénique, comme ils disent, ça serait pas le diable mieux que d'être prise du cœur ! Pis à ben y penser, avoir à choisir entre les deux, je dirais que j'aime encore mieux une crise de cœur... Bon, astheure que c'est dit, j'vas m'en aller avant de me choquer pour de bon. On se reparlera un autre tantôt, mon Jaquelin !

Vite arrivée et aussi vite repartie, Félicité Gagnon était déjà ressortie de la cordonnerie. La porte claqua dans son dos. Néanmoins, elle était ravie de savoir que Marie-Thérèse avait décidé de faire des conserves, ce qui laissait présager qu'elle accepterait son aide de bon cœur. Au pire, la vieille tante s'installerait à la table, chez elle ou chez Marie-Thérèse, peu importe, et elle pourrait s'occuper de tout ce qu'il y aurait à peler, couper, trancher, râper, mesurer... La corvée ne serait pas vraiment exigeante, et elle aurait enfin quelqu'un avec qui jaser !

Félicité marcha donc d'un pas décidé jusqu'au magasin général, où elle entra, le cou tendu et les sourcils froncés, espérant apercevoir sa nièce entre les rangs de marchandise diverse. En vain. Elle tourna alors son impatience vers Gustave Ferron, accoudé à son comptoir, à qui elle demanda, sans même le saluer :

— Coudonc, Marie-Thérèse est pas là ?

Le marchand, tout surpris, secoua la tête.

— Ben non, ma pauvre vous ! Elle est pas là, pis elle est même pas venue.

— Ben voyons donc, Gustave... Vous êtes ben certain de ça, vous là ?

— Puisque je vous le dis. Torvis, mamzelle Félicité ! J'sais quand même qui c'est qui rentre pis qui sort de mon magasin.

— Ben ça parle au diable ! Pourtant Jaquelin vient tout juste de me dire que sa femme était ici en train de passer une commande pour des pots Mason, du sucre, pis du gros sel. J'ai toujours ben pas rêvé ça !

Gustave Ferron ouvrit tout grand les bras en haussant les épaules.

— Faut croire que Marie-Thérèse avait d'autres choses à faire avant de passer par chez nous, suggéra-t-il en guise d'explication. En attendant, moi, je l'ai pas encore vue.

— Ben, que c'est que je fais, moi, d'abord ?

— Ça, je saurais pas vous le dire !

Félicité poussa alors un long soupir de contrariété, regarda encore autour d'elle comme pour vérifier les assertions du marchand, puis elle revint à lui en secouant la tête.

— J'haïs ça quand ça va tout croche, j'haïs donc ça ! Je vous remercie, Gustave. C'est ben de valeur pour vous, mais j'ai besoin de rien… Des pots, moi, j'en ai en masse ! Pis du gros sel avec. Par contre, si jamais vous voyez ma nièce, dites-y donc de passer par chez nous avant d'aller chez elle. Ça me serait ben utile.

— Pas de trouble. J'peux vous rendre ce service-là. Si je vois Marie-Thérèse, j'y dis de passer vous voir.

— En plein ça… Pis vous, ben, passez une belle fin de journée, Gustave ! Vous saluerez votre épouse pour moi… Bon, c'est tout pour astheure. Moi, je retourne à la maison.

Bien que déterminée à rebrousser chemin pour se rendre chez elle le plus rapidement possible afin de noyer sa déconfiture dans une grande tasse de thé, Félicité ne put s'empêcher de ralentir le pas dès qu'elle posa un pied sur le trottoir.

Mais où donc était Marie-Thérèse ?

Chez ses parents ? Chez son frère Anselme ?

La chose serait possible, mais surprenante. Débordée d'ouvrage comme elle l'était, Marie-Thérèse n'allait plus visiter les uns et les autres à l'improviste sur semaine, même si les Gagnon étaient une famille unie.

Alors ?

Félicité ne comprenait pas et cela l'agaçait. Sa nièce n'était pas une cachottière pour disparaître ainsi sans prévenir ni dire où elle se rendait. Il fallait remonter jusqu'au moment de ses fréquentations avec Jaquelin pour retrouver la jeune femme qui entretenait un jardin secret, rougissant à la moindre mention du prénom de son fiancé, et s'éclipsant régulièrement pour rêver en toute tranquillité.

À ce souvenir, Félicité s'arrêta net de marcher. Une certaine confidence faite par Marie-Thérèse à l'époque lui était revenue à l'esprit, avec une pertinence et une clarté qui surprirent la vieille dame.

En ce temps-là, il n'y avait qu'à elle que Marie-Thérèse avait parlé du petit sentier et de la grosse roche plate près des cascades.

— C'est là que j'vas, matante, quand j'ai envie de penser à mon avenir, avait-elle déclaré, un jour où Félicité l'avait cherchée en vain, tout comme aujourd'hui.

— Tu m'en diras tant, avait rétorqué la tante, sa curiosité mise en éveil. Une grosse roche ? Pis c'est là que tu penses à ton avenir ? Eh ben... Sans vouloir être indiscrète, ma Thérèse, je peux-tu savoir ce qu'il a de bon à te prédire, cet avenir-là ?

— Ben là, avait soufflé la jeune fille, tout embarrassée. Vous le savez ben, matante, à quoi je pense quand je parle de l'avenir. Me semble que j'ai pas besoin d'entrer dans les détails. Pas avec vous, en tout cas !

— Ouais... C'est ben certain que je me doute un brin à qui pis à quoi tu penses, ma belle enfant... De là à imaginer ton avenir, il y a juste un pas de souris à faire, avait alors admis Félicité sur un ton malicieux. Il est avec ton Jaquelin, ton avenir. Jour et nuit, à part de ça ! Non, non, rougis pas, ma Thérèse ! Dis-toi ben que c'est juste normal, à ton âge, d'avoir plein de rêves dans le cœur.

— Vous croyez ?

— Oh oui ! Toutes les filles passent par là un jour ou l'autre.

— Ça me rassure d'entendre ça, matante. Dans ce cas-là, j'vas arrêter de m'en faire. Je me disais que c'était pas normal de toujours penser à Jaquelin, comme ça... C'est pas mêlant, je l'ai dans la tête quasiment tout le temps. Si vous saviez à quel point j'ai hâte à notre mariage !

— Je m'en doute un peu !

— Ouais, c'est vrai... Ça avec, j'en parle souvent, hein ? Trop souvent, peut-être... Mais toujours est-il que je vous demanderais juste de pas dire aux autres que j'ai une cachette au bord de la rivière. Je voudrais donc pas voir apparaître un de mes frères. Sont tellement achalants, vous savez pas comment ! Ils passent leur temps à se moquer de moi parce que j'suis souvent dans la lune !

— C'est à ça que ça sert, des frères, à empoisonner la vie de leur petite sœur. À croire qu'ils ont rien de mieux à faire dans la vie que d'asticoter le monde ! Je sais ce que c'est, j'suis passée par là. Ton père, même s'il est plus jeune que moi, y laissait pas sa place pour me faire étriver... Crains pas, ma belle, tu peux compter sur moi : je dirai pas un mot sur ta cachette.

— Merci, matante. On va dire que c'est notre secret.

À quelques reprises, elles y étaient allées ensemble. Puis, il y avait eu le mariage, les enfants…

Félicité se demanda alors s'il arrivait encore que Marie-Thérèse repense à ses escapades de jeunesse, lorsqu'elle se réfugiait à la grosse roche. Depuis le matin des noces, y était-elle retournée ?

Si oui, elle n'en avait jamais parlé.

Une bouffée de tendresse et de nostalgie gonfla le cœur de Félicité.

— Bonne sainte Anne que la vie a passé vite, murmura-t-elle, tout émue. Me semble que c'est hier que Marie-Thérèse pis moi on allait toutes les deux s'asseoir au bord de l'eau.

La décision se prit alors d'elle-même, en réponse à une soudaine envie de revisiter le passé. Ce long détour l'occuperait pour un moment, et, au retour, elle irait vérifier si Marie-Thérèse était revenue chez elle. Tant pis pour le thé. Tout à coup, il y avait autre chose que ses quatre murs et une tasse fumante pour donner un sens à sa journée, et Félicité en était bien aise.

La vieille dame baissa alors les yeux sur ses pieds, le menton appuyé contre sa poitrine creuse. Elle esquissa une moue de satisfaction. Puisqu'elle avait oublié de les changer, elle portait toujours ses chaussures de jardinage, celles en cuir de vache qui ressemblaient à des bottines de bonne sœur. Elles étaient déformées par un long usage, mais encore solides et très confortables. Tant mieux, l'escapade à la rivière serait donc possible sans qu'elle ait à faire un détour par chez elle pour se chausser adéquatement.

Félicité releva la tête, replaça son chapeau d'une taloche adroite, et, faisant glisser l'anse du panier d'un bras à l'autre, elle fit demi-tour. En passant par le chemin de la scierie, elle en avait pour une quinzaine de minutes tout au plus.

Félicité prit une profonde inspiration de contentement. Sous le doux soleil de septembre, la promenade avait déjà tout pour lui plaire.

Elle passa donc devant l'église et le presbytère, où elle ne perçut aucun signe de vie. Félicité se dit alors, en secouant la tête avec amusement, que le curé Pettigrew devait faire sa petite sieste de digestion. Tout le monde, au village, savait qu'il était préférable de ne jamais se présenter au presbytère avant deux heures de l'après-midi, au risque d'essuyer la mauvaise humeur du pasteur de Sainte-Adèle-de-la-Merci.

Puis, à quelques pas de là, ce fut le couvent.

Cette fois-ci, Félicité arbora un sourire bienveillant, car à l'arrière du bâtiment, on entendait des rires et des cris. L'année scolaire était encore toute jeune et la nouvelle directrice devait avoir décidé de devancer l'heure de la récréation. Il faisait si beau, aujourd'hui !

Félicité se revit alors, jeune femme, déambulant avec une poignée de petites filles qui venaient se joindre à elle tous les jours au moment de la pause, hiver comme été. C'était à qui lui tiendrait la main ! Bras dessus bras dessous, elles déambulaient ensemble dans la cour recouverte de poussière de pierre, ou de neige bien tassée, selon les saisons. Elles faisaient dix pas par en avant, dix pas par en arrière, puis elles recommençaient, tout en jasant de tout et de rien, alors que Félicité en profitait pour faire valoir ses opinions. Sans en avoir l'air, elle avait ainsi aidé à façonner l'esprit critique de toute une belle jeunesse.

Oui, Félicité Gagnon avait vécu de fort belles années au couvent, à titre de professeur de musique.

Quand l'imposant bâtiment de pierres grises fut derrière elle, la vieille dame eut le réflexe de se retourner. C'est alors qu'elle se promit de rendre visite à l'ancienne directrice, mère Saint-Julien, qui coulait des jours paisibles à l'infirmerie réservée aux religieuses âgées. Depuis quelque temps, Félicité l'avait un peu négligée.

Ensuite, à un jet de pierre de là, il y avait le tournant en tête d'épingle, qui semblait casser la rue en deux.

Tout de suite après, Félicité passa devant l'hôtel Commercial où, en femme respectable, elle ne mettait jamais les pieds. Il avait fallu que Jaquelin soit hospitalisé loin de leur village et que Marie-Thérèse, pétrie d'inquiétude, soit en train de pleurer toutes les larmes de son corps pour qu'elle-même, Félicité Gagnon, se décide un jour à y entrer. Elle savait que c'était là que logeait Gédéon Touchette chaque fois qu'il venait à Sainte-Adèle-de-la-Merci. Comme il était bien la seule personne de sa connaissance à posséder un camion, donc susceptible de pouvoir aider Marie-Thérèse à rejoindre son mari rapidement, Félicité s'était fait violence pour entrer dans ce qu'elle qualifiait d'antre malfamé afin d'y retrouver le vendeur itinérant dans la salle à manger enfumée. Elle lui avait alors demandé si, par un heureux hasard, il ne pouvait pas rendre service à sa nièce, qui voulait partir le plus vite possible pour rejoindre son mari à l'hôpital de La Tuque.

Monsieur Touche-à-Tout n'avait pas hésité une seule seconde. Après tout, Jaquelin Lafrance, à titre de cordonnier, était un excellent client.

— N'empêche, grommela Félicité pour elle-même, tandis qu'elle s'éloignait de l'hôtel en direction du moulin à scie, monsieur Touche-à-Tout était pas obligé de faire ça. Pis c'est encore lui, le Gédéon, qui m'a amenée à l'hôpital, l'hiver dernier. Même si c'est un bavasseux dépareillé, ça reste tout de même qu'on y est ben redevable, à cet homme-là... J'vas en parler à Marie-Thérèse, tiens! Pis à Jaquelin. C'est un peu bête de pas y avoir pensé avant, mais faudrait peut-être faire un petit quelque chose pour le remercier.

Une fois le moulin dépassé et qu'il n'y eut plus que sa haute cheminée visible au-dessus de la cime des gros peupliers, une cheminée qui crachait, en ce moment, une fumée blanche qui sentait bon l'épinette mise à sécher, Félicité commença à ralentir l'allure.

Autour d'elle, il y avait de plus en plus d'arbres. La stridulation des grillons s'était intensifiée et le brouhaha du village avait complètement disparu. Par instinct, Félicité s'arrêta tout à fait. Les yeux mi-clos, elle tenta d'obliger sa mémoire à retrouver les repères habituels.

Contre toute attente, ce fut assez facile et, aussitôt, un bref sourire détendit les traits du visage.

Il y avait un saule ; de cela, Félicité était certaine.

Un saule et une clôture...

Félicité avança alors lentement en regardant tout autour d'elle. À quelques pas de là, elle fut surprise de voir que, malgré le passage des années, rien n'avait vraiment changé. Le saule, nettement plus grand que l'image qu'elle en gardait, était tout de même fidèle au poste, et la clôture défraîchie était devenue presque bancale. Mais c'était toujours à partir de ce même endroit qu'elle put enfin apercevoir les deux ornières de terre battue qui s'enfonçaient dans un boisé de conifères. Le soleil, se glissant entre les arbres, dessinait, encore aujourd'hui, de grands traits de lumière sur le sentier.

Sans hésiter, Félicité tourna à sa droite. Dans quelques instants, si sa mémoire continuait d'être fidèle, elle commencerait à entendre les gargouillis de l'eau.

Comme de fait, au bout de quelques pas, Félicité s'arrêta de nouveau en tendant l'oreille...

Le clapotis de l'eau qui tombait en petites cascades avant de se faufiler entre les roches de la rivière était maintenant perceptible, et il accompagnait tout en légèreté le bruissement des feuilles dans les arbres qui rougissaient.

Ce bruit de ruissellement fit sourire Félicité.

Elle avait soudain l'impression de remonter dans le temps. C'était hier que Marie-Thérèse lui avait confié que, parfois, elle allait à la rivière pour être seule. Dans un instant, Félicité allait même l'apercevoir, assise sur la grosse roche plate, au bord de l'eau. La jeune femme lui tournerait le dos, et, à cause du friselis des vaguelettes, elle ne l'entendrait pas arriver.

Tout à ses souvenirs, Félicité continua de s'enfoncer lentement dans le bois, quand, soudain, elle s'immobilisa encore, tout en retenant son souffle.

En harmonie avec ses souvenirs, elle venait d'apercevoir Marie-Thérèse.

Assise sur la roche plate, sa nièce lui tournait le dos, comme jadis.

Le cœur rempli de gratitude, Félicité eut envie de dire merci à la vie, qui savait parfois se montrer si généreuse. En ce moment, elle lui faisait un cadeau inestimable en lui offrant cette image de la toute jeune femme que Marie-Thérèse avait été.

Le temps d'un soupir heureux, le passage des années fut aboli pour Félicité.

La vieille femme en fut émue aux larmes, puis, avare de ses émotions comme toujours, elle tenta de se ressaisir, en secouant la tête et en reniflant discrètement.

Si sa nièce bien-aimée était ici, cela voulait dire

beaucoup. Cela voulait dire surtout qu'elle avait ressenti un besoin de solitude.

Félicité hésita.

Devrait-elle faire demi-tour et respecter l'intimité de Marie-Thérèse ? Après tout, cette dernière n'était plus une toute jeune fille et si elle voulait être seule, ça lui appartenait.

Indécise, Félicité tritura le fermoir de son sac à main. C'est que sa nièce avait l'air vraiment concentrée. En même temps, aux yeux de la tante, il y avait surtout l'évidence que si Marie-Thérèse était ici, tout n'allait pas comme elle aurait pu le souhaiter.

Puis, Jaquelin était-il au courant de cette envie d'être seule ?

Surtout, Marie-Thérèse serait-elle malheureuse ?

Félicité sentit son cœur se serrer.

Pour elle, il ne faisait plus aucun doute que si sa nièce était venue se réfugier ici, c'était qu'elle était triste, parce que la joie, on veut toujours la partager, n'est-ce pas ? et pour ce faire, la belle Thérèse avait son Jaquelin. La présence de cette femme au bord de l'eau n'avait donc plus rien à voir avec la jeune fille qui venait y rêver à son fiancé, le cœur rempli d'amour et d'espoir.

Félicité se pinça les lèvres pour retenir la question qui lui était spontanément venue à l'esprit.

Pourquoi ?

Pourquoi Marie-Thérèse était-elle ici ?

C'est alors que la vieille dame se souvint des autres

paroles que sa nièce avait prononcées, le jour où elle lui avait dévoilé son secret.

— J'vas vous montrer où il est, mon petit coin caché, avait-elle ajouté. Pis si jamais vous aviez envie d'y aller, faut pas hésiter. C'est tellement beau, là-bas. Tant pis si j'suis là ! Gênez-vous surtout pas, pis venez vous asseoir avec moi. On parlera d'avenir ensemble.

Présentement, c'était comme si la tante Félicité entendait encore les mots flotter entre Marie-Thérèse et elle. La vieille dame hocha alors la tête, se disant que s'il y avait quelqu'un sur Terre capable de partager cet instant avec Marie-Thérèse, c'était bien elle.

Pour annoncer sa présence, elle fit craquer une branche, puis elle toussota.

Marie-Thérèse se retourna.

Curieusement, elle ne sembla pas surprise de voir sa tante.

— Ah ! C'est vous, matante, fit-elle tout simplement.

Félicité s'approcha enfin.

— Ouais, c'est moi... Je te cherchais, ma belle... Pour les conserves. Je pensais ben te trouver au magasin général, mais tu y étais pas. Pourtant, me semble que c'était ben ça que t'avais dit à ton mari, non ? Que t'allais commander des pots ?

— Ouais... Ouais, c'est ben ce que j'avais dit.

À cause de l'hésitation évidente entendue dans la voix de Marie-Thérèse, la tante Félicité insista.

— Pourquoi t'as dit ça à Jaquelin, d'abord, si

t'avais pas l'intention d'y aller? demanda-t-elle sans ambages.

— Inquiétez-vous pas, matante, je veux vraiment passer chez monsieur Ferron pour m'acheter des pots. J'ai pas menti. J'en ai quasiment pus, des pots en bon état, pis il y a pas de doute, il faut que...

— N'empêche que moi, je me suis inquiétée, reprocha Félicité, interrompant ainsi sa nièce. Ça te ressemble pas tellement de dire une chose pis d'en faire une autre. Ça fait que ça m'a tracassée, tu sauras.

— Mais puisque je vous dis que j'vas y aller! insista Marie-Thérèse. Ça va être juste un peu plus tard que ce que vous pensiez.

— Ben moi, vois-tu, je pouvais pas deviner ça. Je pouvais pas savoir que tu passerais par le magasin plus tard... Sur le coup, quand monsieur Ferron m'a dit qu'il t'avait pas vu la face, ça m'a énervée... Une fois sortie du magasin, je me suis demandé où c'est que tu pouvais ben être, pis c'est là que j'ai pensé à la rivière. Quand t'étais une jeune fille pis que tu disparaissais, c'est toujours ici que tu venais... Curieux, par contre, qu'un vieux souvenir comme celui-là me soye revenu aussi clair pis aussi vite... Ça doit être l'intuition, j'crois ben. Tout ça pour dire que c'est à cause du passé, si j'suis ici... Astheure que tu sais toute sur ma venue jusqu'ici, je peux-tu te rejoindre sur ta roche ou tu préfères continuer à ruminer toute seule?

— C'est sûr que vous pouvez venir vous asseoir

avec moi, matante... Comme dans le temps... Ça a pas changé, ça là !

— J'espère ben... Mais ça fait quand même plaisir à entendre...

— Vous en doutiez ?

— Pantoute, ma belle, pantoute. Je le sais ben que t'as de l'affection pour moi, pis de l'attachement aussi. C'était juste une manière de parler...

Puis, malicieuse, la tante Félicité avoua :

— J'avais peut-être juste envie de me faire répéter des choses gentilles parce que ça fait du bien dans le cœur. Tu trouves pas, toi ?

— C'est vrai...

Félicité déposa son panier, son sac à main et son chapeau sur le sol couvert de mousse, puis, sans trop de difficulté, mais avec tout de même quelques petites grimaces de crainte et d'inconfort, elle rejoignit sa nièce, pour finalement prendre sa main tendue et réussir à s'asseoir tout à côté d'elle. Complice de leur intimité, le soleil jetait des milliers de diamants à la surface de l'eau.

— C'est beau ici, apprécia la vieille dame en soupirant. Ben ben beau !

— Je vous l'avais dit, matante... En fait, encore aujourd'hui, je trouve que c'est le plus beau coin de la paroisse.

— T'as pas tort de dire ça.

— Pis c'est tranquille. À croire que j'suis la seule personne du village à connaître l'endroit, à part vous.

Sur ces mots, la nature reprit ses droits pour

quelques instants, imposant sa présence à travers le bouillonnement de l'eau, le bruissement des feuilles et les sifflements de quelques écureuils se disputant le territoire. Puis, la tante Félicité demanda sur un ton feutré, pour ne pas briser l'enchantement du moment :

— Sans vouloir être indiscrète, je pourrais-tu savoir pourquoi t'es venue ici aujourd'hui, ou t'as juste pas envie d'en parler ?

Marie-Thérèse poussa un profond soupir. Son regard était concentré sur sa main gauche, où elle tournait machinalement son alliance. Puis, à voix basse, elle confessa :

— C'est pas parce que j'ai le meilleur mari du monde que j'ai pas envie d'être toute seule par bouttes.

Ce fut suffisant pour que la tante Félicité oublie instantanément toute la splendeur de l'endroit. Elle tourna un regard intrigué vers Marie-Thérèse.

— Ben voyons donc, ma belle... Que c'est qui se passe ? J'aurais jamais pensé qu'il y avait des secrets entre ton Jaquelin pis toi.

— C'est pas ça non plus, inquiétez-vous pas, matante. Vous avez ben raison de croire qu'il y a jamais eu de vraies cachotteries entre Jaquelin pis moi. Des hésitations, parfois, comme tout le monde, mais rien de plus. C'est juste qu'à matin, j'avais besoin de réfléchir, tranquille. Je sentais le besoin de trouver les bons mots pour parler à Jaquelin, justement.

— Vu de même... C'est vrai que chez vous, il y a

ben du monde pis ben du bruit. Par bouttes, ça doit empêcher la tête de réfléchir à son aise… Je peux comprendre ça… C'est drôle pareil, hein, de voir que la solitude veut pas dire la même chose pour tout le monde, murmura alors Félicité, trop heureuse d'avoir l'occasion de s'exprimer sur ce sujet, qui la chagrinait régulièrement depuis son retour de Montréal.

— Qu'est-ce que vous cherchez à me faire comprendre avec ça, matante ?

— Oh ! Rien de ben sorcier ! Ça dit ce que ça doit dire, ma belle, rien de plusse. Être seul par envie ou par besoin, une fois de temps en temps, ça peut devenir un moment ben agréable. Pis ça vaut pour tout le monde. Mais se retrouver tout fin seul, jour après jour, parce que t'as pas le choix, c'est quelque chose de pas mal différent. Moi, ça me porte à jongler à toutes sortes de choses pas nécessairement plaisantes.

À ces mots, Marie-Thérèse sentit le rouge lui monter aux joues. Le reproche était évident, alors qu'elle avait clairement signifié à sa tante de rester chez elle pour se reposer plutôt que de venir l'aider, et ce, malgré l'obstination de la vieille dame, qui se déclarait complètement remise de son infarctus.

Devant le visible embarras de Marie-Thérèse, la tante Félicité sentit que le message avait été entendu. Elle tapota la main que sa nièce avait déposée sur la fraîcheur de la roche, pour qu'elle comprenne qu'elle ne lui en voulait pas trop, puis elle enchaîna aussitôt sur son ton de prédilection, celui qui était bourru et expéditif.

— Assez parlé de moi comme ça ! Tu le sais que j'suis pas trop forte là-dessus. Oublie jamais que je mène la vie que j'ai choisie, avec ses bons comme ses mauvais côtés. J'suis pas différente des autres. Dans l'existence, il y a des hauts pis il y a des bas. Je passe mon temps à le dire. Ce que j'aimerais que tu comprennes, par exemple, c'est que je trouverais ben plaisant d'avoir l'occasion de t'aider de temps en temps. Je me sens assez forte pour ça, pis j'espère que tu vas finir par l'admettre... Bon, toi astheure ! Comment c'est que ça va, ma Thérèse ? Quel genre d'été que t'as passé ? C'est à peine si on a eu le temps de se glisser un mot ou deux depuis que j'suis revenue de la ville, la semaine passée.

— C'est vrai qu'on a pas eu le temps de se parler pour la peine... Avec les deux grands qui partaient pour leur école, le lavage pis le reprisage que ça a occasionné, plus la visite d'Émile avec Lauréanne, j'ai pas eu ben ben du temps à moi... Je m'excuse, matante, c'est vrai que je vous ai un peu négligée, pis pour répondre à votre question, je dirais que j'ai eu un bel été. Ouais... J'ai enfin pu me reposer comme je l'espérais tant. Cyrille nous a donné un vrai bon coup de main... C'est pus un enfant, mon grand garçon, pis c'est justement en le voyant aider son père que je l'ai compris. Je me suis ben promis de tenir compte de ses avis, à l'avenir. Il est sérieux, quasiment trop, des fois, pis son école lui a appris à ben réfléchir avant de parler. C'est important, dans la vie, apprendre à raisonner... Pis, comme de raison, il y a Agnès aussi, qui m'a beaucoup aidée... Elle avec, elle a pas mal vieilli durant l'année. Ça donne tout un choc à une mère de voir que la petite fille qu'on avait laissée en ville à l'automne est devenue une belle jeune fille au printemps suivant. Mais avec Lauréanne pour voir à mon Agnès, je suis pas inquiète. Ma grande fille va devenir quelqu'un de bien. Ouais, ça a été un bel été parce que j'avais mes deux grands avec moi pis que j'ai compris que j'avais des bons enfants. Ça m'a vraiment fait du bien de sentir toute ma famille autour de moi.

Tandis qu'elle racontait son été, Marie-Thérèse avait des étoiles dans les yeux.

— Saviez-vous ça qu'on a même fait une couple de pique-niques, durant l'été ? Une fois à la petite plage en haut du moulin, pis une autre, à Saint-Ambroise, quand Émile pis Lauréanne sont venus nous visiter pendant que vous, vous étiez encore partie à la pêche avec mon beau-père. Ce jour-là, même Jaquelin est venu avec nous autres. C'était ben plaisant... Ouais, vraiment plaisant.

Ensuite, comme si elle avait épuisé tous les meilleurs souvenirs rattachés à la belle saison qui s'achevait, Marie-Thérèse détourna la tête. D'un geste spontané, elle releva les deux genoux pour les encercler avec ses bras, dans une posture qui rappelait l'enfance. Puis, elle poussa un long soupir avant de poursuivre, sur un ton de confidence.

— Encore une chance que j'ai eu un été reposant, murmura-t-elle, son regard plongeant maintenant dans l'eau noire de la rivière, parce que l'hiver qui s'en vient risque d'être encore une fois ben difficile.

Prenant cette dernière remarque au pied de la lettre, Félicité l'écarta avec nonchalance, sans tenir compte du manque d'enthousiasme de Marie-Thérèse, comme si, brusquement, celle-ci semblait vouloir se retirer de la conversation.

— C'est pas nouveau, ça là, bougonna de plus belle la tante Félicité. C'est vrai que c'est décevant de voir l'été s'en aller, mais je vois pas pourquoi t'en fais toute une histoire. L'hiver a jamais été facile pour personne, pis c'est à ça qu'on doit s'attendre à chaque automne. J'suis comme toi, ma belle : l'hiver est vraiment pas ma saison préférée, avec son frette pis toute sa neige.

— Oh ! C'est pas plus la neige que le froid de canard qui me fait peur, précisa alors la jeune femme, qui comprenait très bien ce que sa tante cherchait à exprimer. C'est de même tout le temps, hiver après hiver. Quand on vit au Québec, on a pas vraiment le choix de s'y faire, sinon on serait malheureux six mois par année !

— Ben c'est quoi d'abord ?

Marie-Thérèse hésita une fraction de seconde. Elle releva la tête pour offrir son visage à la caresse du soleil qui glissait un rayon jusqu'à la grosse roche, puis, les yeux fermés, elle avoua dans un souffle :

— Tantôt, si j'étais pas au magasin général, c'est

que j'avais une autre visite à faire avant d'aller commander mes pots Mason... C'est juste après cette visite-là que j'ai eu envie de passer par ici avant de retourner au village.

Quand Marie-Thérèse faisait mille et un détours avant d'arriver au but, c'est que le sujet était grave ou délicat.

— Une visite? demanda alors Félicité avec sollicitude. Quelle sorte de visite?

Il y eut un court silence chargé des craquements de la forêt, puis, d'une voix étranglée, Marie-Thérèse murmura:

— À madame Morin, dans le rang 2.

— Ah ben, ah ben, ah ben...

Le nom chuchoté avait été amplement suffisant pour que Félicité comprenne pourquoi l'hiver serait difficile pour Marie-Thérèse.

Madame Morin était la sage-femme de la paroisse.

— À voir ta réaction, ma Thérèse, je devine sans problème ce qu'elle t'a annoncé, échappa alors la tante Félicité. Pis, c'est pour quand, ma belle?

Devant l'évident manque d'entrain de Marie-Thérèse, la vieille dame ne savait trop sur quel pied danser. Devait-elle se réjouir ou se sentir désolée?

— C'est pour le mois de mars, souffla la future mère.

— Mars?

Le calcul se fit rapidement.

— C'est quand même pas si loin que ça, constata

alors Félicité. Comment ça se fait, ma Thérèse, que tu te doutais de rien?

— C'est pas comme d'habitude... Ça... Ça s'est présenté d'une manière un peu différente qui pouvait me laisser croire que j'avais pas à m'inquiéter... Bonté divine que j'aime pas parler de ça!

Marie-Thérèse était écarlate. Parler de son intimité, même avec sa très chère tante ou son mari, n'avait jamais été facile pour elle.

— Disons, pour que toute soye ben clair, que j'ai eu mes périodes comme d'habitude jusqu'au mois dernier, lança-t-elle précipitamment pour se débarrasser de la corvée. C'est pour ça que je me doutais de rien. Madame Morin a remis les pendules à l'heure en me faisant un petit examen. J'suis bel et bien en famille, pis je devrais accoucher à quelque part dans le courant du mois de mars.

Félicité hocha la tête.

— J'ai peut-être jamais eu d'enfant à moi, mais je comprends pareil ce que t'es en train de me dire... Pis, comment tu te sens là-dedans, ma belle?

— Je le sais pas... Il est là, le problème, matante: je le sais pas pantoute si j'suis contente ou découragée... C'est pour ça que j'suis venue ici. Pour essayer de me comprendre moi-même avant d'en parler à Jaquelin. Comme j'avais à passer devant le sentier pour aller pis revenir de chez madame Morin, la décision s'est prise toute seule. Tout d'un coup, c'était comme si mon cœur pis mes jambes voulaient se rendre où moi j'avais pas prévu d'aller.

— Je vois.

Le calme apparent de sa tante Félicité, cette espèce d'indifférence que Marie-Thérèse croyait entendre dans sa voix, l'agaça au plus haut point.

— Ben moi, je vois pas grand-chose, vous saurez! répliqua-t-elle avec humeur. À chaque fois que j'ai l'impression de reprendre le dessus, comme astheure avec les enfants, le travail, pis la maison, on dirait que le malheur attendait juste après ça pour nous retomber dessus. On a jamais de lousse, Jaquelin pis moi. Jamais, jamais! Astheure que les jumeaux sont moins demandants, pis que la vie commençait à avoir un peu d'allure, j'aurais apprécié que ça continue de même pour un petit bout de temps. Ben non! À partir d'aujourd'hui, faut que je me fasse à l'idée que j'vas recommencer à zéro avec un bébé tout neuf... Je le sais pas si j'en ai envie, matante. Je le sais pas pantoute, d'autant plus que j'ai l'impression, par bouttes, que j'en ai encore un, bébé, avec ma petite Albertine qui se cramponne trop souvent à moi. Bonté divine! J'ai à peine eu le temps de profiter d'un semblant de liberté, durant l'été, que me v'là obligée de me préparer à pus jamais avoir une minute à moi.

Marie-Thérèse s'arrêta pour inspirer longuement avant de repartir de plus belle.

— Pis en parlant d'Albertine, répéta-t-elle sur un ton découragé, je sais pus trop où c'est que j'en suis. Peut-être ben que vous l'avez pas remarqué, mais elle est ben différente des autres, ma petite dernière. Je sais pas trop pourquoi, mais on dirait que c'est une petite poupée de porcelaine, délicate pis ben fragile. Une chance que son frère Albert est pas comme elle. Lui, c'est un moyen tocson, qui gigote comme un petit diable quand on essaye de le prendre dans nos bras ! Si je me fie à mes souvenirs, Albert est plus grand pis plus fort que toutes mes autres enfants au même âge... C'est fou de dire ça, mais j'ai l'impression, des fois, qu'Albert s'est mis à manger pour deux le jour où sa sœur a décidé de repousser son assiette. Ça fait des semaines qu'Albertine mange comme un moineau pis qu'Albert, lui, il dévore tout ce que je mets devant lui. On dirait qu'il veut compenser.

Marie-Thérèse poussa alors un long soupir.

— Tout ça pour vous dire, matante, que j'aurais ben aimé avoir le temps de m'ennuyer d'un tout-petit avant de repartir en famille... Avoir le temps d'apprendre à ma petite Albertine à se détacher de moi, à faire des petits efforts pour devenir une grande fille... Mais ça veut pas dire que je l'aimerai pas, ce bébé-là, précisa alors Marie-Thérèse avec un sanglot dans la voix.

Tout en parlant, Marie-Thérèse avait posé inconsciemment une main légère sur son ventre à peine rebondi, comme si, d'abord et avant tout, c'était elle-même qu'elle tentait de convaincre du bien-fondé de sa réaction.

— Mais craignez pas, matante, reprit-elle sur un ton plus doux. Ça veut juste dire que ça va peut-être me prendre un tout petit peu plus de temps à me faire à l'idée... C'est toute.

Malgré ces deux derniers mots, Marie-Thérèse savait que, dans la vie, rien n'était jamais aussi absolu que ce qu'elle venait de laisser entendre. Bien sûr, elle n'était pas particulièrement heureuse de l'arrivée d'un autre bébé et si cette simple constatation la remplissait de tristesse, elle savait qu'elle finirait probablement par accepter la grossesse et le bébé. Avait-elle le choix ? De toute façon, elle se doutait bien qu'au jour de l'accouchement, à l'instant où son regard fatigué croiserait celui un peu flou du nouveau-né, le lien se créerait de façon spontanée et naturelle et qu'à partir de ce moment-là, elle l'aimerait tout aussi inconditionnellement que ses huit autres enfants.

Non, en ce moment, la réflexion de Marie-Thérèse allait bien au-delà de cette nouvelle grossesse qu'elle vivrait probablement avec facilité comme d'habitude. C'était plutôt le quotidien de leur vie, à Jaquelin et elle, qui l'angoissait, car, petit à petit, il redeviendrait oppressant, dévorant le temps qui passe et lui sapant toute son énergie. C'était évident. Et quand son esprit partait ainsi à la dérive, c'était le nom de sa belle-sœur Lauréanne qui s'imposait de lui-même.

Lauréanne qui habitait Montréal, une ville qu'elle-même avait tant appréciée et dont elle s'ennuyait de plus en plus souvent.

Devant la perspective d'avoir un autre enfant, savoir que Lauréanne ne serait pas trop loin pour la soutenir ferait probablement toute la différence entre un avenir qui l'inquiétait et un autre qui la comblerait peut-être.

Mais comment dire ces choses-là ?

C'était cette simple question sans réponse qui l'avait amenée à la rivière.

Comment parle-t-on de ses angoisses et de ses déceptions sans effaroucher l'autre, celui qu'on aime plus que tout au monde et qui nous le rend bien ? En fait, Marie-Thérèse avait un peu menti, tout à l'heure, en affirmant à sa tante Félicité qu'il n'y avait jamais eu de secrets entre Jaquelin et elle, parce qu'il y en avait un. Un seul, qui était une sorte de confidence retenue, une demande difficile à exprimer. Et ce n'était pas faute d'avoir essayé de trouver les bons mots pour parler de la ville et de cet espoir de changement qui faisait battre le cœur de Marie-Thérèse chaque fois qu'elle y revenait.

En fait, en parlant de la ville et de la possibilité d'un nouveau travail, Marie-Thérèse avait peur de passer pour une ingrate aux yeux de son mari, alors que celui-ci se donnait corps et âme à son métier pour que la famille ne manque de rien. Un métier qu'il avait appris à aimer, comme il le soulignait de plus en plus souvent.

Demande-t-on à un homme de changer de vie à cause de quelque chose qui pourrait aisément passer pour un caprice ? Puis, la cordonnerie ne leur appartenait pas encore et cette triste réalité venait teinter tout le reste d'une sombre couleur d'incertitude.

En revanche, avec son bras paralysé, c'était grâce à l'aide de sa femme si Jaquelin arrivait encore à pratiquer son métier, et celle-ci prenait conscience, avec de plus en plus d'acuité d'ailleurs, qu'elle en avait assez de cette vie où elle avait la sensation d'avoir à se battre sur tous les fronts.

Alors que faire ?

Demander à Cyrille de laisser tomber le collège pour soutenir son père à la cordonnerie ?

Cela serait une solution, bien sûr, mais Marie-Thérèse n'arrivait toujours pas à y souscrire de gaieté de cœur. Elle espérait tellement mieux et plus pour son aîné ! Quant à Ignace, qui ne cessait de prétendre qu'un jour, ce serait lui le cordonnier du village, il y avait tellement loin de la coupe aux lèvres que Marie-Thérèse n'y pensait même pas.

La jeune femme jeta un regard en coin à sa tante.

Et si elle lui parlait ? Si elle lui confiait ce rêve de partir pour la ville, là où Jaquelin aurait enfin l'opportunité de trouver un métier à sa mesure sans pour autant se sentir diminué, alors qu'elle-même pourrait se contenter de voir à leur famille, cela aiderait-il à faire bouger les choses ? Par expérience, Marie-Thérèse savait fort bien que sa tante la comprendrait ou, à tout le moins, qu'elle prendrait le temps de l'écouter sans l'interrompre avant de lui donner son avis.

D'un autre côté, Félicité ne pourrait pas faire grand-chose pour l'aider à réaliser son rêve, c'était évident. Au bout du compte, Marie-Thérèse était cruellement consciente que confier ses espérances à sa tante n'apporterait que craintes et inquiétudes dans le cœur de la vieille dame et ce n'était pas du tout ce qu'elle souhaitait.

Il y avait tellement d'aléatoires dans l'ébauche de ce projet que Marie-Thérèse entretenait depuis un an, le cœur rempli d'espoir. Pourtant, elles y avaient cru, Lauréanne et elle, quand elles avaient aperçu l'écriteau annonçant une petite épicerie à vendre, à quelques rues seulement du logement habité par sa belle-sœur et son mari.

Mais ce n'était qu'un rêve, parce que, tout d'abord, pour réaliser le projet, il faudrait des sous qu'ils n'avaient pas, Jaquelin et elle. Puis, pour aller vivre en ville, Marie-Thérèse devrait quitter sa chère tante, ce qu'elle n'arrivait toujours pas à concevoir.

Alors…

Alors il valait peut-être mieux ne rien dire. Ne pas susciter d'attente pour personne par crainte d'être tous un peu déçus. Ils étaient en bonne santé, du plus vieux au plus jeune, c'était l'essentiel. Les relations avec son beau-père allaient en s'améliorant et là, c'était tellement inespéré que Marie-Thérèse ne voulait rien dire ou faire pour indisposer le vieil homme. Ce n'était donc pas le temps de lui annoncer qu'ils allaient laisser tomber la cordonnerie, n'est-ce pas ? En contrepartie, à défaut de vivre auprès de Lauréanne, Marie-Thérèse admettait que ses visites étaient de plus en plus fréquentes. Elle apprendrait donc à s'en satisfaire. Puis, ses deux aînés avaient la chance inouïe de pouvoir poursuivre leurs études, ce qui ne serait peut-être plus le cas s'ils déménageaient en ville. Marie-Thérèse ne voyait pas du tout le curé Pettigrew continuer de payer les études d'un jeune qui n'habiterait plus sa paroisse.

Il y avait surtout que son mari semblait plutôt heureux de leur vie quotidienne. Que pouvait-elle demander de plus, sinon un peu de réconfort ?

Alors, Marie-Thérèse se contenterait de répéter ce que sa tante savait déjà pour expliquer sa tristesse et son désarroi. Par la suite, elle écouterait ses paroles rassurantes, appuierait peut-être sa tête sur son épaule et après, toutes les deux, elles iraient acheter les pots Mason.

— Vous savez, matante, dans le fond, c'est pas d'avoir un autre enfant en route qui est le plus difficile, murmura-t-elle enfin, tout en continuant de fixer l'eau sombre de la rivière. Ça, je pourrais l'accepter assez facilement, si j'avais juste ma famille à m'occuper. Non, c'est le fait de devoir travailler avec Jaquelin qui est probablement le plus lourd à porter. C'est un peu pesant sur les épaules d'une seule femme, la maisonnée pis la cordonnerie mises bout à bout. Mais que voulez-vous que j'y fasse ? Avec un bras inutile, mon mari y arrive pas tout seul. Pis je le comprends, craignez pas. La cordonnerie, c'est le seul métier que Jaquelin a appris à faire. Avec le temps, il s'est mis à l'aimer, ce métier-là, pis en plus, il le fait bien. Ça serait bête de vouloir en changer, d'autant plus que ça met notre famille à l'abri du besoin. C'est toujours ben pas de la faute de mon homme s'il est tombé dans l'eau glacée d'une rivière à peine dégelée, pis qu'il est resté paralysé d'un bras ! Quand je me sens devenir impatiente, je repense à ça, pis je me dis que j'aurais pu perdre mon homme. Ça suffit pour me calmer, croyez-moi !

En parlant ainsi à sa tante, Marie-Thérèse avait obligé son désir d'aller vivre en ville à se tenir en retrait. Elle n'avait guère de temps à perdre en vaines rêveries. Tout en faisant ce bref bilan de son existence, Marie-Thérèse avait aussi admis en son for intérieur qu'elle était choyée par la vie. Bien d'autres qu'elle avaient moins ou pire et ils ne se plaignaient pas. Un jour, peut-être verrait-elle son rêve se réaliser, peut-être. En tout cas, elle allait continuer d'y croire, même si cela n'était pas pour aujourd'hui. Ça l'aidait à raboter les pics plus acérés !

— Ça fait que j'vas encore une fois puiser dans mes réserves de patience pis d'énergie pour passer au travers, conclut alors Marie-Thérèse d'une voix plus forte. Pis j'vas y arriver, matante, faites-vous pas de tracas pour moi. Je suis encore jeune pis en santé, c'est ça qui est important.

Il y avait dans la voix de Marie-Thérèse une conviction et une détermination qui imposaient le respect. Alors, Félicité se soumettrait aux ambitions de sa nièce jusqu'au bout.

— De toute façon, tu sais que tu pourras toujours compter sur moi, affirma-t-elle avec une fermeté qui ressemblait à celle de Marie-Thérèse. J'suis plus une jeunesse, je le sais, pis la maladie m'a appris à reconnaître mes limites, j'en conviens, mais j'suis pas devenue inutile pour autant. Je voudrais ben que t'en tiennes compte, ma belle… À nous deux, on trouvera ben une manière pour s'accommoder l'une l'autre, j'en suis certaine. Pis pour ton mari, avec Benjamin pis Conrad, qui sont quand même capables de nous prêter main-forte au besoin, on va y arriver, comme tu dis.

La réponse de Marie-Thérèse fut une longue pression de la main sur celle de sa tante Félicité qui, à son tour, porta les yeux sur l'eau tumultueuse de la rivière, et le silence revint se poser entre les deux femmes.

Sans qu'elle sache rien des espérances de Marie-Thérèse, les pensées de Félicité s'abreuvaient tout de même à la même source, puisqu'Irénée s'était confié à elle en avouant que la cordonnerie n'avait plus la même importance à ses yeux. Il avait même ajouté qu'il serait prêt à s'en départir pour faire l'acquisition d'une maison au bord du fleuve.

— Vu qu'Émile vient de s'acheter un char, j'ai ben l'impression que je pourrai pas compter sur lui, avait-il expliqué. Du moins, pas avant quelques années. Je vieillis comme tout le monde, ça fait que j'y pense de plus en plus souvent, à me débrouiller tout seul.

— Pis Jaquelin, lui ? avait alors demandé Félicité, tout inquiète. Faut pas oublier que ma Thérèse pis votre garçon ont toute une famille sur les bras pis…

— Maudit calvaire, Félicité ! avait aussitôt rétorqué Irénée, coupant ainsi la parole à celle qu'il considérait désormais comme une amie. Craignez pas, j'suis pas un ingrat ni un imbécile. Si jamais je me décidais à vendre un jour, je laisserai pas mon garçon dans la misère, c'est ben certain.

— Ah bon... Si c'est de même, c'est vrai que le bord du fleuve, c'est ben agréable, avait admis spontanément la vieille dame qui, par une très chaude journée d'été, s'était laissé tenter par la fraîcheur de l'eau.

En effet, pieds nus, Irénée et elle se promenaient lentement tout le long de la berge en discutant.

— Bon ! Vous voyez ben que j'ai raison, avait alors lancé Irénée, trop heureux d'avoir rencontré une oreille compatissante à son égard. En revanche, je voudrais donc pas que l'idée de vendre la cordonnerie arrive à l'attention de mon garçon avant que j'aye moi-même décidé de lui en parler, si vous voyez ce que je veux dire...

— Coudonc, Irénée, me prenez-vous pour une bavasseuse ?

— C'est pas ce que j'ai dit.

— Ben c'est ce que j'ai cru entendre.

À ces mots, Irénée avait décoché un sourire, qui lui avait retroussé la moustache.

— C'est drôle de voir comment c'est qu'on réagit pareil vous pis moi ! avait-il souligné en même temps.

Comme, sur le sujet, Félicité logeait à la même enseigne qu'Irénée, admettant sans difficulté qu'ils possédaient tous les deux un caractère plutôt prompt, elle n'avait rien rétorqué. Toutefois, la perspective d'un petit chalet au bord de l'eau avait continué à faire son bout de chemin. Si jamais un jour Irénée se décidait à concrétiser son envie, Félicité se voyait facilement profiter de l'occasion pour faire de longs séjours à Montréal, chez Lauréanne, tout en se ménageant de bons moments pour aller à la pêche avec Irénée et son ami Napoléon, avec qui elle s'entendait assez bien. Sa réflexion la conduisait même jusqu'à se dire que si la cordonnerie était vendue, cela signifierait, fort probablement, que Marie-Thérèse et sa famille allaient devoir déménager, non ? S'ils étaient pour rester au village, il n'y aurait aucun problème. Mais si jamais la famille devait quitter la paroisse...

À cette pensée, Félicité haussa les épaules.

Le cas échéant, il était plus que certain qu'elle-même voudrait suivre sa nièce, où qu'elle aille, Montréal ayant tout de même de fortes chances de rafler la médaille de popularité, puisque Lauréanne, Émile et Irénée y vivaient depuis bien des années. Et Montréal, c'était une ville que Félicité appréciait beaucoup, et ce, depuis fort longtemps.

À cette pensée, la vieille dame se tourna vers sa nièce, toujours aussi songeuse, et l'envie de tout dévoiler fut très forte... avant qu'elle repousse vigoureusement cette intention par une bruyante expiration remplie d'impatience à son égard.

Mais qu'est-ce qui lui prenait ? Félicité Gagnon n'avait pas l'habitude de jouer les commères. Puis, ce rêve ne lui appartenait pas et elle connaissait suffisamment Irénée pour savoir qu'il lui en voudrait longtemps d'avoir éventé la mèche sans lui en demander la permission. De toute façon, elle avait promis de se taire. Elle n'allait toujours pas ternir des relations qui allaient en s'améliorant entre Irénée et les siens, n'est-ce pas? Surtout pour une possibilité qui ressemblait un peu à un caprice.

— Pour ce qui est de parler à ton mari, il y a juste toi qui peux le faire, fit-elle enfin, rattachant ces quelques mots au fait que Marie-Thérèse soit venue à la rivière pour réfléchir. Je voudrais ben pouvoir parler pour toi, ma belle, mais je peux pas.

— Je le sais, matante, je le sais donc! Pis c'est pas pantoute ce que je vous ai demandé, non plus.

— Dans ce cas-là, on a tout dit! Tu vas m'aider à me relever, pis on va aller au magasin ensemble. Pour aujourd'hui, on peut rien faire de plus, sauf peut-être commencer à récolter les légumes, qu'on mettra en pots demain.

— On va faire comme vous dites, parce que vous avez raison. Il faut même que je me dépêche un peu! C'est comme rien que les jumeaux sont à veille de se réveiller de leur sieste, pis qu'Angèle doit déjà être avec son père dans la cordonnerie.

— Crains pas, j'ai encore les jambes solides, on va pouvoir faire ça assez vite!

Sur ce, Félicité se pencha pour reprendre son panier, son chapeau et son sac à main.

— N'empêche, ma belle, ajouta-t-elle, au moment où les deux femmes venaient de regagner le sentier, qu'il faut toujours garder confiance en l'avenir... On sait jamais ce que la vie nous réserve... T'en souviens-tu ? C'est ce que je t'avais dit dans le temps, avant ton mariage, pis plus tard, après l'incendie de votre maison... Ben, c'est ce que j'ai envie de te répéter aujourd'hui : garde confiance.

Sur ce, Félicité Gagnon égrena un rire tout en serrant affectueusement la main de Marie-Thérèse. Si elle ne pouvait pas révéler les intentions d'Irénée, rien ne l'empêchait de sonder le terrain auprès de ce dernier. Elle lui demanderait donc s'il avait toujours l'intention de vendre la cordonnerie. Dans une lettre. Question de rappeler le bel été vécu ensemble. Par la suite, selon la réponse obtenue, elle aviserait. Il n'était surtout pas question de froisser la grande susceptibilité d'Irénée.

Cette décision prise, la vieille dame accéléra la cadence, tout en ajustant son pas à celui de sa nièce.

Et ce fut ainsi, par un bel après-midi de fin d'été, que la tante et la nièce retournèrent silencieusement vers le village, sans se douter qu'à leur manière, elles pensaient toutes les deux à la ville et à ses facilités.

CHAPITRE 3

À Montréal, le mardi 23 décembre 1924,
en fin d'après-midi

Dans la chambre d'Agnès, aménagée dans la partie arrière du salon double du logement d'Émile et de Lauréanne

Agnès était tout bonnement radieuse.

— Ben là, vous me faites plaisir, matante !

La jeune fille arrivait tout juste de l'école qui venait de fermer ses portes pour le congé de fin d'année. Elle avait à peine eu le temps d'accrocher son manteau pour ensuite se rendre à sa chambre, afin d'y déposer son sac d'école le plus loin possible au fond de son garde-robe pour enfin l'oublier, que Lauréanne venait la rejoindre, toute souriante, pour lui annoncer qu'au bout du compte, elle allait pouvoir partir.

— J'suis tellement contente, si vous saviez ! Merci, merci ben gros, matante !

— C'est ta mère que tu devras remercier, Agnès, énonça Lauréanne. C'était à elle de donner cette permission-là, pas à moi. Tu le sais que pour les choses d'importance, j'ai pas un mot à dire sans le consentement de tes parents.

— Je sais tout ça, matante, craignez pas. Ma mère va toujours rester ma mère ! Pis mon père avec, va toujours être mon père, comme de raison. Mais c'est toujours ben vous qui m'avez appris la bonne nouvelle, par exemple, pis c'est pour ça...

Interrompant sa phrase, Agnès fit les deux pas qui la séparaient de Lauréanne et elle lui plaqua un baiser sonore sur la joue, avant de pirouetter sur elle-même et d'ajouter :

— C'est pour ça que c'est vous qui avez le droit de recevoir le gros bec que j'avais envie de donner ! lança-t-elle joyeusement.

Lauréanne était rose de plaisir et de confusion, parce que peu accoutumée aux démonstrations affectueuses, à l'exception de celles de son mari.

— Cré belle chouette, va ! lança-t-elle sur-le-champ, essayant ainsi de camoufler son embarras. Tu pourras te vanter, toi, plus tard, d'avoir apporté ben de la joie dans notre vie, à Émile pis moi. Si tu savais... Astheure, commence à préparer tes bagages, tu prends le train de huit heures demain matin.

— Inquiétez-vous pas, m'en vas être prête ! J'suis tellement contente d'aller passer Noël avec ma famille !

Tout en parlant, Agnès avait ouvert un tiroir de

sa commode et elle fourrageait à travers ses vêtements pour choisir ceux qu'elle voulait mettre dans sa valise.

— Mais c'est surtout parce que moman m'a enfin fait confiance si je suis heureuse comme ça, précisa-t-elle, lançant ces quelques mots par-dessus son épaule, tandis que des chandails de différentes couleurs commençaient à s'empiler de façon précaire au milieu de son lit.

Agnès s'arrêta un instant, une veste rose pressée contre sa poitrine. Elle avait le regard vague et un fragile sourire flottait sur ses lèvres, comme si elle voulait savourer le moment.

— Ouais, j'suis ben fière de la confiance de moman…

— C'était aussi une question d'âge, ma belle, tint à spécifier Lauréanne, tandis qu'Agnès ramenait les yeux vers elle. C'était pas juste une question de confiance. Faut pas oublier que tu vas avoir treize ans dans moins d'un mois. T'es pus un bébé. Pis il y a aussi le fait que Cyrille va t'attendre à la gare de Trois-Rivières, pour embarquer dans le même train que toi. Ta mère m'a dit qu'elle avait tout arrangé avec le directeur du collège pour être ben certaine que Cyrille te raterait pas. Je pense que ça a joué dans la balance. C'est ben plus le dernier bout de chemin dans un taxi ou un bogey qui a toujours inquiété ta mère… N'empêche que t'as pas tort de croire qu'elle te fait confiance. Ça fait ben des fois que Marie-Thérèse me le dit. Elle est ben ben fière de sa grande fille… Bon ! Je te laisse préparer ton bagage, pendant que j'vas aller voir ton grand-père, au cas où notre Irénée aurait besoin de quelque chose. Pauvre vieux ! C'est pas drôle pour lui d'être malade… Ni pour moi, en fin de compte, parce que ça y accommode pas le caractère de se voir cloué au lit comme ça, depuis une semaine… Une pneumonie ! On rit pus.

Cette pneumonie, qu'Irénée s'entêtait à appeler une mauvaise grippe, avait chamboulé les plans de tout le monde, puisque, en principe, Émile et Lauréanne devaient se rendre eux aussi à Sainte-Adèle-de-la-Merci pour célébrer Noël avec la famille de Jaquelin. Agnès aurait été du voyage, bien entendu, et ils auraient pris Cyrille en passant. Tout était déjà arrangé depuis la Toussaint. Pour sa part, Irénée avait décrété qu'il préférait fêter avec son ami Napoléon.

— C'est en train de devenir une sorte d'habitude, pour lui pis moi, de s'organiser un dîner durant la période des fêtes, avait-il déclaré au moment où Lauréanne lui avait fait part de leur intention. De toute façon, me semble que je file un mauvais coton, depuis une couple de jours, avait-il ajouté en guise d'excuse pour décliner l'invitation. On va dire que pour une fois, je passe mon tour.

Une quinte de toux l'avait alors interrompu.

— Calvaire de rhume ! J'sais ben pas quand c'est que ça va finir… Me semble que ça fait des années que je traîne ça. Non, non, vaut mieux que je reste ici, au cas où je passerais ma grippe à tout le monde.

Par contre, avait-il tenu à préciser, d'une voix essoufflée, tu salueras Félicité pour moi. Tu y feras le message que j'ai reçu sa lettre la semaine dernière, pis que j'vas penser à tout ça ben sérieusement. Ensuite, tu diras à ton frère que j'vas me reprendre une autre fois. À Pâques, tiens, quand il va recommencer à faire beau. C'est plus tentant pour aller faire un tour de machine. Mais en attendant que le printemps revienne, Jaquelin pourrait faire un petit effort, pis venir faire un tour en ville, comme il l'avait promis à Émile... Après les fêtes, c'est toujours plus tranquille à la cordonnerie... C'est le genre d'affaires qui changent pas avec le temps ! Ouais, c'est ça que tu vas dire à ton frère parce que moi, le téléphone, je fais pas confiance à ça. Tout le monde peut écouter ce qu'on dit, pis ça m'achale. Le téléphone, finalement, c'est juste bon pour les petites affaires sans grande importance.

Comme Irénée détestait dormir ailleurs que dans son lit et que Lauréanne connaissait son aversion pour le téléphone, elle avait donc accepté de faire les messages à sa place sans plus de discussion, même si la curiosité lui piquait le bout de la langue.

Qu'est-ce que la tante Félicité avait bien pu lui écrire ?

Sachant fort bien que si son père avait voulu lui en parler, il l'aurait fait, Lauréanne se tut, de peur de déclencher un affrontement pénible. Si c'était aussi important que son père semblait le penser, elle finirait bien par tout savoir. Quant à la toux du vieil homme, même si elle était sans doute plus intense que d'habitude, elle n'était pas nouvelle. Lauréanne ne s'en était donc pas inquiétée. Cependant, au lendemain de cette discussion, comme Irénée brillait par son absence à la table du déjeuner, l'attitude un peu nonchalante de Lauréanne avait rapidement changé.

— C'est pas normal que le père soye pas là ! avait-elle souligné en déposant sur la table une assiette où s'empilait une quantité impressionnante de rôties beurrées.

— Voyons donc, ma femme ! Il fait encore tout gris dehors, à cause de la pluie qui tombe sans arrêt depuis une couple de jours. Le beau-père doit pas être réveillé, c'est toute ! Moi le premier, si j'avais pu...

— Je pense pas, moi, avait interrompu Lauréanne, que la maussaderie du temps y soye pour quelque chose ! J'ai jamais vu mon père niaiser au lit, le matin, surtout pas pour un peu de pluie... Non, j'aime pas ça, pis je répète que c'est pas normal... Excusez-moi, vous deux, mais j'vas aller voir ce qui se passe. Attendez-moi pas, pis commencez à manger tusuite. Faudrait pas qu'à cause de ça vous soyez en retard !

Sans plus tarder, Lauréanne avait quitté la cuisine pour venir frapper à la porte de son père. Devant l'absence de réponse, elle était entrée sans hésiter.

Irénée lui tournait le dos et, à première vue, il avait l'air de dormir profondément. Toutefois, comme sa respiration était anormalement bruyante, Lauréanne s'était approchée à pas de loup.

D'un seul regard, elle s'était rendu compte que son père n'allait pas bien du tout.

Non seulement le vieil homme marmonnait-il dans son sommeil, appelant sa défunte épouse d'une voix absente, une voix qui râlait entre deux inspirations qui semblaient laborieuses, mais de plus, son visage était couvert de sueur. Posant machinalement le poignet sur le front de son père, Lauréanne comprit que la situation était sérieuse. Il n'en fallut pas plus pour que son inquiétude se transforme aussitôt en affolement.

Elle s'était précipitée hors de la chambre.

— Appelle le docteur, Émile, ça presse ! Dis-lui de venir le plus vite possible. En attendant qu'il se pointe ici, moi, j'vas mouiller une guenille avec de l'eau froide pour éponger le front de mon père. Il est bouillant de fièvre !

En ce matin de la mi-décembre, Émile avait été en retard à l'ouvrage et Agnès avait manqué l'école.

Quant au médecin appelé en consultation, il avait été formel.

— Pas question que cet homme-là sorte d'ici avant un bon mois, madame Fortin. Votre père est gravement malade et je n'aime surtout pas sa poussée de fièvre délirante. Faut absolument la faire baisser d'ici à demain, sinon, on va être obligé de l'hospitaliser... En attendant, pas question de laisser monsieur Irénée sans surveillance. On ne sait jamais ce qui peut arriver quand la fièvre vous monte à la tête !

Déçue, mais comprenant fort bien la gravité de la

situation, Lauréanne s'était faite attentive aux directives données par le médecin, se disant en même temps que leur séjour à Sainte-Adèle-de-la-Merci risquait de tomber à l'eau.

— Dites-moi ce que je dois faire, docteur, pis je m'occupe de tout.

Ce qu'elle avait fait avec diligence. Émile et elle s'étaient même relayés au chevet du vieil homme durant les deux premières nuits. Puis, au matin du troisième jour, la fièvre avait baissé. Néanmoins, Lauréanne avait tout de même attendu une autre longue semaine avant de joindre sa belle-sœur pour tout lui expliquer. Peut-être espérait-elle un miracle ? À tout le moins, elle souhaitait donner des nouvelles encourageantes sur l'état de santé de son père.

Dehors, la pluie avait eu le temps de cesser, et la neige qui l'avait remplacée recouvrait les rues et les parterres d'une belle couverture ouatée quand Lauréanne s'était enfin décidée à appeler Marie-Thérèse pour lui annoncer que son père était malade et que le voyage était annulé. Certes, Irénée allait de mieux en mieux, mais, selon le médecin, on ne pouvait toujours pas le laisser seul.

— ... Ça fait qu'on pourra pas partir demain matin comme on l'avait prévu, pour aller fêter Noël avec vous autres, avait-elle expliqué au téléphone, un peu plus tôt ce matin.

— Ben voyons donc !

De toute évidence, Marie-Thérèse était tout aussi déçue que Lauréanne.

— Que c'est tu veux que je te dise ! C'est même pas certain qu'on va pouvoir se déplacer pour le jour de l'An.

— C'est ben plate, ça là !

— J'suis d'accord avec toi, mais je peux rien faire pour changer ça. Je peux toujours ben pas désobéir au docteur pis laisser mon père tout seul, même s'il va un peu mieux.

— Ben non ! Que c'est tu vas penser là, toi ? Ça me serait même pas passé par l'esprit. C'est ben certain que ta place est avec ton père. Faudrait pas avoir de cœur pour penser autrement. Il a beau avoir mauvais caractère, le beau-père, c'est toujours ben pas une raison pour le négliger... En revanche, tu lui diras qu'on va penser ben fort à lui pour qu'il se remette le plus vite possible, pis demain, durant la messe de minuit, toute la famille va prier ben fort, juste pour lui.

— C'est ben d'adon, Marie-Thérèse. J'y fais le message. Ça va lui faire plaisir de voir qu'on pense à lui comme ça. Pis toi, de ton bord, tu salueras Jaquelin pour nous autres... Pis dis bonjour à la tante Félicité de la part de mon père. Il me l'avait demandé. Tu lui diras aussi que mon père a ben reçu sa lettre pis qu'il y pense sérieusement... Ouais, c'est exactement de même qu'il m'a dit ça.

— Veux-tu ben me dire de quoi tu parles ?

— D'une lettre que la tante Félicité aurait envoyée, pis que mon père a reçue juste avant de tomber malade. Je voudrais ben pouvoir te dire de quoi il retourne, mais j'en sais pas plus. Oh ! Mais j'y pense... Que c'est qu'on fait pour Agnès ? La pauvre enfant se faisait bén de la joie d'aller passer le temps des fêtes au village. Quand elle est partie pour l'école, t'à l'heure, elle se doutait ben que ça marcherait pas comme on l'avait espéré. Elle avait la fale pas mal basse, tu sauras. Que c'est que j'vas lui dire ?

— Ouais... C'est vrai que la maladie de ton père change le programme de tout le monde. Pis je comprends qu'Agnès soye déçue, je le suis moi avec... Laisse-moi y penser. J'vas te revenir avec une réponse tusuite après le dîner. J'vas prendre le temps d'en jaser avec Jaquelin durant le repas, pis je te rappelle. Il y a peut-être une solution.

Et c'était cette solution que Lauréanne venait d'annoncer à Agnès, qui avait aussitôt troqué sa moue boudeuse pour un sourire éclatant. Malgré la pneumonie de son grand-père, elle partirait finalement pour rejoindre sa famille, sans véritable inquiétude puisqu'Irénée allait vraiment mieux. De plus, elle était en vacances pour deux longues semaines, avec quelques rencontres familiales au programme. Que demander de plus pour rendre un cœur d'adolescente heureux ?

— C'est mon amie Geneviève qui va être contente ! Elle m'attend, vous savez. C'est ça qu'elle a écrit dans la belle carte de Noël qu'elle m'a envoyée, la semaine dernière.

À ces mots, Lauréanne hocha la tête en souriant.

— T'es contente que ça se soye arrangé avec elle, hein ?

— Oh oui ! Vous savez pas comment !

— Pis Marie-Paul, elle ?

— Quoi, Marie-Paul ?

— Qu'est-ce qu'elle devient, dans tout ça ?

— Je comprends pas ce que vous cherchez à dire, matante... C'est ben certain que Marie-Paul reste mon amie. On peut avoir plus qu'une amie, vous savez. On a toutes compris ça, l'été dernier, quand on était toutes les filles ensemble, à Sainte-Adèle-de-la-Merci. Ça a été d'autant plus facile que Geneviève aussi aime bien Marie-Paul pis Louisa.

— Ben tant mieux. T'as ben raison, ma belle. Des amies, on en a jamais trop.

— Mais avec tout ça, j'étais quand même en train d'oublier Marie-Paul, moi là, tellement j'suis contente d'aller chez nous...

— Comment ça ?

— Vu que j'étais certaine de pas partir, j'avais dit à Marie-Paul qu'on allait se voir demain... Même qu'on avait décidé d'aller se promener sur la rue Sainte-Catherine avec Louisa pour voir les belles vitrines de Noël. J'ai pas le choix, il faut que je l'appelle pour la prévenir que je m'en vas, pis que je pourrai pas aller en ville comme prévu... Pensez-vous, matante, que je pourrais revenir tusuite après le jour de l'An ? Comme ça, je pourrais profiter de mes amies du village pendant la moitié des vacances, pis ensuite, de celles de la ville, pour l'autre moitié. J'suis sûre que Marie-Paul serait moins déçue comme ça.

— Moi, je vois pas d'inconvénient à ce que tu reviennes dans une semaine, mais va falloir que t'en jases avec tes parents. C'est juste eux autres...

— ... qui peuvent me donner une permission comme celle-là, compléta Agnès sur un ton monocorde. Je le sais, je le sais... Pis c'est ce que j'vas faire tout de suite en arrivant chez nous. En attendant, vous pouvez aller voir grand-père, pendant que je prépare mes bagages. Dès que j'ai fini, j'vas aller vous rejoindre...

— Ça va lui faire plaisir.

— Moi aussi, ça me fait plaisir de jaser avec lui, déclara Agnès, en train de fouiller dans son garde-robe, pour choisir une robe ou deux.

Puis, il y eut un court silence, au bout duquel Agnès se retourna vers Lauréanne. Curieusement, elle avait l'air très sérieuse.

— Vous savez, matante, ajouta-t-elle, sur un ton songeur, j'ai eu vraiment peur pour grand-père. Quand il avait pas toute sa tête pis qu'il parlait en dormant, je trouvais ça ben angoissant, pis ben triste en même temps.

— On a toutes été tristes pis inquiets, ma belle. Heureusement, du côté de la tête, mon père est guéri, rassura Lauréanne. T'as pus à t'en faire pour ça. Il reste encore ben faible, mais comme il commence à trouver le temps long, j'ai pour mon dire qu'il va mieux. Quand ton grand-père se met à chialer, c'est que le naturel lui revient, ajouta-t-elle sur un ton malicieux. J'ai passé mon après-midi à tricoter à côté de lui pour y tenir compagnie, parce qu'il arrêtait pas de m'appeler pour toutes sortes de niaiseries. C'est juste quand il s'endort que je peux reprendre mon travail de maison. Mais je dirais que son sommeil a l'air pas mal plus calme que celui de la semaine dernière, pis il fait presque pus de température. Ce qui me rassure, surtout, c'est qu'il appelle pus jamais ma mère en dormant. Ça doit vouloir dire que les piqûres que le docteur vient y donner de temps en temps commencent à faire leur effet. Crains pas, ma belle, ton grand-père va s'en sortir ! Il a la couenne dure, tu sais, pis le docteur a l'air ben confiant... Envoye ! Sors ton linge pis laisse-le sur ton lit. Ton oncle Émile ira te chercher une valise dans la cave, quand il va revenir de son ouvrage. Pis pendant que j'vas préparer le souper, tu pourrais peut-être jouer aux dés avec ton grand-père ? Je pense que ça lui ferait du bien de se changer les idées ! J'ai laissé le cabaret sur pattes à côté de son lit. Vous vous en servirez pour lancer les dés.

— Bonne idée ! Je me dépêche.

Agnès fit donc l'inventaire de ses vêtements le plus rapidement possible. En moins de deux, jupes, robes, pantalons et jaquettes avaient rejoint les chandails sur le lit. Ne restaient que les sous-vêtements, qu'elle ne sortirait des tiroirs qu'à la toute dernière minute. Agnès était une fille très prude et le simple fait d'imaginer Émile entrant dans sa chambre avec la valise et apercevant sa lingerie sur le lit la faisait rougir. Elle jeta un dernier coup d'œil sur les vêtements qu'elle avait choisis en se faisant la remarque qu'elle ne devait surtout pas oublier sa brosse à cheveux et ses rubans. Après tout, c'était le temps des fêtes, et Agnès voulait se faire belle.

Un dernier regard rapide, puis elle quitta sa chambre pour traverser le salon afin de rejoindre le long couloir où donnait la chambre de son grand-père.

Irénée était seul. Bien appuyé sur une pile d'oreillers, il regardait par la fenêtre la belle neige blanche qui tombait en gros flocons depuis le matin. À l'autre bout de l'appartement, on entendait Lauréanne qui s'activait à la préparation du repas en fredonnant le Çà, Bergers.

Irénée esquissa un sourire. Depuis quelque temps, il aimait bien entendre Lauréanne fredonner, allez donc savoir pourquoi !

Il faut toutefois se rappeler que le long séjour de Félicité Gagnon avait changé bien des attitudes sous le toit d'Émile Fortin, et le mauvais caractère d'Irénée Lafrance en faisait partie. Le jour où il avait enfin rencontré un interlocuteur à sa mesure, le vieil homme avait commencé à s'assouplir, petit à petit, d'une pique à une boutade, d'une remarque plus acérée à un sourire de connivence. Elle avait le mot facile et la réplique prompte, Félicité, et Irénée n'avait guère tardé à lui donner la riposte. C'était justement à elle qu'Irénée pensait, quand Agnès frappa tout doucement à la porte laissée entrouverte. Irénée tourna la tête et, apercevant sa petite-fille, il n'eut pas à se forcer pour sourire.

— Ah, c'est toi! Viens, Agnès, viens t'assire pas trop loin de moi. On va jaser.

— Vous aimeriez pas mieux jouer aux dés ou aux dominos? Je peux aller chercher la boîte de jeux avec du papier pis…

— Non, pantoute! J'ai encore trop de brume dans le cerveau pour jouer à des jeux comme ceux-là. Dans une semaine, je dis pas, mais pas pour astheure… Pis? Paraîtrait que tu pars pour Sainte-Adèle-de-la-Merci demain matin?

— Ben oui, grand-père! Imaginez-vous donc que ma mère a enfin accepté que je fasse la route toute seule, en train.

Tout en parlant, Agnès avait approché une chaise droite à côté du lit.

— Je pars de bonne heure demain pour attraper le train de huit heures, précisa-t-elle en s'asseyant.

— C'est ben ce que Lauréanne m'a raconté… Pis? T'es contente?

— C'est sûr, ça! C'est pas parce que je reste ici, à Montréal, depuis plus d'un an, que j'oublie ma famille pour autant. Ça me fait toujours plaisir d'aller les voir. Je m'ennuie d'eux autres, vous savez. C'est pas des farces, ça fait depuis l'été que je les ai pas vus, rapport qu'à la Toussaint, j'étais invitée à la fête de Louisa.

— C'est juste normal, un peu d'ennui. Pis des fois,

je trouve même que ça a de l'agrément. N'empêche... Je commence à te connaître, pis j'oserais dire que si ça te fait plaisir de voir ta famille, c'est en autant que tu sais que tu vas revenir à Montréal, hein, Agnès? souligna alors Irénée qui, s'il avait mauvais caractère par moments, avait tout de même les yeux clairs et restait sensible aux états d'âme autour de lui. J'ai remarqué ça, l'été dernier, quand t'as été obligée de partir pour toute la durée des vacances. T'avais pas l'air contente pantoute.

— Ça paraissait tant que ça que j'étais déçue?

Cette remarque suscita un rire chez Irénée. Un rire qui se transforma aussitôt en une toux grasse, qui le laissa haletant.

— Calvaire de rhume!

— Non, grand-père! C'est pas un petit rhume, votre maladie, c'est une pneumonie. C'est pas mal plus grave.

— Ouais, c'est ça que Lauréanne arrête pas de me dire.

— Elle a raison...

— N'empêche que j'suis tanné en sacrifice de rien faire de mes journées.

— Je peux comprendre. Mais faut quand même vous ménager, grand-père... On a eu peur, vous savez, pis on tient à vous!

À ces mots, Irénée s'agita dans son lit.

— Ah ouais? Tu m'en diras tant... Pas sûr, moi, que le monde tient tant que ça à moi... Je le sais ben, va, que j'suis rien qu'un vieux malcommode. Félicité me l'a assez répété l'été passé qu'il y a pas de danger que je l'oublie.

— Voyons donc, grand-père ! Vous êtes pas juste un vieux malcommode, comme vous dites. Vous êtes aussi un grand-père ben accommodant par bouttes. Pis j'suis pas la seule à le dire, vous saurez. Vous auriez dû voir Ignace, vous, quand il est revenu à la maison après sa semaine de vacances à Montréal. Il arrêtait pas de parler de vous !

— Le p'tit vlimeux...

Une émotion surprenante érailla la voix d'Irénée.

— Comme ça, il parlait de moi ? demanda-t-il après s'être gratté la gorge.

— De vous, pis de la pêche... Je pense que ça l'a ben impressionné de sortir des poissons de l'eau.

— Il a raison ! C'est excitant, la pêche, c'est le moins qu'on peut dire. C'est tout un plaisir d'avoir ça tout grouillant au bout de sa ligne, pis de le ramener tout doucement jusqu'au bateau sans l'échapper. Même Félicité y a pris goût. Faudrait que tu viennes, toi avec, un bon jour... Pis, Agnès ? Que c'est qu'il a raconté d'autre, ton frère Ignace ?

— Qu'il a ben aimé la ville...

Sur ce, Agnès éclata de rire.

— En ville, c'est les cornets de crème à glace qui l'ont ben impressionné ! lança-t-elle joyeusement. Ignace en revenait pas qu'on aye pas besoin de sortir la sorbetière, la glace qu'il faut casser avec le pic, pis le gros sel... Pas besoin non plus de tourner la manivelle pendant une éternité pour battre la crème. Non, en ville, on a juste à aller au restaurant du coin de la rue pour avoir la chance de manger un cornet... Ignace a ajouté qu'en ville, tout était plus facile, même si ça faisait plus de bruit, mais que lui, le bruit, ça le dérangeait pas trop, pourvu qu'il puisse manger des cornets tant qu'il veut. Ma mère a ben ri quand Ignace nous a dit ça, sérieux comme un pape... N'empêche qu'il a raison. C'est ça que je pense, moi avec. En ville, tout est plus facile. Ignace a beau être encore un petit garçon qui vient tout juste d'avoir six ans, il réfléchit souvent comme une vraie grande personne.

— Je l'avais remarqué, figure-toi donc... Il nous fait de ces observations, des fois ! Quand j'ai donné un coup de main à ton père dans la cordonnerie, l'an dernier, Ignace passait son temps à me poser toutes sortes de questions sur mon travail. Pis c'étaient des questions intelligentes, tu sauras, comme celles d'un adulte qui s'interroge sur quelque chose. À se demander où c'est qu'il prend ça, le sacripant... Quand j'étais petit, du monde comme Ignace, ma mère appelait ça une « vieille âme ».

— Une vieille âme ?

— Ouais... Comme si certains bébés naissaient avec un peu de la sagesse des vieux dans leur cœur... C'est de même que ma mère disait ça.

— Eh ben... Même s'il est grouillant par bouttes comme tous les petits garçons, c'est vrai qu'Ignace nous sort des affaires qu'on pourrait même pas imaginer qu'il les comprend. Pas à son âge. Tenez, grand-père, l'été dernier, c'est Ignace qui m'a expliqué comment notre père s'y prenait pour remplacer un œillet de bottine, pis il a fait ça comme un grand. Même que popa l'a félicité.

— En plein ça ! C'est exactement ce que je voulais dire, t'à l'heure, quand je parlais de toutes ses questions…

Sur ce, Irénée resta silencieux un moment, son regard s'amusant à suivre les flocons qui frappaient au carreau. Puis, comme s'il était seul dans la pièce, il murmura :

— C'est fou de dire ça, mais Ignace me fait penser à moi quand j'étais un p'tit gars. Moi avec, j'étais ben achalant avec mes questions. Ça, c'est quelque chose que je me rappelle très bien. Me semble que je me revois, suivant ma mère comme son ombre pis…

Il n'en fallait pas plus pour piquer la curiosité d'Agnès, qui connaissait fort peu d'événements concernant la vie de son grand-père. Même l'enfance de son père, à l'époque où il était encore un tout petit garçon, restait en grande partie un mystère pour elle, puisque Jaquelin n'en parlait jamais. Profitant de l'occasion qui se présentait, elle interrompit son grand-père pour demander :

— Ah oui ? Vous étiez comme Ignace, vous, quand vous étiez petit ?

Le vieil homme passa une main tremblante dans sa tignasse en bataille, puis il tourna la tête vers Agnès.

— Ouais… Je savais ce que je voulais, pis j'étais un

petit curieux. Même quand j'étais tout petit. Je ressemblais à Ignace, quand il dit qu'il va être cordonnier, plus tard, pis qu'il accepte pas pantoute qu'on en doute. Moi avec, quand j'avais quelque chose dans la tête, laisse-moi te dire qu'il y avait personne pour me faire changer d'avis.

À ces mots, Agnès ébaucha un sourire taquin.

— Vous êtes encore comme ça, grand-père ! Vous avez la tête dure !

— Polissonne !

Malgré les sourcils qu'Irénée avait exagérément froncés, le ton de sa voix restait chaleureux. À sa manière, Agnès aussi avait un caractère entier qui ressemblait au sien et cela lui plaisait bien.

— C'est vrai que je suis pas toujours facile, admit-il enfin. Mais c'est d'être ben décidé qui m'a permis de mener ma vie à ma guise. Sinon, si j'avais été un suiveux comme à peu près tout le monde, un mouton, comme mon père disait, ben je serais devenu cultivateur comme lui, sans vraiment aimer ça.

— Eh ben… Je savais pas ça, moi, que vous aviez vécu sur une ferme.

— C'est sûr que tu pouvais pas le savoir, rapport que j'en ai jamais parlé… Du moins, je m'en rappelle pas.

— Continuez, grand-père… J'aime ça vous entendre parler de vos jeunes années.

Irénée haussa les épaules.

— Il y a pas grand-chose à dire, ma pauvre Agnès. J'ai eu une vie ordinaire, avec mes parents. Mais comme j'étais enfant unique, je m'ennuyais par bouttes. C'est pour ça, quand j'ai été assez vieux pour le faire, que j'suis parti pour les États. J'ai voyagé de ce bord-là durant une couple d'années. Ça, par contre, ça sort de l'ordinaire, surtout à mon époque. Ça a été ma manière de faire comprendre à mon père que la ferme, c'était pas pour moi. Malheureusement, on a jamais pu en reparler ensemble parce que mon père est mort juste avant que je revienne. C'est après les funérailles que j'ai commencé à travailler comme apprenti chez mon oncle Ferdinand, le frère de mon père. Dans ce temps-là, c'était lui, le cordonnier de la paroisse. C'est lui qui m'a toute appris du métier, tu sauras.

— C'est drôle, mais j'avais toujours cru que c'était votre père qui était cordonnier avant vous.

— Pourquoi tu dis ça ?

— Parce que j'ai souvent entendu dire, dans le village, que chez les Lafrance, on était cordonnier de père en fils...

— C'est vrai qu'on dit ça, au village. Moi avec, je l'ai entendu pas mal souvent... C'est peut-être vrai pour ton père pis moi, mais pas avant. C'est sûr que la cordonnerie a toujours été dans la famille, vu que mon oncle Ferdinand était un Lafrance, lui avec. Mon père, c'était l'aîné de la famille, pis c'est un peu pour ça qu'il a pris la relève en cultivant la terre qui avait été celle de son père avant lui. Par contre, ça a jamais été une corvée pour lui, rapport qu'il aimait ben ça, la terre. Ça a toujours été l'avoine pis le blé d'Inde qui avaient de l'importance à ses yeux. Le travail de la terre, des semailles aux récoltes, c'était toute sa vie. Quand mon père est mort, comme j'étais enfant unique, j'ai hérité de son bien. Ça a été un boutte *rough* pour moi, tout ça. Je voulais pas être déloyal envers mon père, pis j'ai faite de gros efforts dans ce sens-là. Mais mon oncle Ferdinand me regardait aller, pis il a vite compris que j'aimais pas ça. C'est lui qui m'a conseillé de louer mes champs durant une couple d'années, pendant que je travaillerais à la cordonnerie avec lui. Chez les Lafrance, on est toutes un peu pareils : on sait ce qu'on veut, pis on prend les moyens pour l'obtenir. Pour mon oncle Ferdinand, vu que j'aimais pas le travail de ferme, c'était clair que j'avais pas à sacrifier mes envies pour quelqu'un qui était mort. Même si ce quelqu'un-là était mon père. Par contre, durant mes années d'apprentissage, j'habitais encore la maison de mes parents, pis je me rendais au village tous les matins pour mon travail. À pied, hiver comme été ! Quelques années plus tard, mon oncle Ferdinand est mort à son tour, pis j'ai hérité de la cordonnerie, parce que Ferdinand Lafrance s'était jamais marié. C'est quand ta grand-mère m'a annoncé qu'elle allait avoir un bébé que j'ai enfin décidé de vendre la terre de mon père pour venir m'installer au village. J'ai construit ma maison juste à côté de la petite cordonnerie de mon oncle. C'était plus commode comme ça.

— Ça, je le savais.

— Tu savais quoi ?

— Que c'était vous qui aviez construit la maison qui a été détruite par le feu. Que c'était dans cette maison-là que notre père pis matante Lauréanne avaient passé leur enfance.

— En plein ça. Cette maison-là, vois-tu, je l'avais construite moi-même, avec l'aide d'une poignée d'amis du village. Ton grand-père Gagnon y était, lui avec ! Lui pis moi, on est amis depuis la petite école. Mais toujours est-il que j'en étais ben fier, de ma belle grande maison. C'est un peu pour ça que j'ai été déçu, ben gros déçu, de voir qu'il en restait pus rien, au lendemain de l'incendie.

— C'est sûr que ça a été pas mal triste, approuva Agnès, tout en hochant gravement la tête. Mais oubliez pas, grand-père, qu'on a toutes perdu un peu quelque chose dans ce feu-là. Pas juste vous. Pis en plus, nous autres, on a eu ben peur, cette nuit-là. Le feu grondait tellement fort... Je pense que jamais j'vas oublier le bruit des flammes qui dévoraient notre maison... J'y ai repensé au matin du 31 octobre. Ça faisait deux ans... Mais l'important, comme l'ont dit mes parents, c'est que personne est mort.

— T'as ben raison, ma fille. C'est ce que j'ai fini par admettre, moi avec. Par la suite, comme tes parents ont reconstruit quelque chose qui a ben de l'allure, j'ai arrêté de regretter l'ancienne maison. Pour ça, j'en sais gré à ton père d'avoir fait les choses en grand.

— Ah oui ?

Agnès semblait surprise.

— Si c'est de même, grand-père, vous devriez le dire à mes parents que vous aimez la nouvelle maison. Je pense que ça leur ferait ben gros plaisir de savoir ça. Il travaille fort, mon père, vous savez. Pis je pense que c'est pour vous aussi qu'il travaille autant. Pour que vous soyez fier de lui.

— Ah ouais? Tu penses ça, toi? Eh ben... C'est quand même pus un enfant, ton père, pour avoir besoin de l'opinion de son propre père pour faire son chemin dans la vie. Jaquelin, c'est un homme faite, comme on dit. À mon avis, Agnès, si mon fils travaille autant, c'est d'abord pour sa famille.

— Je dirai jamais le contraire, c'est sûr. N'empêche... Il répète souvent que la maison est pas à lui. Même si on a passé au feu, pis que si c'est lui pis moman qui l'ont reconstruite avec mes oncles pis mon autre grand-père, ça reste quand même à vous, cette maison-là... C'est-tu vrai, ça, grand-père?

— Ouais, si on veut...

Curieusement, Irénée semblait mal à l'aise. La discussion avait pris une tournure qu'il n'avait pas vue venir et ça l'irritait.

— Peut-être, oui, que sur papier, la maison est encore à moi, bougonna-t-il. Mais ça change rien au fait que le jour où j'vas mourir, la maison va revenir de droit à ton père. Ça, ça a toujours été ben clair pour moi. Mais en attendant que je lève les pattes, Jaquelin a pas le choix de l'entretenir comme si elle était à lui, par exemple... Ouais, c'est de même que ça a été entendu entre nos deux... En revanche, jusqu'à date, mon garçon a toujours fait de son mieux, ça, j'en conviens.

— Parlez pas de même, grand-père, intima Agnès sur un ton troublé. Vous allez tenter le diable, pis j'ai pas envie de vous voir partir tusuite. J'aime vraiment pas discuter du jour où vous allez mourir. Ça m'a toujours fait un peu peur, la mort. Je veux qu'on puisse jouer aux dames pis jaser ensemble pendant encore ben longtemps.

— Moi non plus, j'suis pas pressé de mourir, crains pas ! lança Irénée en s'ébrouant. Pis moi avec, j'aime ça jaser avec toi, Agnès. On dirait que ça me fait comprendre ben des affaires... Ouais... Disons que ça me change en sacrifice du temps où j'élevais ton père pis ta tante.

— Pourquoi vous dites ça, grand-père ? Ils étaient pas intéressants, vos enfants, ils étaient pas gentils ?

— Calvaire, Agnès, ça a rien à voir ! Me semble que c'est pas dur à comprendre, ce que j'essaye de dire ! C'est juste que dans ce temps-là, j'avais jamais de loisirs. Je pouvais jamais rien faire d'autre que voir à la maison pis à la cordonnerie, pis essayer de dormir un peu avant de recommencer le lendemain. Pas besoin de te faire un dessin pour que tu comprennes que j'avais surtout pas le temps de placoter, comme on fait astheure, toi pis moi.

— C'est vrai que ça devait être ben du travail, sans grand-mère pour vous aider.

— Pis ben du tracas, tu sauras... Aujourd'hui, avec toi, c'est pus pareil. Je peux prendre tout le temps que je veux pour jongler à mon passé pis en jaser par après avec toi... C'est le privilège de la vieillesse: prendre son temps dans toute. Je t'avouerais que je trouve ça plein d'agrément.

Sur ces mots, Irénée porta les yeux vers la fenêtre une seconde fois, admirant les flocons qui tombaient inlassablement. Le ciel d'un gris blanchâtre enveloppait la grosse maison de briques rouges, de l'autre côté de la rue, et les fils électriques ployaient sous le poids de la neige...

— T'as-tu vu, Agnès, comment c'est beau dehors? demanda alors le vieil homme d'une voix feutrée, espérant ainsi changer le sujet de leur conversation. Ça en a pris du temps, cette année, avant que l'hiver nous arrive, mais c'est faite! Pis ça ressemble enfin à Noël, maudit calvaire!

— Grand-père!

— Quoi? Que c'est j'ai dit, encore? T'as ta voix qui ressemble à celle de ma fille, celle qui annonce que t'es pas de bonne humeur.

— C'est juste que j'aime pas ça quand vous dites des gros mots.

— C'est drôle... Ta grand-mère disait la même chose, pis de la même manière. « J'aime pas ça quand tu dis des gros mots. »

— Ben, si vous voulez mon avis, même si je l'ai pas connue, je dirais que c'était une femme de bon jugement, ma grand-mère.

Un sourire ému effleura les lèvres d'Irénée.

— Ouais, elle avait souvent raison, ma belle Thérèse.

— Thérèse... Là, c'est à moi que ça fait tout drôle de penser que ma grand-mère avait le même nom que ma mère.

— Quasiment, oui... Thérèse, Marie-Thérèse... En revanche, à part le nom, à travers tous les enfants chez vous, c'est toi qui ressembles le plus à ma défunte.

— Moi ? Je ressemble à grand-mère ?

Agnès se mit à rougir, sans trop comprendre pourquoi elle ressentait cette chaleur envahir subitement son visage.

— C'est vrai, ça ? demanda-t-elle, sourcils froncés.

— Oh oui, c'est vrai... Ma Thérèse pis toi, vous êtes pareilles. Surtout depuis que t'as grandi. Quand je te vois arriver en jaquette dans la cuisine, le matin, avec tes cheveux lousses sur le dos, tu me fais penser à elle, il y a pas de doute là-dessus. Vous avez les mêmes boucles dorées, pis le même sourire tout endormi... Même tes yeux ont l'espèce de couleur qui vire du gris au bleu selon le temps qu'il fait... C'est pas désagréable, tu sais, de retrouver sa femme quand elle était jeune. J'ai l'impression, par bouttes, que moi avec, ça me fait rajeunir. J'ai le sentiment de revenir en arrière, à l'époque où ma vie était encore toute simple pis tellement plus facile.

Sans oser regarder sa petite-fille, Irénée continuait de fixer la fenêtre, tout en parlant sur un ton intimiste. Intimidée, Agnès intervint sur le même ton feutré, dès qu'il se tut.

— On dirait que vous avez des regrets, grand-père... J'entends ça dans votre manière de parler. Pourtant, me semble que vous avez quand même ben réussi dans la vie, non ? Votre cordonnerie, c'est devenu un commerce important à Sainte-Adèle-de-la-Merci.

À ces mots, Irénée ramena vivement son regard sur Agnès.

— Sacrifice ! C'est sûr que la cordonnerie est un commerce important. Va surtout pas t'imaginer que toute a été raté dans ma vie ! J'ai travaillé assez fort pour être capable de marcher la tête haute...

Irénée poussa un long soupir et toussota avant de sourire à sa petite-fille, qui semblait boire ses paroles.

— Comment c'est que je pourrais ben t'expliquer ça ? reprit alors le vieil homme, d'une voix de plus en plus fatiguée.

Irénée secoua la tête.

— Maudit calvaire de batince ! Des fois, on dirait que la vérité est comme une sorte de boule dans notre poitrine, une boule qu'on arrive pas à comprendre vraiment pis encore moins à faire comprendre aux autres. C'est là, comme à côté du cœur, pis on dirait que ça l'empêche de cogner comme il faut. C'est ben fatigant quand ça m'arrive. En seulement, maudit sacrifice, je trouve jamais les mots pour en parler. C'est de même que je me sens pour astheure... Tu viens de dire que t'avais entendu des regrets dans ma voix, Agnès, pis t'as pas tout à fait tort. C'est sûr que je regrette certaines affaires qui reviendront jamais. C'était le bon temps, comme on dit. Mais d'un autre côté, il y a pas juste ça... Tu vois, ma belle fille...

Ma belle fille...

C'était la première fois qu'Irénée employait un vrai mot affectueux pour s'adresser à sa petite-fille et elle en resta interdite. Bien sûr, elle savait qu'il l'aimait bien, ça se sent, ces choses-là. Il la taquinait et se moquait gentiment d'elle, et Agnès se doutait bien que c'était sa façon à lui de montrer son affection. En revanche, Irénée Lafrance était un homme dur et direct, même avec elle, au besoin. Sauf en ce moment, où elle avait l'impression confuse que son grand-père, bien malgré lui, était en train d'ouvrir son cœur comme il ne l'avait pas fait depuis fort longtemps.

Était-ce sa grande ressemblance avec sa grand-mère décédée qui provoquait ce changement chez son grand-père ? Gênée, Agnès détourna la tête, car elle sentait que les larmes n'étaient pas trop loin.

— Tu vois, ma belle fille, dans la vie, il y a certains événements qui nous arrivent sans qu'on les aye vus venir... Des événements qui viennent toute changer d'un seul coup. Tu te lèves le matin, le cœur content, parce que tu peux pas t'imaginer que le soir, tu vas te coucher la rage au cœur... Pis c'est ce qui m'est arrivé. Je pense qu'il y a rien de pire dans la vie d'un homme que de perdre la mère de ses enfants... Ouais... Rien de pire.

Jamais, jusqu'à maintenant, Irénée Lafrance

n'avait parlé de ce jour maudit où sa vie avait basculé du côté de l'enfer. La peur de mourir quelques jours auparavant avait fait naître un sentiment d'urgence en lui. Puis, Agnès ressemblait tellement à sa chère Thérèse que le vieil homme avait l'impression de faire le point avec son épouse, morte avant qu'il ait pu lui faire ses adieux. Il parlait maintenant d'une voix mélancolique, si lasse qu'Agnès en retenait son souffle pour ne perdre aucun des mots que son grand-père disait.

— Ce que j'ai vécu, reprit Irénée, c'est beaucoup pour un seul homme. Durant le même jour, j'ai été l'homme le plus heureux du monde parce que je venais d'avoir un garçon, pis dans l'heure qui a suivi, j'ai été l'homme le plus malheureux parce que ma Thérèse venait de mourir...

Tout en parlant d'une voix haletante, Irénée avait le regard absent, tourné vers un passé qu'il revoyait avec une précision désespérante.

— Je me demande encore comment c'est faire que mon cœur a pas éclaté, ce jour-là, murmura-t-il en soupirant. C'était tellement mélangé dans ma tête, dans toute ma vie... D'un bord, j'étais content, pis de l'autre, j'avais envie de crier, tellement ça faisait mal.

Une quinte de toux interrompit Irénée. Agnès aurait bien voulu lui dire gentiment de se taire, qu'il allait inutilement se fatiguer, mais elle n'y arrivait pas. Malgré son jeune âge, elle avait l'intuition que le moment était important. Pour elle, certes, puisqu'elle apprenait enfin ce que personne ne savait dans leur famille, mais surtout pour son grand-père, qui donnait l'impression de faire le point et d'y trouver un certain réconfort.

— C'est ce jour-là, je crois ben, que la colère est entrée en moi, reprit Irénée. C'était ça ou ben je devenais fou... Par après, c'est la rancœur envers la vie qui m'a fait avancer jusqu'à maintenant... Dans les premiers temps, j'ai ben essayé d'oublier, mais j'y arrivais pas. Chaque fois que je repensais au jour de la naissance de ton père, c'était le même combat enragé qui recommençait en dedans de moi... Tu sais, ma fille, la rage au cœur peut nous mener ben loin, des fois... Au point d'en vouloir à son propre fils, même s'il y était pour pas grand-chose, finalement. C'est toi, Agnès, avec ta manière de ressembler à ta grand-mère, qui m'a faite comprendre tout ça... Ça m'a amené à jongler ben gros à mon passé, pis je pense qu'il était grand temps que je le fasse... Juste parce que tu ressembles à ma Thérèse, on dirait que tu m'as comme réconcilié avec mon passé, parce qu'il y a un petit boutte de ma femme qui m'a été redonné à travers toi. La vie, dans le fond, c'est une grande roue qui tourne toujours dans un seul sens. Pis ça, c'est de la faute à personne. Fallait juste que j'y pense comme il faut pour l'accepter... Ouais, pis aujourd'hui, c'est fait, je crois ben. Je pense que ma Thérèse serait fière de moi.

Sans avoir tout compris, Agnès sentait que la confession de son grand-père allait s'arrêter là. Elle-même n'avait rien à ajouter, sinon qu'elle aimait ce vieil homme encore un peu plus. Elle se doutait bien, aussi, qu'elle allait souvent repenser à tout ce qu'il venait de lui confier. Mais à l'âge d'Agnès, on ne connaît pas encore les mots qui réconfortent un cœur d'homme blessé, alors elle ne dit rien. Elle se contenta de poser sa main sur celle toute ridée de son grand-père, puis, se soulevant de sa chaise, elle s'approcha de lui et elle posa doucement les lèvres sur sa joue.

Irénée renifla, regarda autour de lui, comme s'il revenait de très loin, puis il poussa un long soupir. D'avoir revu le passé l'avait épuisé. Il tapota la main de sa petite-fille avant de la repousser.

— J'suis fatigué, Agnès. Ben ben fatigué. C'est dur en sacrifice de se rappeler le moment le plus pénible de sa vie... Pis de le partager avec quelqu'un comme je l'avais jamais faite avant, ça épuise son homme. Mais en même temps, je me sens comme soulagé... C'est comme pour tout le reste, batince, me v'là toute mélangé. J'vas me reposer un peu avant le souper, je crois ben. Par contre, tu diras à ta tante que j'aimerais ça manger à la table avec vous autres. Ouais, ça me tente d'être avec toutes vous autres. J'en ai assez de regarder les quatre murs de ma chambre. Si Émile veut ben venir m'aider, t'à l'heure, pour que je puisse me rendre jusqu'à la cuisine, ça devrait aller. Astheure, laisse-moi dormir, Agnès, on se reverra au souper.

CHAPITRE 4

À Sainte-Adèle-de-la-Merci, le mardi 30 décembre 1924, en début d'une très froide soirée d'hiver

Dans la cuisine des Gagnon, en compagnie d'Anselme, le frère de Marie-Thérèse, et de Géraldine, son épouse

— Pis j'espère ben pouvoir compter sur toi, Anselme.

Assis tous les deux à la table de la cuisine, Anselme et Géraldine sirotaient un thé, tout en discutant à voix basse. La nuit était d'encre, sans lune. Un vent glacial sifflait à la corniche du toit et faisait courir la neige folle qui recouvrait le champ derrière la maison. À l'étage, on entendait le frottement d'une chaise berçante. Judith, sans aucun doute, puisque sa sœur était chez des amis. Elle s'était mise en tête de tricoter un chandail pour son père.

— Je pense que t'exagères un peu, toi là, soupira Anselme, en déposant sa tasse. Cyrille pis Judith sont encore juste des enfants, sapristi! T'as pas remarqué au souper de Noël? C'est à peine s'ils se sont donné un petit bec sur la joue, pour se souhaiter de joyeuses fêtes. M'est avis que...

— Pis notre fille est tout de suite devenue rouge comme une tomate, rétorqua Géraldine, interrompant son mari. Je l'ai remarqué, crains pas. Pis j'ai aussi aperçu le long regard qu'ils ont échangé. Ça veut dire de quoi, ça, Anselme. Ça fait quasiment une semaine que je retourne ça dans tous les sens, pis j'suis sûre de pas me tromper.

— Voyons donc! Après le bec sur la joue qui est supposé avoir bouleversé notre fille, pis un regard un peu plus soutenu, si tu veux, Judith est montée rejoindre Agnès dans sa chambre pis on a pas revu les filles avant le repas. Moi avec, imagine-toi donc, j'ai l'œil pour nos filles. J'en ai juste deux, pis j'y tiens. Mais de là à...

— Pis ça? J'espère ben que tu gardes un œil sur nos filles. Mais ça change rien au fait qu'elle avait l'air plutôt contente du bec de son cousin, la Judith... Fie-toi sur moi, Anselme. J'suis une femme, pis c'est ben connu, ça me donne une avance sur toi pour les affaires de cœur.

— Que c'est que tu vas insinuer là, toi? Que je t'aime pas?

— J'ai jamais dit ça.

— Ben ça laissait entendre que non.

Tout en parlant, Anselme secoua la tête, puis il donna une tape sur la table, qui fit cliqueter les tasses dans leurs soucoupes, soulignant ainsi l'impatience que faisait naître cette discussion menée à voix basse.

— Je t'aime, tu sauras, ajouta-t-il d'une voix grave. Je le dis peut-être pas souvent, mais c'est ça qui est ça pareil. Ce qui veut dire que les histoires de cœur, comme tu dis, ça me connaît quand même un peu.

— Pour ce qui est d'un homme, peut-être. Je te contredirai jamais là-dessus, parce que t'es un bon mari. Mais pour ce qui est des femmes, par exemple, c'est ben différent. Rougir quand un garçon nous embrasse, ça veut pas juste dire qu'on est gênées, tu sauras. Ça peut aussi vouloir dire qu'on apprécie, ou ben qu'on l'espérait…

— À l'âge adulte, ça se pourrait ben, oui. J'suis pas un imbécile, pis j'ai déjà vu les gros chars passer. Mais à l'âge de notre fille, me semble…

— Ça s'est vu, des couples qui ont commencé à s'aimer à l'âge de Cyrille pis Judith, trancha Géraldine sans qu'Anselme puisse terminer sa pensée, pis leur histoire a duré toute la vie. Pense aux Martin du troisième rang. Roger a à peu près le même âge que toi pis ça fait depuis l'école du village que lui pis Emma se tiennent par la main… Ça fait que non, je pense pas que j'exagère quand je dis qu'il faut faire ben attention. C'est à nous autres, les parents, d'y voir avant qu'il soye trop tard, justement, parce que notre fille pis Cyrille sont encore deux enfants pis qu'eux autres, ils voyent pas le malheur qui s'en vient.

— Ben moi, Géraldine, je trouve que c'est des ben grands mots pis une ben grande peur pour une petite affaire comme celle-là, bougonna Anselme, qui détestait ce genre de discussion où il avait l'impression de tourner en rond. Laissons-les donc jeunesser, un peu, ma femme. Sapristi ! Ils sont en train de vivre les plus belles années de leur vie. On va toujours ben pas leur gâcher ça !

— Justement ! C'est à rien faire qu'on pourrait tout gâcher. J'ai pas envie que ma fille vive une grosse peine d'amour. Ça fait trop mal, pis...

— Que c'est tu connais là-dedans, Géraldine ? Je m'excuse de t'interrompre, pis c'est pas que je cherche absolument à te contredire, mais, si je me souviens ben, t'as jamais eu de cavalier avant moi. Pis notre histoire s'est pas si mal terminée, à ce que je sache.

Il en aurait fallu plus pour désarçonner Géraldine. Elle écarta l'objection de son mari d'un haussement des épaules.

— N'empêche, fit-elle négligemment... J'ai vu ben de mes amies pleurer à cause d'un garçon, tu sauras, pis c'est pas pantoute ce que je souhaite pour ma fille. Pour nos filles, tant qu'à y être !

— Laisse notre plus vieille à l'écart de ça, s'il vous plaît ! C'est ben en masse d'avoir à penser à Judith.

— Si tu veux.

— À mon avis, ma pauvre femme, tu t'en fais pour rien. Probablement que cette amourette-là va mourir dans l'œuf, pis plus vite que tu le penses.

— Pis peut-être pas non plus, rétorqua Géraldine du tac au tac. Il est là, le problème ! Si ce que tu vois comme un caprice s'arrête pas de lui-même, mon pauvre Anselme, c'est là que tu vas t'en mordre les pouces parce qu'à cause de toi, deux jeunes qu'on aime gros, toi pis moi, vont avoir de la peine quand ils vont être obligés de s'éloigner l'un de l'autre. C'est juste pour leur éviter un gros chagrin que je crois important d'y voir tusuite. J'ai pour mon dire qu'il vaut mieux prévenir que guérir. Pis pour que ça se tienne, mon affaire, il faudrait que tu soyes avec moi, que tu dises comme moi.

Anselme poussa alors un grand soupir d'agacement.

— Pis si je pense pas exactement comme toi? demanda-t-il d'un même souffle. Faut-tu que je mente? C'est pas vraiment dans ma nature d'agir de même.

— C'est ben certain que si t'en démords pas, va falloir quand même arriver à trouver un terrain d'entente, mon mari. Je le sais, va, que t'es un homme qui marche droit, pis c'est tout à ton honneur. Mais en même temps, c'est ben clair que je peux pas tirer la charrette dans un sens tandis que toi, tu tires dans l'autre.

— J'aime pas ça, Géraldine, j'aime donc pas ça... Nous entends-tu parler? C'est comme si on était en chicane.

— Ben non, mon homme, on fait juste discuter.

— Tu veux discuter? Ben on va discuter! Apprends que c'est depuis l'été dernier que j'y pense, à ces deux-là. En fait, j'y pense depuis la première fois qu'on en a parlé, toi pis moi, quand on les a vus partir ensemble à l'autre bout du champ, main dans la main. Inquiète-toi pas, Géraldine, j'ai ben réfléchi à tes prétentions pis j'ai tenu compte de tes inquiétudes, souvent à part de ça! Mais c'est plus fort que moi: je vois pas la situation de la même manière que toi. Que c'est ça peut ben faire que Cyrille pis Judith soyent des cousins germains?

— Tu vois pas?

— Pantoute! Sapristi, ma femme, faut toujours ben en revenir. Après toute, Cyrille est pas le frère de notre Judith.

— Anselme!

— Ben quoi? Comment veux-tu que je dise ça autrement? Je pense pas que ça soye une bande de curés qui ayent tout ce qu'il faut d'expérience pour décider de ce qui est bon pis de ce qui l'est pas dans un couple. Ça, pour moi, c'est ben clair. Faudrait quand même pas oublier qu'ils sont pas censés connaître quoi que ce soit à la vie des ménages, ces hommes-là.

— Ben d'accord avec toi, Anselme. Mais ils ont fait des études, par exemple. Des grandes études! Me semble que c'est important d'en tenir compte. Si les prêtres ont jamais été mariés, ils ont quand même appris toutes sortes d'affaires, dans des collèges pis au Grand Séminaire. Leurs études ont été pas mal plus longues que celles qu'on a faites, toi pis moi, mises bout à bout. C'est pas mêlant, ils connaissent la vie du Seigneur Jésus sous toutes ses coutures, pis ils continuent de la lire tous les jours dans leur bréviaire, au cas où un détail leur aurait échappé. C'est ben en masse pour avoir une opinion sur toute !

— Ouais, peut-être ben que t'as pas tort pour leur savoir. Je le vois ben, le dimanche à la messe, que notre curé Pettigrew en sait plus long que moi sur certaines affaires, pis je l'écoute, crains pas. Mais ça m'empêche pas de penser que les livres, ça dit pas toute. Il y a aussi la vie de tous les jours qui nous apprend ben des choses, pas juste les gros livres savants.

— Mon pauvre mari ! T'es borné, toi, des fois... T'aurais-tu oublié que les prêtres, ils parlent au nom du Bon Dieu ?

À ces mots, ce fut plus fort que lui, Anselme esquissa l'ombre d'un sourire moqueur.

— C'est juste une manière de dire, non ? Je pense pas que les prêtres ont une ligne directe avec le Ciel pour savoir si...

— Anselme ! Commence pas à blasphémer en plus ! Que c'est t'as appris au catéchisme, toi, coudonc ? Dis-moi pas que j'aurais marié un mécréant sans le savoir, pis que...

— Géraldine ! Là, c'est vrai que t'exagères.

Emportée par la discussion, Géraldine avait effectivement dépassé les bornes, et elle se sentit rougir en le comprenant. Anselme n'était pas un imbécile, loin de là. Alors elle préféra faire amende honorable avant que leur discussion dégénère en dispute, question de garder la majeure partie des atouts dans son jeu.

— Peut-être, oui, que j'ai beurré un peu trop épais, admit-elle d'une voix conciliante. Mettons que t'as pas tort en disant que la vie se charge de nous faire comprendre ben des affaires, je suis d'accord avec toi. Mais c'est toujours ben pas de ma faute, si j'suis inquiète sans bon sens... Tu réussiras pas à m'enlever l'idée que les curés ont pas le droit de se tromper quand ils parlent des choses de la religion, pis le mariage, c'est un sacrement. S'ils disent que des cousins germains peuvent pas se marier, c'est qu'ils doivent avoir une bonne raison pour le faire. Quand ben même ça serait juste pour prévenir des enfants en mauvaise santé, comme ils disent, me semble que c'est ben suffisant pour pas essayer de tenter le diable... Nous vois-tu vivre avec un enfant infirme ou pire, avec un enfant débile ?

— Ben voyons donc !

— Ça arrive, des affaires de même ! Arrête d'avoir l'air de te moquer de moi... Astheure, mon mari, tu vas me faire le plaisir de dire comme moi. Pis si ça va encore contre ton bon vouloir, aie au moins la sagesse de te taire. On aurait rien à gagner à s'ostiner devant la petite. Laisse-moi aller, je te dis, pis mêle-toi pas de ça ! J'ai une bonne idée pour faire les choses tellement en douceur que personne va pouvoir se douter de quoi que ce soit. Pis si jamais il y avait un petit peu de chagrin, j'ai pour mon dire qu'à quatorze, quinze ans, ça sera vite oublié.

— Pis mon envie d'avoir un gendre capable de m'aider, capable de prendre la relève, ça compte pus ?

Me semble que c'est un souhait ben légitime pour un homme qui travaille autant que moi.

— Crains pas, j'ai pas oublié ça. Même que ton désir va peser ben gros dans la balance.

— Toi pis tes idées... J'aime autant pas savoir ce qui te trotte en arrière de la tête. De toute façon, quoi que je dise, tu vas faire à ta convenance, comme d'habitude. Mais viens pas te plaindre le jour où tu vas comprendre que tu t'es trompée.

— Une mère peut pas se tromper devant sa fille.

— C'est ça, Géraldine, c'est ça... En attendant, m'en vas aller faire un tour au poulailler. La grosse poule noire avait pas l'air en forme à matin. Ça me fatigue un brin parce que c'est notre plus grosse pondeuse... Mais peut-être aussi que c'est à cause du coq...

— À cause du coq ?

— Ouais... Après toute, qu'est-ce qu'on en sait, toi pis moi ? Le coq, c'est peut-être ben son cousin germain !

L'instant d'après, la porte se refermait sur le sarcasme d'Anselme qui, pour donner suite à ses propos, se rendit au poulailler, même si toutes les poules, de la grosse noire à la petite brune, se portaient à merveille. Il avait surtout besoin de s'isoler un moment pour ressasser à sa guise tout ce qui venait de se dire depuis tout à l'heure. S'il était passé maître dans l'art des réparties, des blagues et des calembours, Anselme Gagnon aimait bien prendre tout son temps quand venait le moment des décisions d'importance.

Il faisait une chaleur agréable dans le poulailler et Anselme retira son manteau. Il alluma la lampe à l'huile posée sur le rebord de la fenêtre et il glissa une bûche supplémentaire dans le petit poêle en fonte. C'est ici qu'il allait passer la soirée, loin des prétentions de sa femme, qu'il trouvait à tout le moins alarmiste.

— Voir que ça a du bon sens, tout ça, marmonna-t-il tout en fouillant dans la poche de son pantalon pour en sortir sa pipe, déjà bourrée de tabac, comme il la préparait tous les soirs avant le souper, pour qu'elle soit prête à allumer au moment où il partirait faire sa tournée des bâtiments.

Il tassa un peu plus le tabac avec le pouce, craqua l'allumette, qu'il avait aussi glissée dans sa poche avant de quitter la maison, puis il alluma sa pipe, les yeux mi-clos. Le goût sucré de cette première bouffée le réconforta.

Tournant alors la chaudière à grains à l'envers, il s'en servit comme d'un tabouret et, les deux coudes appuyés sur ses genoux, Anselme repassa mentalement la discussion qu'il venait d'avoir avec sa femme.

Chose certaine, il ne lui avait pas menti quand il avait affirmé que, depuis l'été, lui aussi pensait régulièrement aux deux jeunes. Même en rêve parfois ! Il les revoyait, décoiffés par le vent, et courant à perdre haleine en bordure du champ de maïs. À tous coups, il se surprenait à envier leur belle jeunesse et il n'y avait que sa femme Géraldine qui arrivait à poser un éteignoir sur sa joie nostalgique.

— On peut pas laisser faire, Anselme, on peut pas !

Anselme avait commencé par écouter son épouse. C'était dans sa nature de bien soupeser le pour et le contre avant de forger sa propre opinion. Cependant, après des semaines de réflexion, le regard qu'il avait choisi de poser sur la situation des deux jeunes était diamétralement opposé à celui de sa femme, et il considérait la possibilité d'une relation amoureuse entre Cyrille et Judith comme un cadeau du Ciel. Si relation il y avait, bien entendu, car pour Anselme, rien n'était moins sûr. Après tout, ils étaient encore bien jeunes, les prétendus tourtereaux ! Toutefois, si leur amitié se transformait en attirance avec le temps, Anselme se disait que ce serait une bonne chose, tant pour lui, qui rêvait d'une relève à la ferme, que pour les deux jeunes eux-mêmes, qui avaient, l'un comme l'autre, une tête bien faite. De plus, ils ne rechignaient jamais devant l'ouvrage, où ils mettaient tout leur cœur.

— Que c'est qu'on pourrait demander de mieux ? Si jamais leur attachement était pour durer, ils pourraient engager le reste de leur vie avec quelqu'un qu'ils aiment vraiment… Ça serait-y pas beau, ça ?

Voilà pourquoi le sentiment qu'il entretenait à l'égard de Cyrille et Judith était plutôt clément, parce qu'à ses yeux, les deux jeunes feraient assurément un beau couple et de bons parents.

— Au diable, les curés ! grommela Anselme, pour qui la religion était plus un devoir qu'une conviction. Dans le fond, j'aimerais ben mieux entendre ce que les docteurs auraient à dire sur le sujet. Pas sûr, moi, qu'ils iraient dans le même sens que l'Église. Après tout, pour ce qui est de la santé des enfants à naître, les docteurs doivent en savoir pas mal plus long que tous les curés de la Terre, qui font juste répéter ce que les « monseigneurs » leur demandent de dire.

Les yeux au sol, Anselme réfléchissait à voix haute.

— De toute façon, le Bon Dieu peut pas vouloir que ces deux-là se rencontrent pis apprennent à s'apprécier juste pour les faire souffrir par après, soupira-t-il, en expirant une fumée odorante… C'est impossible. Le fait de pas pouvoir se marier quand on est cousins, c'est juste une histoire inventée par les curés qui voient le péché partout… Ouais, j'suis sûr de ça. Jamais j'en parlerais devant Géraldine, mais moi, le jugement des prêtres, ça m'impressionne pas plus qu'il faut.

Anselme était toujours en train de marmonner pour justifier son point de vue quand la porte du poulailler s'ouvrit à toute volée. Manteau à demi attaché, sans tuque ni mitaines, Judith faisait son entrée, son foulard volant derrière elle, emmêlé à ses longs cheveux roux.

— Enfin ! Vous êtes là, papa. J'ai quasiment fait le tour de tous les bâtiments pour vous trouver.

— Veux-tu ben me dire…

— C'est à cause de maman ! haleta Judith, tout essoufflée. Je comprends pas pantoute ce qu'elle essaye de me dire.

— Ta mère ? Géraldine ?

— Qui d'autre ? J'ai juste une mère !

— À question stupide, réponse stupide, observa Anselme, sarcastique. Ça m'apprendra à dire n'importe quoi.

Sur ce, il secoua la tête avec un sourire au coin des lèvres, puis il revint à Judith.

— Commence par prendre le temps de respirer, ma fille, pis tu m'expliqueras tout ça dans le détail. J'suis ben curieux d'entendre ce que ta mère avait à dire pour te mettre dans un état pareil.

Judith prit une longue inspiration avant de faire quelques pas vers son père.

— Imaginez-vous donc, papa, que maman veut pas que j'aille passer la veillée chez mononcle Jaquelin, expliqua-t-elle enfin. J'avais dans l'idée d'aller aider matante, qui est supposée recevoir la parenté pour le dîner du jour de l'An, mais maman a dit non.

À ces mots, devinant ce qui allait probablement suivre, Anselme baissa les yeux, et avec le bout de l'index, il se mit à vider sa pipe refroidie.

— Ta mère décide jamais de quoi sans une bonne raison, émit-il pour gagner du temps. Pis tu le sais très bien.

— D'habitude oui, mais pas cette fois-ci.

Le ton de Judith était à la fois boudeur et sec. Quand Anselme leva enfin la tête, il se heurta à un regard colérique, pour ne pas dire hostile.

— Maman prétend que j'vas ennuyer matante

Marie-Thérèse, au lieu de l'aider, énonça Judith en soupirant.

— Eh ben... Ta mère a vraiment dit ça? Sur quoi elle se base pour affirmer une affaire de même? Elle te l'a dit?

— Oh! Pour me le dire, elle me l'a dit! C'est sur le fait que matante est en famille. Maman a même affirmé qu'avec sa grossesse, matante était plus fatiguée que de coutume pis que moi, j'avais pas d'affaire à la déranger. Comme Agnès est repartie pour Montréal à matin, maman a prétendu que matante va se sentir obligée de me tenir compagnie, que ça risque de l'impatienter d'être bousculée comme ça, pis qu'après, c'est toute sa famille qui va en pâtir.

— Ta mère a vraiment prétendu ça? répéta Anselme, visiblement sceptique.

— J'ai pas l'habitude de parler à travers mon chapeau, papa. C'est vraiment ce que maman m'a dit, mot pour mot... Conclusion: à partir d'astheure, il est pas question que je me pointe chez mononcle pis matante sans invitation de leur part. Je trouve ça un brin tiré par les cheveux, pis je comprends pas. Moi, je pense, au contraire, que ça va lui faire plaisir, à matante Marie-Thérèse, d'avoir une fille avec qui placoter. Je le sais qu'elle a le cœur gros quand Agnès s'en va. Pis, tout en jasant, je pourrais l'aider à préparer un tas de petites choses pour le dîner d'après-demain. Comme ça, la soirée passerait ben plus vite, pour elle comme pour moi... Que c'est vous en pensez, vous, papa?

— Ce que j'en pense, ce que j'en pense... Je connais pas ça, moi, les affaires de bébés pis de grossesse. Ta mère est ben plus à même d'y voir clair.

— Quand même, papa ! Matante va pas accoucher demain matin !

Devant une telle logique, Anselme soupira, contrarié. Il ne pensait jamais que sa femme mettrait son plan à exécution aussi rapidement.

— Que c'est tu veux que je te dise ?

Le pauvre père ne savait que répondre. Il entendait la voix de Géraldine, qui lui enjoignait de tenir les mêmes propos qu'elle se superposer à celle de Judith, qui expliquait la raison motivant son envie d'aller chez son oncle et ça le troublait.

Et si Judith disait la vérité ?

Ce serait dès lors bête et inutile de l'empêcher d'aller voir sa tante, à qui elle pourrait rendre service.

— M'en vas t'avouer que tu me mets dans l'embarras, Judith, déclara alors honnêtement Anselme, en soutenant le regard de sa fille. J'ai pas l'habitude de contredire ta mère, pis tu le sais... Par contre, j'suis loin d'être certain que tu dérangerais ta tante. Ça me chicote, tu sais. Si c'est ça l'excuse de ta mère, j'suis pas tout à fait d'accord avec elle. Je la connais ben, ma sœur : Marie-Thérèse est la patience incarnée, pis elle a toujours apprécié avoir de la compagnie chez elle. D'autant plus qu'avec sa grosse famille, elle est toujours contente d'avoir un coup de main.

— Bon ! Vous voyez ben que j'ai pas tout à fait tort !

— J'ai pas dit ça, ma fille... C'est juste que je trouve

la situation ben délicate, parce qu'en revanche, ta mère a peut-être raison de penser que dans son état, Marie-Thérèse veut surtout se reposer un brin, sans toujours avoir de la visite.

Tout en parlant, Anselme avait baissé les yeux, tandis qu'il jouait machinalement avec sa pipe.

— Ben si c'est le cas, j'vas vite le sentir, craignez pas, argumenta Judith, dont la voix se faisait pressante. Si j'suis pas la bienvenue chez mononcle Jaquelin, j'insisterai pas. M'en vas saluer tout le monde, jaser une couple de minutes, pis j'vas revenir tusuite après!

— Ouais... C'est vrai que t'es pas quelqu'un qui s'impose...

Anselme poussa alors un second soupir avant de lever lentement la tête vers Judith.

— C'est beau, Judith, vas-y! lança-t-il vivement avant de se mettre encore une fois à penser à Géraldine et que ça le fasse changer d'idée.

Anselme s'écoutait parler et il n'en revenait pas d'avoir su braver l'interdit de sa femme aussi facilement. Bien sûr, il avait souvent le dernier mot sous son toit, après tout, c'était lui le maître de la maison, mais en ce qui concernait les filles, il avait rapidement pris l'habitude de s'en remettre à Géraldine.

Comme si Judith lisait dans ses pensées, elle demanda alors:

— Pis maman, elle? J'ai surtout pas envie de me faire sonner les cloches parce que j'ai désobéi.

— Je m'occupe de ta mère, t'as rien à craindre,

promit Anselme en jouant de plus belle avec sa pipe, même s'il ignorait totalement ce qu'il allait bien pouvoir inventer pour justifier sa décision. C'est une question qu'on va régler ensemble, elle pis moi. Habille-toi chaudement, par exemple. On gèle. Pis reviens pas passé neuf heures.

— Promis, papa.

Comme si elle s'attendait à cette réponse, Judith avait déjà sorti tuque et mitaines de la poche de son manteau.

— Merci, papa. Merci ben gros ! lança-t-elle joyeusement, tout en se préparant à affronter le froid hivernal. Je savais que vous alliez me comprendre.

Anselme n'osa demander ce qu'il était supposé avoir compris et c'est avec une certaine appréhension qu'il regarda sa fille partir.

— Bon, Géraldine, astheure, grommela-t-il, tout en replaçant la chaudière à grains dans un coin du poulailler... Que c'est que j'vas ben pouvoir y dire ? C'est comme rien que je m'enligne sur une discussion qui aura pas de boutte ! C'est sûr que je pourrais lever le ton, des fois, ça s'impose, mais j'ai jamais ben ben aimé ça.

Quand Anselme entra dans la cuisine, il constata sur-le-champ que son épouse brillait par son absence.

Curieux !

À moins d'être bouleversée par quelque chose, Géraldine veillait toujours à la cuisine. Anselme regarda autour de lui et se heurta à deux portes closes. Comme le salon ne servait qu'une fois ou deux par année, il savait que Géraldine ne pouvait s'y être réfugiée. Ne restait alors que leur chambre à coucher, ce qui était tout de même étonnant, puisque sa femme ne se mettait jamais au lit avant le retour des filles, quand celles-ci s'absentaient le soir.

Fallait-il qu'elle soit perturbée !

Anselme prit tout de même le temps d'enlever et d'accrocher son manteau, de ranger ses bottes sur le paillasson et de glisser deux bûches supplémentaires dans le poêle, qui n'avait pas dérougi de la journée, soutenant ainsi l'annexe à l'huile qui ne suffisait pas à réchauffer la maison par un temps aussi froid.

Même s'il se doutait bien que Géraldine devait avoir le cœur lourd, ou qu'elle était en colère contre Judith, qui avait probablement claqué la porte en sortant, Anselme n'était pas pressé. Mentalement, il répétait ce qu'il allait dire à son épouse, pour être bien certain de ne pas faire d'erreur ou de ne rien oublier.

Toutefois, l'idée qui s'était naturellement imposée à lui, alors qu'il marchait contre le vent, entre le poulailler et la maison, lui semblait particulièrement avisée. Selon l'entendement qu'il avait de la situation, il n'avait qu'à bien expliquer sa position pour que la dispute soit évitée.

Quand Anselme eut une dernière fois tout bien soupesé et qu'il se jugea enfin prêt à parler, il se dirigea vers la chambre.

Comme il s'y attendait, Géraldine était déjà emmitouflée sous le lourd édredon et elle lui tournait le dos.

Anselme n'avait pas besoin d'approcher du lit pour savoir qu'elle ne dormait pas. Personne ne se couche aussi tôt dans la soirée, même après une journée harassante. Il n'y avait que les foins, parfois, qui épuisaient totalement quelqu'un !

— C'est moi, Géraldine, fit-il tout bonnement, en déboutonnant sa chemise, sans faire la moindre remarque.

Il y eut un grognement, suivi d'un long bâillement.

— Pis, Judith est où ? demanda alors Géraldine, d'une voix cassante qui ne laissait planer aucun doute sur ce qu'elle anticipait comme réponse. Me semble que je l'ai pas entendue rentrer avec toi.

— T'aurais pas pu l'entendre, rapport qu'elle est partie chez ma sœur, annonça Anselme sur un ton fatigué, qui disait clairement qu'il n'espérait ni n'attendait aucune réponse.

Ce que Géraldine comprit sans la moindre hésitation. Son mari n'avait-il rien saisi dans tout ce qu'elle avait tenté d'expliquer ? Et comment osait-il remettre en question ses propres décisions face à leur fille ? Estomaquée, la mère de Judith ne trouva effectivement rien à répondre. Elle se tourna sur le dos et fixa alors froidement son mari.

Anselme faisait face à la commode et à la chaise, où il déposait ses vêtements chaque soir avant de se coucher. Il avait déjà retiré sa chemise et son pantalon, ne gardant que sa camisole et ses caleçons longs. Il semblait particulièrement méticuleux pour plier des vêtements froissés et sales qui iraient probablement au lavage dès le lendemain matin. Devant le silence persistant d'Anselme, Géraldine se décida enfin.

— Comme ça, notre fille est chez ta sœur… Eh ben ! J'avais beau savoir que tu partageais pas mon opinion, j'aurais jamais cru que tu irais jusque-là, jusqu'à me défier ouvertement devant Judith… Si c'est de même que tu penses pouvoir m'aider à…

Anselme se retourna d'un seul bloc, tout en levant la main pour interrompre Géraldine.

— Je t'arrête tusuite, Géraldine ! Tu me prêtes des intentions que j'ai pas, pis que j'ai jamais eues.

— Comment t'expliques ton attitude, d'abord ?

Géraldine parlait lentement, détachant bien les mots.

Ce fut plus fort que lui et Anselme poussa un long soupir. Jusqu'à maintenant, il s'était fort peu impliqué dans l'éducation de ses filles, se disant qu'il ne connaissait pas grand-chose à cet univers féminin, où les fanfreluches avaient de l'importance. Il estimait qu'entre femmes, elles s'en sortaient bien mieux sans lui. Toutefois, en ce moment, l'enjeu lui semblait trop important pour faire preuve de son habituel détachement. On ne parlait pas de chiffons, ici, ou on ne se disputait pas pour la longueur de l'ourlet d'une robe, n'est-ce pas ? Encore une fois, il imposa le silence à Géraldine en levant la main.

— Avant que tu te mettes à pousser des hauts cris, pis à te faire des fausses idées, laisse-moi au moins t'expliquer pourquoi j'ai dit oui, sollicita-t-il très calmement. J'suis sûr que tu vas comprendre ma façon de penser, parce qu'à mon avis, la décision que j'ai prise était pleine de bon sens.

Parce qu'Anselme voulait être certain d'être bien compris, l'explication fut un peu longue, mais elle n'en resta pas moins d'une limpidité évidente, malgré quelques interventions de Géraldine.

— J'ai dans l'idée qu'on a pas besoin de précipiter les choses, ma femme, commença-t-il en approchant du lit. C'est là que ça aurait l'air louche. J'ai pas envie, en plus des larmes de notre fille, d'avoir une chicane de famille sur les bras à cause de ça.

— C'est ben certain, mais…

— Laisse-moi finir, Géraldine, ordonna Anselme en tournant la tête vers son épouse. Ça fait une couple de fois que j'écoute tout ce que t'as à dire sur le sujet, à ton tour, astheure, d'en faire autant. Si t'en sens le besoin, t'argumenteras après.

Le ton employé était toujours aussi calme, presque serein, ce qui eut l'heur de tempérer Géraldine.

— C'est beau, concéda-t-elle. Vas-y ! Je t'écoute.

Anselme s'assit sur le bord du lit et reportant les yeux vers la fenêtre, il donna son explication.

— Quand j'étais au poulailler, avant que Judith m'arrive tout énervée, j'ai ben réfléchi à tout ce que tu m'avais dit après le souper, pis finalement, j'ai pas changé d'avis : les curés ont rien à voir dans la situation.

— Tu vois ben que…

— Tais-toi, bon sang ! Laisse-moi finir !

Le temps d'inspirer bruyamment, puis Anselme reprit.

— Pour moi, c'est ben clair que les curés se mêlent de ce qui les regarde pas. N'empêche que c'est eux autres, malgré tout, qui risquent d'avoir le dernier mot là-dedans, en interdisant aux deux jeunes de se marier. C'est là que je te rejoins un peu dans tes intentions. Vivre dans le péché dans une paroisse comme la nôtre aurait rien de ben réjouissant pour personne. Ni pour les jeunes, ni pour nous autres, ni pour la famille à Jaquelin. Pour ça, j'suis d'accord avec toi.

— Bon, enfin !

— En revanche, interrompit vivement Anselme en haussant le ton, je pense que ça serait peut-être une bonne idée de laisser le temps jouer en notre faveur.

Sur ce, il se tourna vers Géraldine.

— Pourquoi partir en peur, ma femme ? Il y a rien qui presse, le mariage est pas pour demain matin. Il est peut-être même pas dans l'air ! Pour astheure, tout ce qu'on peut prévoir, c'est que Cyrille va retourner au collège dans une semaine, pis d'ici là, la maison de ma sœur va toujours être pleine de monde. Les deux jeunes auront pas vraiment la chance de se retrouver tout fin seuls, ben que moi, ça me tracasserait pas plus que ça. De toute façon, il fait un frette de canard, assez pour leur ôter l'envie d'aller se promener ben ben longtemps. Pis je me répète, je vois pas le mal qu'il y aurait à marcher dehors en plein hiver, qu'ils soyent cousins ou pas... Lâche la bride, ma femme, si tu veux pas que notre fille se mette à ruer comme un cheval rétif pis qu'elle écoute pus personne. Tu sais comment elle peut être quand ça fait pas son bonheur? La contredire pour des niaiseries, avant que ça soye nécessaire, ça donnerait rien de bon. Prenons l'hiver pis le printemps pour ben penser à notre affaire, pis au besoin, on agira quand Cyrille reviendra pour les vacances d'été. Avant ça, ça me paraît ben inutile… Peut-être ben, aussi, qu'on aura rien à décider parce que nos jeunes auront pris chacun une route différente. Ça aussi, ça pourrait arriver.

Anselme fut surpris qu'une excuse aussi grossière suffise à convaincre Géraldine. Mais toujours est-il qu'au moment où il eut fini de parler, son épouse resta silencieuse durant un bref instant, les yeux dans le vague, puis elle se tourna vers lui en esquissant un sourire satisfait.

— J'suis heureuse que tu penses comme moi, annonça-t-elle, ne gardant finalement que ce qui faisait son affaire dans la longue tirade d'Anselme. J'suis ben contente que t'admettes enfin que les curés ont le bras long pis qu'au fond, ils gèrent ben des affaires dans nos vies, au nom du Seigneur. C'est ça l'important, pis c'est normal que ça se passe de même… Si tu veux attendre, mon mari, j'ai rien contre, on peut se permettre d'attendre un peu.

— Heureux de te l'entendre dire…

De toute évidence, Anselme était soulagé de voir qu'il avait réussi à repousser discussions et interventions jusqu'à l'été suivant. Tant de choses pouvaient se passer d'ici là que, pour lui, c'en était une véritable bénédiction.

— Astheure que c'est réglé, constata-t-il, en accord avec cette dernière réflexion, m'en vas me rhabiller pour aller faire ma tournée des bâtiments. Avec toute cette histoire-là, j'ai complètement oublié de passer par la grange pis l'écurie pour voir aux animaux.

— Pis moi, en attendant que tu reviennes, j'vas mettre un peu de soupe à réchauffer.

Géraldine était déjà debout. Elle attrapa le grand châle de laine qu'elle avait déposé au pied de son lit et elle s'enroula dedans.

— C'est drôle, mais j'ai comme un petit creux... De toute façon, quand nos filles vont nous revenir, t'à l'heure, c'est comme rien qu'elles vont avoir besoin d'un petit remontant ben chaud. Il fait tellement froid, à soir... Pis ça va leur faire plaisir qu'on soye encore debout, toi pis moi, pour les attendre.

Géraldine arriva à la porte de la chambre en même temps que son mari. Se hissant sur la pointe des pieds, elle déposa un baiser furtif sur sa joue avant d'ajouter, en passant devant lui :

— On leur demandera comment s'est passée leur soirée, pis par après, on ira toutes se coucher sans faire d'histoire. T'as ben raison quand tu dis que ça donnerait rien de bon pour l'instant d'argumenter avec Judith.

CHAPITRE 5

À Montréal, sur la rue Adam,
le samedi 3 janvier 1925

Dans la cuisine de Lauréanne, à l'heure du déjeuner

— S'il vous plaît, matante ! Pourquoi faire autant d'histoires avec ça ? Profitez donc du fait que j'suis revenue à Montréal pour aller visiter mes parents. Vous pouvez pas savoir à quel point ma mère était triste de pas vous avoir chez elle à Noël !

— Je le sais ben ! déclara Lauréanne sur un ton accablé. Elle me l'a dit dans le téléphone. Pis j'étais pareille à elle, je te dis rien que ça ! C'est pas mêlant, j'ai pensé à vous autres durant toute la journée, pis notre souper de Noël était un brin trop tranquille à mon goût ! On a ben mangé, on était toutes de bonne humeur, mais ça manquait de rires pis de monde ! N'empêche… J'sais pas si ça serait ben ben prudent de partir d'ici, avec mon père qui vient tout juste de…

— Calvaire, Lauréanne ! tonna ce dernier d'une voix qui n'était plus du tout éraillée ni essoufflée.

Irénée avait vivement levé les yeux de son bol de gruau. Cuillère en attente devant lui, il dévisageait sa fille avec humeur.

— Que c'est que ça te prend de plus, ma pauvre Lauréanne, pour admettre enfin que j'vas mieux ?

— Je le sais ben que vous allez mieux, son père, concéda Lauréanne, qui n'avait surtout pas envie d'une dispute aux premières heures de la journée. Votre appétit est revenu, c'est bon signe, pis vous toussez quasiment pus, ce qui est encore mieux. Mais me semble que…

— … Me semble que rien pantoute !

De toute évidence, Irénée n'appréciait pas l'hésitation de sa fille.

— De toute façon, analysa-t-il, la bouche pleine, continuant de fixer sa fille avec impatience, mais pointant tout de même Agnès avec sa cuillère, la petite va être là en cas de besoin, pis elle est ben débrouillarde, notre Agnès. Elle me ressemble là-dessus. Tu peux pas dire le contraire.

— C'est vrai…

Malgré ces mots qui, à première vue, semblaient encourageants, il ne faisait aucun doute que Lauréanne s'interrogeait encore.

— J'admets que notre belle Agnès est plutôt

délurée, poursuivit-elle justement, il en reste pas moins que...

— Batince que t'es fatigante par bouttes! coupa Irénée.

Du regard, il prit Émile et Agnès à témoin, tour à tour, en haussant les épaules. Puis, le vieil homme repoussa son bol en soupirant. La discussion lui avait coupé l'appétit. Il reporta donc les yeux sur sa fille pour ajouter, bougon:

— Arrête donc de te faire du sang de cochon pour un oui ou pour un non! Ça m'empoisonne l'existence, tu sauras.

— Ton père a pas tout à fait tort, tu sais, ma femme, quand il dit que t'exagères un brin, des fois, se hâta de renchérir Émile sur un ton plutôt affable, essayant ainsi de désamorcer les tensions.

En fait, depuis Noël, il se mourait d'envie d'aller passer quelques jours à Sainte-Adèle-de-la-Merci et il avait bien l'intention de profiter de l'occasion qui se présentait à lui, d'autant plus que, pour une fois, il n'éprouvait aucune difficulté à pencher du côté de son beau-père. Il ne faisait aucun doute qu'Irénée Lafrance était guéri, ou, à tout le moins, en bonne voie de l'être.

— Tout le monde est d'accord pour dire que ton père va mieux. Même le docteur! insista Émile. Sauf en cas de rechute, ce qui est peu probable, il aura même pas besoin de repasser par chez nous pour examiner ton père encore une fois. Sans être complètement remis, notre Irénée va définitivement mieux...

Hein, le beau-père, que vous vous sentez mieux? demanda Émile, tout en tendant la main vers la pile de tranches de pain rôti qui trônait sur une assiette au centre de la table.

Irénée s'empressa d'opiner vigoureusement du bonnet.

— J'arrête pas de le dire, maudit batince!

— Bon, tu vois ben, Lauréanne! En plus, ton père a raison quand il dit qu'Agnès est capable de voir toute seule à l'ordinaire ici dedans, pour une journée ou deux. Oublie pas, ma femme, que si on a droit à du redoux, ton père va même pouvoir recommencer à aller marcher dehors. C'est tout un progrès, ça! Même que ça va lui faire du bien, avec un bon foulard pour cacher sa bouche pis son nez. Ça aussi, c'est le docteur lui-même qui nous l'a dit à sa dernière visite.

— Je sais tout ça, j'ai entendu la même affaire que toi, mon mari, admit Lauréanne, avec encore une certaine réticence dans la voix. T'as raison.

Dans ces deux derniers mots, Irénée, lui, n'entendit que l'acceptation et il en oublia l'hésitation.

— Bon enfin un peu de bon sens! s'empressa-t-il de déclarer.

Puis, comme si le geste allait faire foi de tout, Irénée se redressa sur sa chaise, bomba le torse et affirma:

— S'il y a quelqu'un ici qui peut parler de ma santé en toute connaissance de cause, c'est ben moi, pis je te le dis, ma fille : j'vas vraiment mieux. Au point, tu sauras, où j'en ai des frémilles dans les pattes.

— Son père ! Que je vous voye sortir de la maison avant que je soye là !

Tout en répondant à la hâte, Lauréanne avait fait les gros yeux à son père, comme si elle s'adressait à un enfant turbulent. Qu'à cela ne tienne, le vieil homme n'allait pas gâcher sa chance en se choquant pour un simple regard agaçant. Il craignait réellement que Lauréanne s'entête à rester à Montréal.

— Ce que tu viens de me commander là, ma fille, de pas sortir sans toi, ça veut-tu dire que tu vas partir ? rétorqua-t-il alors, d'une voix si suave qu'elle sonnait tout drôle dans une bouche plutôt encline aux jurons et aux obstinations.

Agnès, qui suivait la discussion avec intérêt, se détourna pour que sa tante ne remarque pas son sourire moqueur. Tout à ses pensées, la fille d'Irénée ne vit absolument rien, n'entendit rien, et, sans répondre, elle tourna la tête vers son mari pour le consulter du regard. Le sourire bon enfant de celui-ci acheva de la persuader de la faisabilité du voyage.

— C'est beau, vous m'avez tous convaincue, annonça-t-elle enfin, en ramenant les yeux sur son père. Émile pis moi, on va y aller, à Sainte-Adèle-de-la-Merci. Mais juste pour une couple de jours, par exemple ! Astheure qu'on a le téléphone ici pis chez mon frère, je sais qu'Agnès peut m'appeler en cas d'urgence. Ça va m'aider à pas trop m'en faire.

— Ben si c'est de même, ma femme, on se grouille !

lança Émile, tout guilleret, en repoussant son assiette où il restait une bonne moitié de rôtie beurrée. Dans une heure au plus tard, j'veux être en route.

— Donne-moi au moins le temps d'appeler Marie-Thérèse pour...

— Pantoute, Lauréanne, pantoute ! T'appelles personne. Sinon, comme je la connais, la belle-sœur va se mettre à frotter partout dans sa maison, pis elle va s'entêter à préparer ben du manger. C'est pas ce que j'veux. Surtout dans son état.

— T'as ben raison ! On va leur faire la surprise...

— Pis faudrait pas oublier les cadeaux des enfants ! J'suis donc content de pouvoir leur donner leurs étrennes avant la fin du temps des fêtes !

Ce fut ainsi que Lauréanne et Émile partirent dans l'heure, sous le regard soulagé d'Irénée Lafrance qui, depuis la fenêtre du salon, ne quitta l'auto des yeux qu'à l'instant où elle disparut au coin de la rue, question d'être tout à fait certain que sa fille ne rebrousserait pas chemin.

Elle en était bien capable !

Irénée attendit donc une petite minute de plus, salua de la main son voisin Gédéon Touchette quand ce dernier sortit de chez lui pour pelleter son coin de balcon, puis il se retourna.

— Enfin, elle est partie, murmura-t-il, en laissant retomber le rideau. Elle est ben avenante, ma fille, pis pleine de bonne volonté, je mettrai jamais ça en doute, mais calvaire qu'elle s'énarve pour rien, des fois ! Pis qu'elle énarve tout le monde autour d'elle par le fait même. Ça va me faire du bien une couple de jours sans me sentir surveillé tout le temps. C'est pas des farces, avec elle, je peux même pas péter de travers sans qu'elle vienne aux renseignements !

Tout joyeux, le vieil homme se dirigea donc vers la cuisine, tout en continuant de marmonner dans sa barbe. Toutefois, avant même d'arriver au bout du corridor, il haussa le ton pour lancer :

— Agnès ? T'es-tu dans la cuisine, toi là ? Que c'est tu dirais d'aller marcher dehors, pour une couple de menutes ? Promis, on irait pas loin !

Arrivé dans l'embrasure de la porte, Irénée s'arrêta pour observer sa petite-fille, qui faisait la vaisselle. Un large sourire fait d'espoir et de tendresse retroussa sa moustache.

— Pis, Agnès ? Que c'est tu penses de mon idée ?

— Ben là, fit Agnès qui venait de se retourner vers lui.

— Calvaire, Agnès, fais pas comme ta tante ! On va se promener juste ici, devant la maison, comme Félicité a fait l'été dernier quand elle commençait à prendre du mieux, précisa-t-il pour convaincre sa petite-fille. Marcher devant la maison, il y a rien de bien dangereux, là-dedans. Envoye, Agnès, dis oui ! Il fait tellement beau, à matin, que ça serait péché de pas en profiter un peu.

Ce fut plus fort qu'elle et Agnès éclata de rire devant l'air gamin que son grand-père affichait.

— Pis après, on dit que j'ai la tête dure, souligna-t-elle, quelques instants plus tard. J'ai de qui retenir.

— Pis ça ? Si c'est de moi que tu parles, dis-toi ben, Agnès, que dans la vie, c'est pas méchant de savoir ce qu'on veut, pis c'est plutôt intelligent de prendre les moyens pour y parvenir. C'est de même que j'ai réussi… Pis ? On y va-tu dehors ?

— Pas sûre que matante Lauréanne serait ben ben contente de vous entendre parler comme ça… Mais pourquoi pas ? se hâta d'ajouter la jeune fille devant les sourcils de son grand-père, qui se faisaient menaçants. C'est vrai qu'il fait pas mal beau pis, après tout, le docteur a donné sa permission… Mais juste pour quelques menutes, par exemple.

— Promis ! On marche devant la maison, une couple d'allers-retours pis on rentre ! T'es fine, ma belle fille. T'es ben fine de comprendre le bon sens ! Donne-moi quelques instants pour m'habiller chaudement pis on se retrouve devant la porte d'en avant.

— Oubliez surtout pas votre foulard, grand-père. Pour le mettre devant votre bouche pis votre nez. J'ai pas envie de me faire chicaner par matante ! S'il fallait que votre pneumonie recommence !

— J'oublierai rien pantoute, Agnès. Inquiète-toi pas ! Moi non plus, ça me tente pas plus qu'il faut de retomber malade. C'était pas le diable agréable d'être cloué au lit, pis j'ai tellement hâte d'aller voir mon ami Napoléon que j'vas surtout pas prendre de risques.

— Si c'est de même, je finirai la vaisselle plus tard. Moi aussi, ça me tente ben gros d'aller dehors… Vous savez comment j'aime ça, l'hiver pis la neige !

J'vas chercher mon gros chandail de laine pis je vous attends sur le perron en avant!

Sans se douter de rien parce qu'elle avait une confiance aveugle en Agnès, Lauréanne, de son côté, se laissait aller au plaisir d'une belle balade dans les rues enneigées de la ville. Elle repassait en esprit la discussion qui avait eu lieu au déjeuner, se disant qu'au bout du compte, ils avaient tous eu raison d'insister. Après les trois semaines qu'elle venait de vivre, quelques jours de repos ne seraient pas pour lui nuire.

La veille, il était tombé une bonne bordée de neige tout en flocons légers, obligeant la froidure à se retirer plus au nord, et en ce moment, la ville était tout bonnement féerique. Les maisons encapuchonnées de blanc succédaient aux arbres alourdis, et les passants se saluaient joyeusement.

— Finalement, mon mari, je pense que j'aime un peu ça, l'hiver, confia Lauréanne en se tournant vers Émile. Ouais... Surtout quand toute est ben blanc, comme à matin, avec un petit soleil pâle qui fait briller la neige toute neuve. Ça a rien à voir avec l'époque où j'étais obligée d'étendre le lavage dehors, avec mes mains gercées, par des températures en dessous de zéro.

— C'est vrai que c'est ben agréable à matin, reconnut Émile, qui conduisait d'une manière décontractée, admirant le paysage, lui aussi. Moi avec, j'aime ça l'hiver, surtout quand c'est pas trop froid comme aujourd'hui... Pis pour ce qui est du linge à étendre, ma femme, on a un appartement en masse grand pour que tu puisses faire ça en dedans, dans la troisième chambre. Dans ton cas, ça aide sûrement à apprécier la saison froide... Oh ! Regarde, Lauréanne ! Regarde-moi le sapin au coin de la rue ! On dirait qu'on a secoué du sucre en poudre sur ses branches... C'est-tu assez beau ! Pis attends un peu qu'on sorte de la ville ! J'ai dans l'idée que la campagne va être encore plus belle que notre quartier.

Émile avait raison, et ils firent la route entre Montréal et Sainte-Adèle-de-la-Merci dans un paysage qui ressemblait à une gravure. Puis...

— Vise-moi ça, Lauréanne ! lança Émile, tout excité, en pointant un index devant lui. On voit déjà le clocher de l'église de ta paroisse qui pique le ciel droit devant nous autres, au-dessus des pins. Il y a pas à dire, plus le temps passe, pis plus je trouve que le trajet se fait vite. Bateau d'un nom que c'est beau par ici ! Encore une couple de minutes pis on est arrivés. Pile pour le dîner ! J'ai hâte de voir la face à Jaquelin... Il y a personne qui nous attend pis j'aime ça de même... Tu trouves pas, toi, que c'est pas mal plaisant de faire des petites surprises au monde ?

Pour être une surprise, ce fut toute une surprise. Heureuse aux larmes, Marie-Thérèse étreignit longuement sa belle-sœur, avant de faire une longue accolade fraternelle à son beau-frère.

— Quand j'ai vu que vous viendriez pas au jour de l'An non plus, expliqua-t-elle, je pensais pas vous revoir avant le printemps, pis ça me chagrinait ben gros. En plus, si vous êtes là, ça doit ben vouloir dire que le beau-père va vraiment mieux, pis ça aussi, c'est une bonne nouvelle... Dégreyez-vous, on va ajouter deux places à la table. On allait justement s'installer pour prendre notre dîner.

Puis, tournant la tête, Marie-Thérèse lança pardessus son épaule :

— Jaquelin, Cyrille ? Lâchez vos bottines pis venez voir qui c'est qui nous arrive ! Ça va vous faire plaisir à vous deux aussi.

En quelques instants, la cuisine des Lafrance bourdonna d'exclamations, de salutations et de cris de joie. Tout le monde appréciait les visites de l'oncle Émile et de la tante Lauréanne, qui avaient souvent dans leur bagage un petit quelque chose pour surprendre les enfants. Dans le cas contraire, leur seule présence ravissait les parents qui, de leur côté, se montraient nettement moins exigeants que de coutume. L'atmosphère de la maison s'en trouvait allégée et c'était amplement suffisant pour que la famille au grand complet apprécie la visite de la parenté venue de Montréal.

Sans se faire prier, Benjamin monta la valise des visiteurs dans la chambre d'amis, et on s'installa autour de la table, en se bousculant dans un joyeux brouhaha.

— J'ai rien de ben élaboré, s'excusa Marie-Thérèse en revenant vers les convives, alors qu'elle portait tout de même à deux mains un large plat tout fumant. Mais on devrait s'en sortir ! J'ai fait un pâté chinois avec le restant du rôti de veau de jeudi soir… Pour ceux que ça tente, il y a du ketchup aux fruits, pis un pot d'atocas pour manger avec. Par contre, j'ai en masse de beignes pis de biscuits au sucre dans ma réserve. Ça fait que si on a encore faim, on pourra se reprendre avec le dessert.

— Miam !

— On sait ben, Émile ! Pour vous, tout est bon.

— J'ai pas la panse qui déborde pour rien, ma pauvre Marie-Thérèse, souligna Émile, en se frappant le ventre du plat des deux mains. J'aime ça manger, vous le savez ben ! Surtout quand c'est bon. Pis chez vous, que c'est vous voulez que je vous dise de plus, c'est toujours bon !

Dès le repas terminé, les deux femmes parlèrent de monter ensemble à l'étage afin de mettre les jumeaux au lit pour la sieste, tandis qu'Émile s'excusait.

— Je le sais ben que ça se fait pas vraiment de quitter la table comme ça, mais je pense que j'ai oublié quelque chose d'important dans mon auto, fit-il avec une mine de conspirateur. Conrad, viendrais-tu avec moi pour m'aider ? Pendant ce temps-là, les jeunes, débarrassez-moi un coin de la table. J'vas en avoir de besoin.

Il n'en fallut pas plus pour que les regards se mettent à briller.

Ça sentait les cadeaux !

Devinant aisément ce qui allait suivre, Marie-Thérèse, tout aussi curieuse que les enfants, dirigea un sourire ravi vers son mari.

— Ben dans ce cas-là, Jaquelin, ça serait peut-être une bonne idée de mettre de l'eau à chauffer, recommanda-t-elle.

La tête appuyée sur l'épaule de sa mère, la petite Albertine dormait déjà, un pouce glissé dans sa bouche.

— J'ai l'impression qu'on en a pour un petit moment encore à rester autour de la table, ajouta Marie-Thérèse, en lançant un coup d'œil averti vers Émile, qui enfilait son manteau et ses bottes. Oh ! Pis oublie donc le thé ! On va se faire un bon café, à la place. Il en reste du jour de l'An. J'en avais gardé une bonne quantité au cas où on aurait de la visite.

Puis, regardant Émile et Lauréanne à tour de rôle, elle précisa :

— Pour dire le vrai, je l'espérais, votre visite imprévue. Vous pouvez pas savoir comment c'est que ça me fait plaisir de vous savoir là… C'est comme des vacances pour moi. T'à l'heure, Lauréanne, on ira inviter matante Félicité pour le souper. Elle avec, elle va être ben contente de vous voir… Elle parle souvent du bel été qu'elle a passé en ville avec vous autres, vous savez… Bon astheure, suis-moi, Lauréanne, c'est le temps de coucher mes plus jeunes.

Il y eut des présents pour tout le monde, même pour Jaquelin et Marie-Thérèse.

— Ben voyons donc, le beau-frère ! Ça me met un peu mal à l'aise. J'ai rien, moi !

— Pis ça ? Je donne pas des cadeaux pour en

recevoir en échange. Allez, Jaquelin ! Ouvrez votre paquet.

Jaquelin découvrit alors un assortiment de lacets en cuir de différentes couleurs.

— Ça, c'est ben pensé, murmura-t-il, ému.

Puis levant les yeux vers son beau-frère, Jaquelin ajouta :

— Merci ben gros. Je les avais vus dans le catalogue de monsieur Touche-à-Tout, mais j'avais déjà une ben grosse commande à passer. Merci, Émile, c'est ben apprécié… Pis les enfants ? Qu'est-ce qu'on dit ?

— Merci, mononcle ! Ça faisait longtemps que je voulais un jeu de Parchesi. Venez, les autres, on va s'installer dans la chambre des garçons pour jouer. Vous allez voir que c'est ben plaisant.

— Je sais comment jouer, moi avec ! Mon ami Maurice en a un pareil que le tien… Merci, mononcle ! lança Benjamin, en suivant son frère Conrad.

Au bout du compte, une fois les enfants dispersés à travers la maison avec leurs cadeaux, les adultes restèrent assis autour de la table jusqu'au beau milieu de l'après-midi, à jaser de tout et de rien, réinventant le monde et la politique avec aplomb, soulignant leurs interventions de fous rires contagieux. Ce fut le jeune Albert qui mit un terme à la détente générale quand il fit savoir qu'il était réveillé par un pleur vigoureux et un « maman ! » déchirant.

— Pas de danger de l'oublier, celui-là, nota alors

Lauréanne en hochant la tête. Ton fils a de bons poumons, pis il sait s'en servir.

— Une chance, parce qu'Albertine, elle, est plutôt tranquille, fit remarquer Marie-Thérèse, en repoussant sa chaise pour se lever. On dirait qu'en grandissant, ma petite puce se fatigue à rien. C'est drôle à dire, mais Albert, du haut de ses dix-sept mois, a toute compris ça. Il bouscule jamais sa sœur, pis quand vient le temps d'aller les chercher, il crie pour deux... C'est fou comment c'est qu'ils sont devenus différents en prenant de l'âge, pis en même temps, c'est visible comme le nez au milieu de la face qu'ils sont faites pour aller ensemble, ces deux-là.

— Pis ça? Qu'est-ce que ça change qu'il y en ait un plus vigoureux que l'autre? Après tout, c'est une fille pis un garçon. L'important, c'est qu'ils soyent en santé, non?

— C'est ben ce que je me dis... Viens, Lauréanne, on va aller les chercher.

Cependant, une fois arrivée à l'étage, comme les pleurs s'étaient calmés, Marie-Thérèse fit signe à Lauréanne de la suivre dans la chambre d'amis.

— Juste un instant, chuchota-t-elle. Faut que je te parle.

Puis, un œil sur l'escalier et une oreille à l'écoute du babil des bébés, qui semblaient en grande discussion dans leur langage de jumeaux, elle demanda:

— Penses-tu qu'Émile pourrait reparler à Jaquelin? À propos d'aller faire un petit tour à Montréal?

— Ben… Je dirais que oui. Pourquoi ?

— J'aimerais ça que mon mari connaisse la ville. Question de comprendre de quoi je veux parler quand…

Se taisant brusquement, Marie-Thérèse se mit à rougir comme une pivoine.

— Disons, fit-elle, pour couper court, que j'ai pas oublié mon voyage chez vous… Pour astheure, je peux pas prendre le temps de toute t'expliquer comme faut, parce que c'est comme rien qu'Albert va se remettre à crier dans pas longtemps. Il est pas trop patient, ce petit bonhomme-là ! Mais tantôt, par exemple, si tu veux, on ira prendre une bonne marche ensemble.

— Pas de trouble. Je devrais trouver un instant d'intimité pour jaser de ça à mon mari. Au pire, je ferai ça à soir, quand on ira se coucher, pis Émile pourra en parler à Jaquelin demain matin. Dis-toi, par contre, que ça pourrait se faire plus vite que tu le penses parce que mon homme a pris congé jusqu'après la fête des Rois.

— Ah oui ? Émile est en congé ?

— Comme je te dis ! Avec la maladie de mon père, on était toutes ben fatigués.

— Eh ben…

Marie-Thérèse resta silencieuse un moment, comme si elle était en train d'analyser ce que Lauréanne venait de lui annoncer. Puis, elle hocha la tête dans un geste d'assentiment, avant d'offrir un franc sourire à sa belle-sœur.

— Sais-tu que ça serait parfait, si ça pouvait se régler tusuite, déclara-t-elle enfin. Avec Cyrille qui est ici pour une couple de jours encore, je pense que ça serait peut-être même l'idéal. En cas d'urgence à la cordonnerie, mon grand garçon pourrait y voir. J'irais jusqu'à dire qu'il est rendu assez habile pour se débrouiller tout seul. Au pire, je pourrais l'aider. À nous deux, on peut faire ben du chemin, tu sauras... On s'entend ben, Cyrille pis moi, pour le travail pis pour ben d'autres affaires aussi... Bon ! Astheure, on va chercher les bébés.

En conclusion, ce fut au moment où les deux femmes quittèrent la demeure des Lafrance pour se diriger vers la maison de la tante Félicité, afin de l'inviter à souper, que Marie-Thérèse s'ouvrit enfin à Lauréanne. Le soleil venait de disparaître derrière la colline et, vers l'ouest, le ciel avait pris une teinte de feu, sur laquelle les arbres dénudés se découpaient en une fine dentelle noire. De longs filaments de nuages violacés striaient l'horizon.

— C'est pas sorcier à comprendre, tu vas voir, dit alors Marie-Thérèse, ajustant son pas à celui de sa belle-sœur. Juste à l'idée de toute remettre ça encore une fois, avec la maison pis la cordonnerie qui sont ben exigeantes, chacune à sa manière, l'arrivée du prochain bébé m'apparaît comme une montagne immense.

— C'est vrai que ça va être pas mal d'ouvrage... Encore une fois ! Après tout, les jumeaux sont pas encore ben ben vieux.

— Pas vieux, tu dis? C'est encore deux bébés, oui! C'est pas parce qu'ils savent marcher pis qu'ils placotent un peu qu'ils sont moins exigeants... Mais au moins, ils dorment toutes leurs nuits, pis ça, pour moi, ça vaut de l'or! Tandis qu'un nouveau-né...

Marie-Thérèse laissa filer un long soupir.

— Ça me tente pas, Lauréanne, ça me tente pas pantoute de recommencer à passer des nuits blanches à bercer un petit qui a pas encore compris que le jour, c'est faite pour demeurer réveillé, pis que la nuit, c'est faite pour dormir. Pis ça, ça va être quand Albertine sera pas trop demandante, ce qui est pas gagné d'avance. Elle est toute douce pis tranquille, mon Albertine, mais en même temps, elle reste pas mal dépendante de sa mère. Plus que tous mes autres enfants, je dirais! Je passe encore ben des heures de ma journée avec elle dans mes bras pour la consoler, pour l'empêcher de chigner sans raison. Ça fait qu'avoir un bébé de plus, ça me semble comme de trop... C'est pas mêlant, Lauréanne, juste à y penser, je me sens déjà fatiguée.

Tout en jasant, les deux femmes venaient de tourner sur le trottoir qui longeait la rue principale du village.

— Si, après ta délivrance, tu t'en venais à Montréal pour une couple de semaines comme t'avais faite avec les jumeaux? proposa alors Lauréanne, le cœur battant d'espoir tant cette perspective l'enchantait.

— Non.

Marie-Thérèse était catégorique.

— C'est ben fin de ta part de m'offrir d'aller chez vous pour mes relevailles, pis tu sais combien j'aimerais ça, mais il est pas question que je laisse Jaquelin tout seul avec la maisonnée. D'autant plus que ton père se remet tout juste de sa pneumonie. On pourrait pas vraiment compter sur lui pour nous donner un coup de main. De toute façon, c'est pus tellement de son âge, le pauvre homme, de travailler fort de même... Pour ce qui est de Cyrille, ben, il y a son collège qui est toujours aussi important à nos yeux. J'en ai parlé avec Jaquelin. Pas mal longtemps, à part de ça, pis notre décision est prise : on veut laisser ton père pis notre garçon en dehors de nos problèmes... Non, le mieux ça serait que Jaquelin aille faire un tour à Montréal. Ça, j'en ai pas parlé à mon mari, comme de raison, mais je me dis qu'une fois Jaquelin rendu en ville, ça sera à vous deux, Émile pis toi, d'y faire valoir tout ce qu'il peut y avoir d'accommodements pis de facilités à vivre en ville... À commencer, peut-être, par la chance de se trouver un travail qui lui conviendrait mieux, à cause de sa main paralysée. Un travail où je serais pas obligée d'intervenir à tout bout de champ.

— Je vois... T'as pas tort de parler de même : la tâche qui te revient doit être ben pesante par bouttes... N'empêche...

Lauréanne échappa un soupir à son tour.

— Même si ça a l'air simple, vu comme ça, t'admettras avec moi que c'est quand même pas facile, ce que tu demandes là.

Les deux femmes marchaient lentement, bras dessus bras dessous. Malgré la tombée du jour et le fait qu'on était au tout début de janvier, l'air gardait une douceur de fin d'hiver et chacun de leurs pas faisait crisser la neige durcie du trottoir. Le couinement produit par leurs bottes avait quelque chose de joyeux et d'apaisant, tout à la fois.

— Je le sais ben, va, que ça sera pas facile, admit Marie-Thérèse. Jaquelin est tellement attaché à sa cordonnerie pis à son village. Mais pour moi, le métier de cordonnier est de moins en moins une solution à notre vie. C'est sûr que si mon mari avait encore ses deux mains pour travailler, je penserais même pas à partir m'installer en ville. Ça serait pas nécessaire. Mais dans l'état actuel des choses, me semble qu'on pourrait trouver mieux que notre vie à la petite semaine. Par moments, j'ai l'impression de manquer de temps pour toute, pis de faire les choses juste à moitié. Laisse-moi te dire que ça me ressemble pas pantoute de négliger ma maisonnée. Tandis qu'en ville...

Marie-Thérèse se tut brusquement, laissant la phrase en suspens. Néanmoins, pour Lauréanne, tout avait été dit et clairement dit.

— Tu penses encore à l'épicerie qui est à vendre, hein? suggéra-t-elle alors, le cœur gonflé d'espoir, tout en exerçant une pression de sa main gantée sur le bras de Marie-Thérèse.

— Comment faire autrement? soupira cette dernière. C'est même devenu une sorte de rêve éveillé pour moi. D'autant plus que toi, tu serais pas trop loin... Tu sais, Lauréanne, savoir que t'habiterais à quelques rues à peine, ça a ben de l'importance à mes yeux, pis ça donne de l'envergure à toute ma réflexion. Je le sais qu'on s'entend ben, toi pis moi, pis je le sais, avec, que tu pourrais venir m'aider au besoin. Par contre, je me doute un peu que c'est déjà vendu pis...

— Non !

— Quoi, non ?

Marie-Thérèse osait à peine respirer.

— Que c'est tu cherches à dire, toi là ?

— L'épicerie est pas encore vendue, déclara Lauréanne, un grand sourire zébrant son visage rougi par la brise du soir qui était en train de se lever. La pancarte avait disparu durant une couple de semaines, l'automne dernier, pis je pensais ben que notre projet était tombé à l'eau. J'avoue que ça m'avait déçue. Même si toi, t'en parlais pus jamais, pour moi, l'épicerie était restée comme une sorte de belle tentation. Mais v'là-t-y pas que juste avant Noël, on l'a vue réapparaître, la fichue pancarte, accrochée sur la vitre de la porte, comme la première fois qu'on l'avait remarquée.

À ces mots, Marie-Thérèse s'arrêta sans crier gare, et, tournant la tête, elle fixa intensément sa belle-sœur.

— Bonne sainte Anne !

À ces mots, Marie-Thérèse égrena un petit rire.

— Me v'là rendue à parler comme matante,

tellement j'ai le cœur tout en émoi! Pis en même temps, j'ai l'impression que ça se peut pas... Quand même! Ça fait plus qu'un an que c'est à vendre, ce bâtiment-là. Pourquoi tu m'en as pas parlé, d'abord? Me semble que t'aurais pu prendre le téléphone pour...

— Parce que toi t'en parlais pus, Marie-Thérèse! interrompit vivement Lauréanne. C'est en plein ce que je viens de te dire. Penses-y comme faut! Depuis ton retour à la maison, tu m'en as jamais soufflé un mot. Ni sur la possibilité de venir vivre en ville, comme on en avait parlé, ni sur l'épicerie qui était à vendre. Rien pantoute. Sauf peut-être au tout début, quand tu m'as dit que c'était pas encore le temps d'en parler à Jaquelin. Mais par après, t'en as pus jamais reparlé... Ça fait que moi, je pensais que toute cette histoire-là, ça avait été une sorte de coup de tête, une belle songerie sans consistance, pis que ça avait pus tellement d'importance pour toi. Je pensais que t'étais contente d'avoir retrouvé ta place dans ta maison, que tout allait ben, pis je respectais ça. Dis-moi comment c'est que j'aurais pu voir les choses autrement? T'avais l'air heureuse, Marie-Thérèse, ben heureuse! Chaque fois qu'on se voyait, t'étais de bonne humeur, pis pour moi, c'était ça, l'important... C'est juste maintenant, astheure que tu m'as parlé comme tu viens de le faire, que je me rends compte que je m'étais trompée.

— Trompée, trompée...

Marie-Thérèse semblait mal à l'aise.

— Pas tant que ça, quand même! protesta-t-elle avec une certaine véhémence. Je voudrais surtout pas donner l'impression que je suis une femme malheureuse, parce que ça serait pas vrai. C'est sûr que la vie est peut-être difficile par moments, mais j'suis pas à plaindre pour autant. J'aime mon mari, qui me le rend ben; j'ai des bons enfants, qui sont pas mal serviables; pis si c'était pas du bébé en route, je pense que oui, je pourrais oublier la ville pis toute ce qui va avec. On est quand même pas si mal, ici...

— Vous êtes même très bien.

— C'est ce que je me dis... Tu vois, Lauréanne, il y a des jours où j'ai l'impression que c'est juste du caprice, mon affaire. C'est peut-être ben pour ça que je t'ai jamais reparlé de l'épicerie pis que j'ai pas essayé plus que ça d'en jaser avec Jaquelin. Mais à d'autres moments, je me surprends encore à rêver de la ville. On dirait que j'suis comme un yo-yo... Des fois, j'suis en haut, pleine d'allant devant l'avenir; mais d'autres fois, ben, je me retrouve en bas, ben ben bas, pis dans ce temps-là, je vois tout en gris autour de moi, comme un horizon bouché par une grosse brume de novembre. Ces jours-là, je me fais peur à moi-même, pis j'ai peur des mois pis des années à venir. Laisse-moi te dire rien qu'une chose, Lauréanne: quand les bleus me pognent, j'ai pas de misère à me convaincre qu'il y a pas de mal à essayer d'améliorer son sort. Je me dis que si ça marchait, mon idée d'aller s'établir en ville, ça serait tant mieux. En revanche, si ça marchait pas, j'en ferais pas une maladie. Dans le fond, j'ai toujours trouvé moyen de m'arranger, pis je ferais pareil. En fait, rester ici, ça serait pas si pire que ça.

— T'as ben raison de penser de même, approuva Lauréanne, en opinant du bonnet. On peut pas toujours toute contrôler dans la vie, hein? Par contre, on est tous un peu pareils, à essayer d'avoir un peu plus ou un peu mieux... Regarde mon mari avec son auto! On aurait pu s'en passer, de ce char-là, c'est vrai. On a ben vécu jusqu'à date sans auto, pis on était pas malheureux pour autant. On avait quand même le train pour venir vous voir, pis en plus, on avait la chance d'avoir les sous pour payer nos tickets. Il en reste pas moins qu'on est pas mal mieux depuis qu'on peut voyager à notre guise... Comme à matin, tiens! Sans auto, je pense pas qu'on aurait pu venir comme ça, à l'improviste... Ouais, promis, Marie-Thérèse, en arrivant chez vous tantôt, j'vas trouver moyen de parler à Émile.

— Ça serait ben fin de ta part.

— C'est juste normal... Surtout que ça sera pas difficile de convaincre mon mari d'inviter Jaquelin. Émile espère tellement la visite de mon frère qu'il nous en parle quasiment toutes les semaines, depuis l'été dernier, encouragé par mon père, en plus! Il parle des choses qu'il veut lui montrer, du tour de tramway qu'il faut à tout prix faire, des petites vues où ils pourraient aller ensemble. Émile a même parlé d'aller voir une partie des Canadiens dans le nouveau Forum, sur la rue Sainte-Catherine, pis là, mon père a dit que lui avec, il aimerait ben ça y aller... C'est pas mêlant, ça finit pus, les projets, pour le jour où Jaquelin va se décider à venir nous voir! Tout ça pour te dire, Marie-Thérèse, que tu dois pas t'inquiéter: j'aurai pas de misère à persuader mon mari qu'en plus, c'est maintenant que ça pourrait se faire... Émile est en congé pour encore une couple de jours, le père va beaucoup mieux, pis Agnès peut m'aider au besoin. Quant à toi, t'as Cyrille pour te donner un coup de pouce...

Les deux femmes venaient d'arriver devant la maison de la tante Félicité. Un rayon de clarté brillait entre les pans de draperies, à la fenêtre du salon, laissant ainsi savoir que la vieille dame était chez elle.

— Mais j'y pense, murmura alors Marie-Thérèse.

Sur ce, elle retint Lauréanne par la manche de son manteau.

— Même si c'est pas encore faite, si jamais Jaquelin disait oui à l'invitation d'Émile, où c'est que tu vas le coucher, mon mari? C'est grand, chez vous, je le sais, mais c'est quand même pas un hôtel!

— Inquiète-toi pas pour ça, non plus! On va lui installer un lit dans la chambre qui sert au lavage, pis moi, ben, je laverai mon linge plus tard durant la semaine. Il y a pas de loi qui nous oblige à laver le linge sale le lundi... Après toute, c'est juste pour deux nuits que Jaquelin dormirait chez nous, rapport qu'on reviendrait probablement le reconduire mardi, à la fête des Rois.

— Ben si c'est de même, il me reste juste à prier pour que Jaquelin dise oui…

Marie-Thérèse se remit alors à marcher à pas lents dans l'allée qui menait à la porte de Félicité Gagnon. Toutefois, et probablement parce qu'elle était devant la maison de sa chère tante, une fois arrivée au bas des marches qui permettaient d'accéder au perron, Marie-Thérèse s'arrêta encore en poussant un autre grand soupir.

— Tu vois, Lauréanne, ça faisait longtemps que je voulais te parler comme je viens de le faire, mais je savais pas par quel bout commencer mon histoire, confia-t-elle à mi-voix. Astheure que c'est fait, je me sens soulagée. Mais en même temps, vois-tu, ça me fait peur.

— Peur ? Comment ça, te faire peur ? Voyons donc, Marie-Thérèse ! Il y a rien d'épeurant dans l'idée de venir vivre en ville. J'suis ben placée pour le savoir, c'est ce que j'ai fait quand j'étais jeune.

— Pour toi, peut-être que ça paraît pas si pire, parce que t'es habituée. Pis oublie pas que le jour où t'as pris ta décision d'aller vivre à Montréal, t'étais encore toute seule dans la vie, c'est un point important, ça là. De toute façon, on a peur de rien quand on est jeune ! La preuve, c'est que je me suis lancée dans le mariage à tout juste dix-huit ans. Mais aujourd'hui, c'est pas pantoute la même affaire. À l'âge que j'ai, pis avec toute notre marmaille qui suivrait immanquablement jusqu'à Montréal, c'est une autre paire de manches… Ça ferait ben du petit monde à déménager. Le pire, dans tout ça, c'est que ça se pourrait ben que Jaquelin aime la ville tout autant que moi. On a souvent le même avis sur les choses, lui pis moi.

— Ben là...

Lauréanne regardait sa belle-sœur, sourcils froncés. De toute évidence, elle ne comprenait pas ce que Marie-Thérèse tentait maladroitement d'exprimer.

— Je te suis pas, Marie-Thérèse, pas pantoute. Si jamais Jaquelin trouvait la ville attirante, c'est là que ça serait merveilleux, non? Pas de discussions, pas d'hésitations, pas de concessions en rien...

— C'est sûr... Dans ce sens-là, ça serait parfait. Par contre, pour aller vivre en ville, faudrait que je laisse matante Félicité au village, pis ça, vois-tu, ça me tente pas.

Tout en parlant, Marie-Thérèse avait levé les yeux et elle fixait intensément la porte peinte en noir.

— Matante, c'est comme une mère pour moi, tu le sais, murmura-t-elle, émue. J'ai pas besoin d'entrer dans les détails pour que tu comprennes comment je me sens face à elle. Pis de son bord, matante avec tient à moi, comme si j'étais sa propre fille. J'invente rien, c'est elle en personne qui me le dit souvent... On a failli la perdre, l'an dernier, à cause de sa crise de cœur, pis c'est là que j'ai compris que j'étais pas prête pantoute à la voir partir, même si elle est pus tellement jeune... De là à penser que mon départ pourrait précipiter les choses, je...

— On trouverait ben une solution, coupa Lauréanne, qui gardait en mémoire l'image d'une vieille dame qui n'arrêtait pas de s'extasier sur la ville.

— Je demande pas mieux que de te croire, soupira Marie-Thérèse... N'empêche qu'il y a aussi le beau-père, à qui il va falloir faire comprendre que...

— Là non plus, faut pas trop s'en faire à l'avance, intima Lauréanne. Mon père est pas si prévisible qu'on pourrait le croire à première vue...

— Si tu le dis... Après toute, tu le connais pas mal mieux que moi.

— Oh oui!

Lauréanne avait l'impression d'avancer sur un fil de fer tendu à l'extrême, un peu comme un funambule. Elle connaissait certaines des intentions de son père, dont celle de vendre la cordonnerie pour acheter une maison à la campagne, mais ce n'était pas à elle d'en parler. Pourtant, l'envie de le faire lui démangeait la langue, sachant qu'ainsi, elle pourrait calmer les angoisses de Marie-Thérèse.

— Pourquoi te mettre martel en tête, ma pauvre fille? se contenta-t-elle toutefois de souligner. On en est pas encore rendus là. Dans le fond, avant de discuter de quoi que ce soit, avec mon père ou ben avec ta tante, va falloir attendre après Jaquelin. Tout va dépendre des impressions que la ville va lui faire. Au bout du compte, c'est pas toi qui vas prendre la décision de déménager ou pas, Marie-Thérèse, c'est ton mari. Même si lui s'en doute pas une miette, c'est quand même ce qui va arriver.

— T'as ben raison.

Marie-Thérèse secoua la tête avec vigueur, avant d'afficher un petit sourire.

— On a encore un peu de temps devant nous autres pour parler de ce projet-là, admit-elle en plaçant machinalement une main protectrice sur son ventre. Si jamais ça se présente, ben entendu... Envoye, Lauréanne, on se dépêche un peu ! Il faudrait inviter matante avant qu'elle mette son souper en train. Après tout, c'est surtout pour ça qu'on est ici !

CHAPITRE 6

Dès le lendemain matin, à Sainte-Adèle-de-la-Merci, le dimanche 4 janvier 1925

Dans la cuisine des Lafrance, autour de la table au moment du déjeuner

Le projet avait été lancé au souper de la veille, chaudement approuvé par la tante Félicité, et c'est ainsi que Jaquelin Lafrance s'apprêtait à quitter Sainte-Adèle-de-la-Merci pour la seconde fois de sa vie.

Son premier voyage l'avait mené en haut de La Tuque, au camp de bûcherons de la Joffer's Company, après que la maison et la cordonnerie eurent été rasées par les flammes et qu'il eut pris la décision d'occuper son temps à travailler, plutôt que d'aider à tout reconstruire avec sa belle-famille.

— On peut pas se priver des sous que ça pourrait rapporter, avait-il déclaré en guise d'explications.

Il en était revenu handicapé pour le reste de sa vie,

et le souvenir de cette journée maudite continuait de le hanter. En rêve, Jaquelin revoyait souvent sa chute dans l'eau glacée d'une rivière, alors qu'il apprenait à faire la drave. Toutefois, il ne gardait aucun souvenir de son sauvetage par ses deux compagnons de chantier. Quand il s'était réveillé, à l'hôpital de La Tuque, l'usage de sa main droite était resté au fond de l'eau, comme il l'avait déjà dit lui-même pour justifier son handicap.

— C'est au fond de la rivière qu'elle a arrêté de fonctionner, avait-il un jour expliqué à Agnès... Il faisait trop frette, je crois ben, pis ma main a gelé ben raide. Mais l'important, c'est que moi, je soye encore en vie, tu penses pas, toi?

Depuis, Jaquelin n'avait plus jamais quitté Sainte-Adèle-de-la-Merci.

Aujourd'hui, le voyage s'annonçait moins périlleux, certes, et nettement plus joyeux. N'empêche que le cordonnier du village avait tout autant de papillons dans l'estomac.

S'il fallait qu'il lui arrive quelque chose encore une fois? Comment Marie-Thérèse réussirait-elle à survivre, avec leur nombreuse famille, la cordonnerie et le bébé en route? Même si tous les deux, ils se réjouissaient à la perspective de voir leur famille s'agrandir, il n'en restait pas moins qu'ils étaient conscients de tous les sacrifices qui les attendaient.

Et voilà qu'il venait d'abandonner sa femme pour deux jours! Mais qu'est-ce qui lui avait pris, aussi, de dire à son beau-frère qu'il aimerait visiter Montréal et surtout d'accepter son invitation?

Jaquelin secoua la tête, obligeant ainsi les pensées sombres à se retirer. Puis il porta les yeux sur sa femme.

— Pis dis ben aux clients, Marie, que j'vas être de retour à l'ouvrage mercredi matin, ordonna-t-il soudainement, entre deux bouchées de pain... Au bout du compte, je me demande si c'est une bonne idée, de m'en aller comme ça, murmura-t-il en écho à ses pensées.

— Veux-tu ben te calmer, mon mari! Tu pars pas pour des mois, cette fois-ci, tu pars juste pour deux jours. T'auras même pas le temps de t'ennuyer de moi, souligna Marie-Thérèse, un sourire taquin sur les lèvres, car elle faisait ainsi référence aux lettres remplies d'ennui et d'espérance qu'ils avaient échangées lors du long hiver que Jaquelin avait passé aux chantiers. Sans vouloir t'offenser, mon homme, ta cordonnerie, c'est quand même pas le bureau d'un médecin ou d'un ministre! Je pense pas qu'on aye d'urgences assez pressées pour te garder ici, juste au cas où... Après tout, je reste à la maison, pis Cyrille est avec moi, oublie surtout pas ça.

— Moman a raison, renchérit le jeune homme, faisant de son mieux pour paraître tout confiant et heureux.

Pourtant, Dieu sait que le travail à la cordonnerie lui plaisait de moins en moins. À chacun de ses séjours à la maison, Cyrille se voyait obligé d'aider son père, plutôt que de se reposer, comme le faisaient la plupart de ses amis du collège, et cet état de choses commençait à l'ennuyer. Il n'en restait pas moins qu'en ce moment, ce n'était pas le temps d'en parler ni de le montrer. Son père avait bien droit, lui aussi, à quelques jours de détente.

— Partez tranquille, popa, ajouta-t-il en forçant un peu son enthousiasme. Profitez de vos vacances... Même matante Félicité vous l'a dit, hier au souper: ça fait du bien à tout le monde de changer d'air de temps en temps.

— Pis ta valise est prête, lança encore Marie-Thérèse, comme si cette excuse faisait foi de tout. Il est rendu trop tard pour reculer, mon mari.

— Ouais...

— Pis ça va donner une bonne raison à mononcle pis matante de revenir fêter les Rois avec nous autres, argumenta Cyrille de plus belle, tout en jetant un regard en coin à son parrain.

Dans les faits, Cyrille espérait de plus en plus le départ de son père pour la ville, car, ce faisant, il aurait droit, lui aussi, à quelques jours de repos.

Au même instant, l'image de sa jeune cousine Judith traversa l'esprit de Cyrille. Il ne l'avait pas vue très souvent, entre Noël et le jour de l'An, et il s'en désolait, tout comme elle, d'ailleurs. Ils avaient eu l'occasion d'en parler brièvement, lorsque Judith était venue aider sa tante Marie-Thérèse pour préparer le repas du premier de l'An, puisqu'Agnès était déjà repartie. Alors, si son père s'en allait en ville, lui, Cyrille, trouverait sûrement moyen de quitter la maison pour quelques heures, et ainsi, il arriverait peut-être à s'isoler un moment avec Judith.

À cette pensée lumineuse comme une apparition, la voix du jeune homme se fit tout à coup suppliante.

— Envoyez donc, popa! Arrêtez de vous faire prier comme ça. Pensez-y! Si mon oncle est obligé de venir vous reconduire, j'aurai pas besoin de prendre le train pour retourner au collège, expliqua-t-il alors, en désespoir de cause. Pour vous, ça va faire l'économie d'un billet de train, pis pour moi, ça va aller plus vite. Comme ça, j'vas avoir l'impression d'avoir une journée de vacances de plus!

— C'est ben vrai…

En conclusion, ce fut Émile qui eut le dernier mot.

— Vous pouvez pas me faire ça, Jaquelin, déclara-t-il, catégorique. J'y ai trop pensé durant l'automne pour que vous me fassiez faux bond!

— Ben voyons donc, vous! Vous espérez à ce point-là que j'aille en ville?

— À qui le dites-vous! Mais c'est un peu de votre faute, aussi, rapport que vous m'avez laissé entendre que vous aviez ben gros envie de visiter Montréal. Ça fait que moi, depuis des mois, je me suis imaginé votre visite, avec tout ce qu'on pourrait faire ensemble… Ouais… C'est de même que ça s'est passé pour moi depuis la fin de l'été, pis on dirait ben que c'est astheure que ça va se réaliser. Pendant deux jours, vous allez prendre congé, comme moi, pis ensemble, on va visiter ma ville. Pour une fois que ça adonne à tout le monde, ça serait ben maudit de pas en profiter.

Devant tant d'insistance, Jaquelin ne trouva rien à répliquer. Même sa Marie avait l'air sincèrement contente pour lui.

Moins d'une quinzaine de minutes plus tard, il s'installait à l'avant de la belle auto d'Émile. Jusqu'au tournant de la rue, il se tordit le cou pour pouvoir saluer de la main une Marie-Thérèse toute souriante qui était restée sur la galerie afin de le voir partir.

Ensuite, le nez à la vitre de la portière, Jaquelin profita de la balade sans dire un mot. Ce qui fit l'affaire d'Émile, soit dit en passant, car le pauvre homme savait fort bien que ce serait à lui de faire miroiter la ville et ses commodités à son beau-frère, même s'il ne savait trop comment s'y prendre, et il comptait mettre à profit les quelques heures de route pour imaginer le programme des deux prochains jours. Il se doutait bien que pour donner suite aux demandes de Lauréanne, il devrait être d'une grande éloquence, rien de moins!

— Je pense que ça ferait le bonheur de Marie-Thérèse si son mari aimait la ville autant qu'elle, avait expliqué Lauréanne à voix basse, quand ils s'étaient retrouvés en tête-à-tête dans leur chambre, la veille au soir. Pis ça, mon homme, il y a juste toi qui peux le faire.

— J'entends ben ce que tu me dis, ma femme, mais ça sera pas facile. Tout le monde sait à quel point Jaquelin est attaché à son village.

— C'est vrai que ça risque d'être un peu compliqué. Mon frère aime surtout la routine pis les choses prévisibles, avait-elle analysé. Je pense que c'est dans la nature de Jaquelin de pas aimer être bousculé, c'est le moins qu'on puisse dire. Mais c'est pas de sa faute, c'est de même qu'il a été élevé. Pourtant, malgré tout ça, j'ai pour mon dire qu'il y a pas juste une place sur Terre où on peut être heureux, pis ça va être à toi de faire accepter cette vérité-là à mon frère... Ouais, essaye de lui faire comprendre que c'est plutôt les gens autour de nous qui font qu'on est heureux ou pas. La ville où on demeure a rien à voir là-dedans, ou si peu!

— Là-dessus, t'as plus que raison, ma femme.

Sur ce, Émile avait enfoui son visage dans le cou de son épouse, puis, d'une voix rauque, il avait ajouté:

— Nom d'une pipe que tu parles ben, des fois, ma belle Lauréanne! J'suis un homme chanceux de t'avoir rencontrée.

Enfin, au bout d'un silence ému, où ladite Lauréanne s'était faite toute petite au creux des bras de son mari, ce dernier avait murmuré:

— N'empêche que la ville ou ben le village où on choisit de rester peut quand même avoir de l'influence sur notre plaisir de vivre... Du moins, on dirait que c'est nécessaire pour Marie-Thérèse, qui voudrait ben s'en venir en ville. C'est vrai qu'avec nous autres pas trop loin, ça serait probablement plus facile pour elle au quotidien. La tante Félicité est ben fine, mais elle est pus très jeune... Disons, pour être poli, qu'elle a pas autant de vigueur que toi, pis avec une famille comme celle de la belle-sœur, avoir à portée de main une femme avenante pis énergique comme toi, ça peut avoir ben de la valeur... Promis, ma femme, j'vas faire tout en mon pouvoir pour que Jaquelin admette que le bonheur de sa famille passe peut-être par ailleurs que dans son village.

— T'es ben fin de voir ça de la même manière que Marie-Thérèse, mon Émile. C'est gros ce que je te demande là, mais je sais que t'en es capable.

— Ouais...

C'était justement cette conversation menée à voix basse qui continuait de préoccuper Émile Fortin, tandis qu'ils se dirigeaient tous vers Montréal.

Quant à Lauréanne, elle respecta religieusement le silence des deux hommes entre lesquels elle était assise, sur la banquette avant de l'auto. Espérant ainsi se faire oublier, elle fixa la route sans bouger, avec tant d'intensité qu'elle en attrapa une raideur au cou.

Ce fut dès l'après-midi du dimanche que Jaquelin Lafrance aborda la ville comme il avait jadis abordé le métier de cordonnier, à l'âge de douze ans; et comme il avait aussi abordé la vie de bûcheron, deux ans auparavant.

Accompagné de millions de papillons de curiosité et d'inquiétude dans l'estomac, Jaquelin emboîta donc le pas à son beau-frère, qui lui avait annoncé qu'ils commenceraient leur périple par une promenade dans le centre-ville.

— Là où les banques poussent comme des champignons, avait-il dit à la blague.

Blague à laquelle Jaquelin n'avait rien répondu, trop occupé à regarder autour de lui, réalisant, bien malgré lui, qu'il détestait toujours autant faire face à l'inconnu et être bousculé par les nouveautés, même si, cette fois-ci, l'inconnu se découvrait en compagnie d'un homme pour qui il avait beaucoup d'estime.

Jaquelin suivit donc Émile quasi silencieusement, les yeux écarquillés, observant attentivement les rues, les maisons, les devantures de magasins. Toutes sortes d'idées se bousculaient dans sa tête, s'entrechoquaient, tant il y avait de choses à voir. Il se dit, à un certain moment, qu'il pourrait peut-être améliorer l'enseigne de sa cordonnerie. Pourquoi pas ? En ville, tout paraissait plus grand, plus visible, plus coloré.

Étourdi par tant de modernisme, par toutes ces différences avec son village, Jaquelin ne posait que ce qu'il fallait de questions pour pouvoir analyser dans le détail tout ce qu'il avait la chance de découvrir.

— C'est curieux de voir un train qui marche à l'électricité, fit-il en descendant du tramway qui les avait emmenés jusqu'à la rue Saint-Laurent. Je savais que ça existait, c'est ben certain, mais j'en avais jamais vu.

Tout en parlant, il suivait du regard le wagon qui poursuivait sa route, crachotant quelques étincelles tout au long du fil aérien.

Puis, plus tard, alors qu'ils étaient sur le chemin du retour pour rejoindre Lauréanne, Agnès et

Irénée, qui les attendaient à l'appartement de la rue Adam, Jaquelin déclara, avec une conviction facile à entendre dans sa voix:

— C'est ben beau la ville, Émile. Pis j'suis sérieux en disant ça. C'est ben différent de mon village, c'est certain, mais ça reste intéressant à sa manière. Pis c'est pas désagréable pantoute de pouvoir s'arrêter pour prendre un café quand on a froid, je l'admets. Il y a des restaurants partout! Ouais... Il y a les magasins, aussi, qui m'ont ben impressionné par leurs belles devantures. Ça doit être agréable de faire ses commissions dans des beaux bâtiments comme ceux-là. Dommage qu'on soye dimanche, j'aurais aimé ça en visiter un... Pas de doute, Émile, j'suis pas mal content d'avoir vu tout ce que j'ai vu après-midi. Je vous remercie ben gros d'avoir insisté pour que je vienne vous visiter, pis je vous remercie aussi de m'avoir trimbalé comme ça, d'un bout à l'autre de Montréal. Mais un dans l'autre, sans vouloir vous blesser, j'aime pas mal mieux votre quartier à vous.

Les deux hommes remontaient la rue Adam à pas lents. La clémence de l'air persistait et donnait envie de prendre son temps.

— Pourquoi vous dites ça, Jaquelin? Me semble qu'il y a rien de particulier ici pour attirer les envies ou les compliments.

— C'est ben simple à comprendre, Émile, vous allez voir! Votre quartier, il me fait un peu penser à la campagne, pis moi, ben, ça me met plus à mon aise. C'est ce que je connais, la campagne, pis j'ai toujours aimé ça. Peu importe que ça soye celle du village ou ben celle du fond des bois comme aux chantiers, c'est là que je me sens ben. En fin de compte, je pense pas que je soye un homme de la ville. Pas pantoute, même... Malgré toutes les belles choses modernes, les beaux bâtiments, pis tout le reste, je trouve ça étouffant, une grande ville comme Montréal. Me semble, t'à l'heure, qu'on manquait d'air pour ben respirer.

— Attendez pour faire valoir votre opinion, Jaquelin, se hâta de rétorquer Émile, qui continuait de sentir sur ses épaules la lourde charge de faire miroiter la ville aux yeux de son beau-frère. Vous avez pas encore tout vu !

— C'est vrai, admit Jaquelin avec sa sagesse coutumière.

Les deux hommes venaient de tourner le coin de la rue.

— Je pense que j'vas surtout en parler avec ma fille, déclara alors Jaquelin. J'aimerais ça entendre ce qu'elle a de beau à dire sur la ville. Après tout, ça fait plus d'un an qu'Agnès vit par ici, pis c'est clair qu'elle aime vraiment ça. Elle a peut-être vu des affaires que moi j'ai pas vues comme il faut.

Sur ce, Émile eut la décence de ne pas pousser un long soupir de soulagement.

Cependant, dès leur retour à l'appartement, ce fut plutôt Irénée qui prit en mains les frais de la conversation, trépignant presque à l'idée de discuter d'avenir avec son fils.

En effet, voir apparaître Jaquelin dans l'embrasure

de la porte, plus tôt ce matin, lui avait procuré un grand contentement, malgré la surprise ressentie en l'apercevant. Irénée n'avait alors pas dit grand-chose, sauf peut-être un grommellement de bienvenue, mais aussitôt que son fils et son gendre étaient repartis en direction de la ville, dès le dîner terminé, le vieil homme s'était enfermé dans sa chambre pour réfléchir.

Sans hésiter, Irénée avait décidé de s'installer près de la fenêtre, qu'il avait entrouverte. Ensuite, sans le moindre scrupule, il avait sorti le cendrier qu'il cachait dans le tiroir de sa table de chevet, son paquet de cigarettes qui ne quittait jamais la poche de sa chemise, et il avait approché la petite chaise droite pour s'asseoir confortablement.

Puis, il s'était empressé d'allumer une cigarette. Maintenant que sa pneumonie était chose du passé et qu'il ne toussait presque plus, il en avait oublié la promesse faite au médecin, celle de ne plus toucher au tabac.

Comme Irénée le prétendait, la boucane l'aidait à réfléchir et ce n'était pas les interdits de sa fille ni ceux du médecin qui allaient modifier les habitudes d'un vieil homme comme lui. De toute façon, si Lauréanne savait que son père fumait en cachette dans sa chambre, elle ne s'en était jamais plainte, alors pourquoi ne pas en profiter ?

D'où il était assis, Irénée pouvait observer la rue Adam d'une intersection à une autre, et si jamais les deux hommes revenaient de leur promenade plus tôt que prévu, il s'était dit qu'il les verrait arriver de loin et ainsi, il pourrait se tenir prêt à les accueillir.

Tout comme son fils Jaquelin, Irénée Lafrance détestait par-dessus tout être pris au dépourvu.

Approchant son visage de la fenêtre, le vieil homme exhala une bouffée grisâtre qui se dissipa aussitôt, emportée par la brise. Puis il s'appuya contre le dossier de la chaise.

Aux yeux d'Irénée, la présence de Jaquelin était plutôt inespérée. En fait, depuis le temps qu'Émile en parlait, il n'y croyait plus. Voilà pourquoi, tout à l'heure, en apercevant Jaquelin, il y avait vu un signe du destin.

Un signe qu'il ne pouvait négliger !

Malgré cela, et avec la meilleure volonté du monde, Irénée savait d'expérience que les discussions entre Jaquelin et lui n'avaient jamais été simples. D'où cette obligation de bien réfléchir avant d'ouvrir la bouche. Ainsi, s'il était bien préparé, il pourrait argumenter sans lever le ton.

Malgré sa manière plutôt directe de dire les choses, Irénée espérait tout de même arriver à convaincre son fils que la ville avait tout pour lui plaire. Jaquelin n'était tout de même pas un idiot, il devrait comprendre le bon sens.

En fait, Irénée imaginait cette rencontre depuis le premier jour où Émile avait parlé d'une éventuelle visite de Jaquelin, et c'était aujourd'hui, que lui, Irénée Lafrance, allait enfin pouvoir parler de son projet d'avoir un chalet.

À cette idée maintes fois caressée, le vieil homme sentit son cœur bondir d'impatience. Ça faisait des mois et des mois qu'il y pensait, à ce moment où il parlerait sérieusement de vendre la cordonnerie, que la discussion se passe ici à Montréal ou à Sainte-Adèle-de-la-Merci n'ayant que peu d'importance dans l'équation. Il croyait bien avoir examiné tous les aspects de la question, et il ne lui restait plus qu'à amener son fils à comprendre la nécessité de vendre un commerce difficile à tenir pour lui, afin de venir vivre à Montréal, où le travail ne manquait pas pour un homme de bonne volonté. Ceci étant admis, l'idée d'une maison de campagne pouvant servir à toute la famille, quand viendrait l'été et sa chaleur accablante, serait comme un cadeau en surplus, tant pour Jaquelin que pour tous les autres membres de la famille Lafrance.

À besogner aux côtés de son fils, à l'époque où Marie-Thérèse avait donné naissance aux jumeaux, Irénée avait vite compris qu'à cause de sa main inutile, son pauvre garçon ne pourrait plus jamais travailler seul à la cordonnerie. Depuis, Irénée se plaisait à imaginer Jaquelin gagnant sa vie dans un bureau où le travail serait mieux adapté à ses besoins et Marie-Thérèse pourrait enfin souffler un peu !

Et la réflexion de l'ancien cordonnier reposait sur du solide !

Avec son habileté naturelle, Jaquelin avait tout de même réussi à s'en sortir avec une seule main pour bien des choses du quotidien, au point où la seconde main devenait pratiquement inutile quand il s'agissait d'écrire ou de compter. Jaquelin étant un homme intelligent, Irénée se disait qu'il verrait le bien-fondé de sa proposition et il accepterait de se trouver un autre emploi. D'autant plus que lui-même serait là pour l'aider quand viendrait le temps de loger sa famille adéquatement.

— Comme ça, tout serait parfait... Sacrifice que ça serait plaisant, marmonna Irénée à mi-voix en allumant une seconde cigarette. Me semble que ça serait agréable pour tout le monde de vivre pas trop loin les uns des autres. Mon garçon devrait être capable d'admettre ça assez facilement, non ?

Tout en réfléchissant de la sorte, Irénée pensait aussi au jeune Ignace, qu'il aimait beaucoup, et dont il s'ennuyait régulièrement, sans pourtant oser en parler.

— On a juste à m'en donner l'occasion, pis j'y ferais comprendre, au petit Ignace, qu'il y a pas seulement la cordonnerie comme métier, poursuivit-il sur le même ton, sachant que le gamin clamait sur tous les toits qu'un jour, il prendrait la relève de son père devant l'établi. Vite comme il est, le sacripant, il serait ben capable d'apprendre tous les métiers... Pourquoi pas pêcheur, tant qu'à ça ? C'est clair qu'il avait ben aimé ça, se retrouver sur l'eau pis pêcher avec moi, l'été passé. Ça serait un sapré bon métier, pis je pourrais l'aider...

Sur ce, Irénée en oublia la présence de Jaquelin à Montréal, et l'ensemble de ses pensées se tourna tout naturellement vers les berges du fleuve, à Pointe-aux-Trembles. Son ami Napoléon lui avait appris, quelque temps avant sa pneumonie, que sa troisième voisine, la veuve Gamache, songeait justement à vendre sa maison au bord du fleuve.

— Ça serait une belle occasion pour toi, avait annoncé Napoléon.

— Je le sais ben...

Puis Irénée était tombé malade et il n'y avait plus repensé.

Mais aujourd'hui...

Le vieil homme fut si concentré sur son envie d'avoir une maison de campagne qu'il ne vit pas le temps passer.

La nécessité de se retrouver au bord de l'eau pour qu'Ignace puisse se préparer un bel avenir de pêcheur était devenue une priorité à ses yeux. Et il fallait faire vite, car la veuve Gamache avait entretenu son bien avec soin et elle avait une maison confortable. Nul doute qu'une fois le printemps arrivé, la vente serait vite une affaire conclue !

Au bout du compte, ce fut la voix d'Émile en train de gravir les marches de l'escalier qui le tira de sa torpeur. Le temps de s'étirer en grimaçant, car sa récente pneumonie avait laissé quelques raideurs aux os, de replacer la chaise tout près de son lit, de battre l'air de la chambre à deux bras pour chasser l'odeur de cigarette, puis Irénée sortit de la pièce juste à temps pour regagner la cuisine avant l'arrivée des deux hommes.

Quelques instants plus tard, Émile et Jaquelin le

rejoignaient. Mais alors que Lauréanne ouvrait la bouche pour prendre de leurs nouvelles, Irénée la devança.

— Pis, mon gars ? Comment c'est que t'as aimé ça, une grande ville ?

Jaquelin, les joues rougies par le froid, se tourna vivement vers son père, sans toutefois répondre. Il se passa plutôt la remarque qu'il trouvait un peu curieux de voir Irénée Lafrance si souriant. Son père gardait-il son air taciturne et bougon uniquement pour ses visites à Sainte-Adèle-de-la-Merci ?

Pendant ce temps, malgré cette absence de réponse qui l'agaçait un peu, le vieil homme, assis dans la chaise berçante de la cuisine, continuait de dévisager son fils avec tout ce qu'il avait pu trouver de bienveillance au fond de lui.

Plutôt habitué au caractère ronchonneur de son père, Jaquelin n'y comprenait rien, ce qui, en quelque sorte, lui enleva les mots de la bouche. À l'autre bout de la pièce, Émile et Lauréanne, eux, se regardaient avec une certaine inquiétude.

S'il fallait qu'Irénée fasse tout rater avec sa manie de toujours vouloir tout contrôler !

— Batince, Jaquelin ! disait justement celui-ci, haussant le ton parce que sa patience avait tout de même des limites. Le chat t'a mangé la langue ?

Dire qu'Irénée était découragé du peu d'enthousiasme démontré par son fils serait un euphémisme et c'était avec grand-peine que le pauvre homme arrivait à conserver une attitude relativement calme.

Irénée savait, pourtant, que Jaquelin avait toujours été plutôt placide, même enfant. Malheureusement, au lieu d'y voir une preuve de sérieux, cette attitude continuait de l'irriter. « Un brin d'enjouement, se dit-il fort à propos, ça a jamais tué personne, maudit sacrifice de batince ! Quand ben même ça serait juste pour montrer un peu de reconnaissance au pauvre Émile, qui se désâme pour lui. »

Ce fut plus fort que lui et Irénée assena alors une tape sur le bras de la chaise, qu'il faisait bercer de plus en plus vite.

— Maudit calvaire, Jaquelin ! Que c'est t'attends pour me répondre ? Me semble que c'est pas trop difficile de dire si t'as aimé ta visite ou pas... Pauvre garçon ! Tu changeras ben jamais, hein ?

— C'est pas ça, son père... C'est juste que j'ai l'impression d'en avoir trop vu en ben peu de temps. J'suis comme tout étourdi, pis dans ce temps-là, les mots pour en parler me viennent pas facilement. Vous devriez le savoir.

— C'est ben toi, ça ! Jamais sûr de rien, toujours comme assis entre deux chaises... Arrête donc de farfiner, Jaquelin, pis admets, une bonne fois pour toutes, que le changement t'a toujours fait peur. Hein, mon garçon ? J'ai jamais compris pourquoi, par exemple, mais me semble que...

— Si on passait à table ?

Tous les regards se tournèrent à l'unisson vers Lauréanne qui venait d'intervenir sur un coup de tête. Elle avait tellement vu de disputes et de discussions entre son père et son frère qu'elle se doutait bien que celle-ci, comme la plupart des autres, se terminerait dans les accusations et les imprécations. Elle n'avait pas du tout l'intention d'assister à l'une d'entre elles. Pas aujourd'hui, alors qu'elle avait promis à Marie-Thérèse que Jaquelin ne connaîtrait que bonheur et plaisir à Montréal.

— Envoyez, tout le monde, on approche! Le souper est prêt…

Puis sachant qu'elle allait peut-être arriver à amadouer Irénée Lafrance, Lauréanne annonça:

— J'ai fait des *chops* de lard, son père! Avec de la compote aux pommes, comme vous aimez… Vous dites que c'est ce que je cuisine le mieux, ça fait que c'est ça qu'on mange pour souligner la visite de Jaquelin chez nous.

Puis, sans laisser la chance à qui que ce soit d'intervenir, elle haussa le ton pour appeler sa nièce.

— Agnès! Viens, ma belle, viens nous rejoindre dans la cuisine. Le souper va être servi dans deux menutes…

Ensuite, sans même donner l'impression de reprendre son souffle, Lauréanne revint à son frère.

— Assis-toi là, Jaquelin.

Tout en parlant, Lauréanne avait tiré une chaise.

— Comme ça, tu vas pouvoir continuer de jaser avec mon mari, pis avec notre père, comme de raison… Ah, Agnès, te v'là! Installe-toi à côté de ton père. Pour une fois que tu l'as à toi toute seule, sans la trâlée de tous tes frères pis de tes sœurs, essaye d'en profiter un peu pour discuter avec lui.

Durant le repas, Lauréanne fut étourdissante de conversation. Tout ce qu'elle souhaitait, c'était d'empêcher son père de questionner Jaquelin, de le contredire ou de l'embêter inutilement. Si cela se produisait, le ton risquait de monter, et ce n'était pas du tout ce dont ils avaient besoin en ce moment. Elle fit même bonne figure quand Agnès lui apprit que la veille au matin, Irénée et elle avaient fait une courte promenade devant la maison.

— Vous comprenez, matante, il faisait trop beau pour rester en dedans !

— T'as pas tort de dire ça, Agnès. Hier, c'était une fameuse de belle journée d'hiver. Vous avez ben fait de sortir un peu. C'est moi qui m'énervais pour rien !

— Remarque que j'avais mis une tuque, calée jusqu'aux oreilles, pis un foulard, devant mon nez pis ma bouche, comme le docteur l'avait demandé, précisa Irénée, surpris de constater autant de bonne volonté chez sa fille, lui qui s'attendait à une bordée de reproches.

— Dans ce cas-là, son père, j'ai rien à redire... Pis ? À part la promenade, qu'est-ce que vous avez fait de bon, vous deux, pendant qu'on était partis, Émile pis moi ?

Irénée regarda sa fille en coin. Pourquoi Lauréanne cherchait-elle à détourner ainsi la conversation ? Du moins, était-ce là ce que le vieil homme avait l'impression de pressentir. Il hésita, puis, sans raison autre que celle d'acheter la tranquillité, Irénée décida de lui emboîter le pas. Étant lui-même plutôt observateur, il avait senti une espèce de réticence dans la voix de son fils et il savait que cette façon d'être allait rapidement lui tomber sur les nerfs. Ce qui n'était pas de bon augure pour entreprendre une discussion à l'amiable, et à ses yeux, c'était essentiel. Le jour où la cordonnerie serait vendue, si jamais on finissait par en arriver là, le tout devrait se faire dans l'harmonie, ou, à tout le moins, sans rancune de part et d'autre. Malgré son caractère autoritaire, Irénée avait facilement admis en son for intérieur que sans consentement de la part de tout le monde, il ne jouirait pas vraiment de sa maison de campagne. Comme il y avait déjà eu suffisamment de regrets dans sa vie, il ne voulait surtout pas en ajouter un autre.

Voilà ce que ses longues heures de réflexion avaient apporté de nouveau dans son existence.

Depuis qu'Agnès vivait sous leur toit, Irénée Lafrance avait appris bien des choses sur lui-même, à commencer par le fait qu'il avait été injuste envers son fils.

Jaquelin ne pouvait en rien être responsable de la mort de sa mère, il n'était qu'un nouveau-né ! Si lui, Irénée, l'en avait accusé, c'était uniquement parce qu'il avait besoin d'un bouc émissaire pour ne pas perdre la raison. Aujourd'hui, le vieil homme admettait avoir eu tort.

Il admettait aussi qu'il avait mauvais caractère. Il lui aurait fallu être aveugle pour ne pas le voir et un peu fou pour s'entêter à ne pas le reconnaître, car, à force de remarques et de piques adroites, Félicité Gagnon l'avait aidé à cheminer en ce sens. Pour lui plaire et pour éviter les commentaires désagréables, Irénée tentait de s'améliorer tranquillement. En revanche, il aimait beaucoup ses petits-enfants. Comme s'il voulait, à travers eux, faire comprendre à son fils que le temps de la réconciliation était peut-être venu. Après tout, c'était Jaquelin, le père de ces enfants-là !

Alors, en cette soirée d'hiver où il aurait préféré discuter de l'été à venir, Irénée n'insista pas. Comme les autres convives, il parla de tout et de rien tout au long du repas.

Les heures passèrent sans qu'Irénée recommence à questionner son fils.

On joua aux cartes, ce que Jaquelin n'avait pas fait depuis son hiver aux chantiers, et tout le monde sembla s'amuser. Irénée ne s'adressa à Jaquelin que pour les quelques banalités du jeu, se bornant à l'occasion de lui lancer certains regards plus soutenus, et ainsi, le ton de la conversation resta bon enfant tout au long de la veillée.

Néanmoins, ce soir-là, Émile eut beaucoup de difficulté à s'endormir. Il n'avait pas oublié ce que Marie-Thérèse espérait de lui, et, par intuition, il avait cru deviner les intentions de son beau-père, au moment de la conversation avortée. Aux yeux d'Émile, le vieil homme s'apprêtait à discuter de son projet de chalet, espérant entendre dans la bouche de son fils quelques paroles favorables à l'égard de la ville.

Ce qui n'avait pas eu lieu, et pour cause !

En vérité, devant les propos tenus par Jaquelin, plus tôt en après-midi, Émile avait vite saisi qu'il y avait encore très loin de la coupe aux lèvres.

Le gros homme poussa un soupir à fendre l'âme.

Il n'avait pas la moindre idée de ce qu'il pourrait faire de plus pour allumer ne serait-ce qu'une étincelle d'intérêt chez son beau-frère. Si la facilité des transports et les boutiques où l'on pouvait choisir soi-même ses vêtements au lieu de les commander au petit bonheur la chance dans un catalogue n'avaient soulevé qu'un enthousiasme mitigé, les nombreux restaurants, quant à eux, pourtant tous plus invitants les uns que les autres, avaient semblé laisser Jaquelin plutôt indifférent.

— Pourquoi aller manger ailleurs quand on a la chance d'avoir la meilleure des cuisinières dans sa propre maison ? Par contre, je vais être honnête, Émile, le café de restaurant est meilleur que celui de Marie-Thérèse. Mais encore là, faut dire que j'en bois pas souvent. Chez nous, c'est le thé qu'on préfère.

Pas vraiment de quoi pour susciter l'envie de déménager !

Voilà pourquoi, en ce moment, Émile Fortin se creusait les méninges pour trouver ce qui pourrait séduire Jaquelin.

— Je comprends pas, ma femme, murmura donc Émile, tout en se retournant dans leur lit, incapable de trouver une position confortable. Me semble que ton frère aurait dû montrer au moins un peu d'entrain devant toutes les nouveautés qu'il a vues après-midi. Ben non ! Il me posait des questions, c'est ben certain, il était curieux, ça se voyait, mais j'ai pas vu la moindre excitation dans ses propos ou son regard... C'est vrai que c'est un homme d'humeur plutôt égale, mais quand même ! Je pense que demain, j'vas proposer à Jaquelin d'aller aux petites vues. À défaut du hockey, ben entendu, parce qu'il y aura pas de partie avant samedi prochain. J'ai vérifié dans le journal. Que c'est tu penses de ça, toi, aller aux petites vues ? On peut dire que c'est vraiment nouveau, pis j'suis sûr que ton frère devrait aimer ça. Nom d'une pipe ! Tout le monde aime aller au cinéma.

— Ouais...

Lauréanne était perplexe et ne semblait pas du tout emballée par la proposition de son mari.

— Pis si tu l'emmenais voir la brasserie à la place ? proposa-t-elle enfin, en levant les yeux vers Émile.

Ce dernier fronça les sourcils, soupesa la suggestion de sa femme, puis, sur un ton hésitant, il demanda :

— Aller chez Molson au lieu des vues ? Pourquoi ? Me semble que...

— J'ai dans l'idée, interrompit Lauréanne en se lovant tout contre Émile, que de voir où tu travailles va être ben plus captivant pour mon frère que d'aller au cinémascope... Après tout, Jaquelin connaît pas ça, les loisirs. Il a jamais eu le temps de s'amuser vraiment. Même petit gars, il se contentait de regarder les autres par la fenêtre, ou ben il allait se percher en haut du grand chêne dans la cour, le temps de croquer une pomme. Mais tout de suite après, il était obligé de retourner à la cordonnerie pour travailler avec le père. Ça fait qu'avec les années, les amusements pis les distractions, c'est devenu quelque chose d'inutile pour Jaquelin, comme une espèce de perte de temps. T'as pas remarqué, t'à l'heure, quand on jouait aux cartes ? Il avait pas l'air de s'amuser autant que toi pis moi.

— C'est vrai qu'il avait l'air de prendre ça ben au sérieux.

— T'as tout compris ! Non, je te le dis, pour mon frère, il y a juste le travail qui compte... pis sa famille, comme de raison. En revanche, si tu lui parles de ton métier, c'est là que tu devrais l'intéresser. Montre-lui tout ce que tu fais pour arriver à fabriquer une bière, où tu passes le plus clair de tes journées. En faisant ça, j'suis certaine que t'as des bonnes chances de piquer sa curiosité pis de rendre la vie en ville plus captivante.

— Eh ben...

Malgré toutes les raisons invoquées par Lauréanne, Émile semblait toujours aussi sceptique. Néanmoins, avant qu'il puisse exprimer ses doutes, Lauréanne reprit le fil de son discours.

— Rapport que la brasserie est pas trop loin, vous pourriez revenir à pied, comme tu fais tous les jours pour rentrer à la maison après l'ouvrage, pis tu pourrais en profiter pour passer par la rue Ontario, suggéra-t-elle en se soulevant sur un coude pour regarder son mari droit dans les yeux. La pancarte à vendre est encore là, tu sais, devant l'épicerie. J'suis allée voir, après-midi, pendant que vous étiez partis.

— Tu penses à tout, toi ! Ben coudonc... Si t'es d'avis que ça peut avoir de l'allure de visiter la brasserie, m'en vas faire comme tu dis. De toute façon, c'est quelque chose à quoi j'avais déjà pensé. T'as pas tort de dire que c'est ben intéressant, tout ce que je fais dans une journée. C'est ben d'adon, ma femme. Demain, Jaquelin pis moi, on va trouver du temps pour passer chez Molson.

Le lendemain soir, quand les deux hommes revinrent à l'appartement, Jaquelin était fourbu. Bien sûr, il était habitué de vivre de longues journées parfois harassantes, mais il n'avait pas à quitter le confort de sa maison pour le faire, et dans l'agitation de ses journées, ce détail était d'importance.

Jaquelin n'était jamais si bien que chez lui, et, au fil des années, il ne s'était surtout pas gêné pour le dire !

Si vivre en ville signifiait des déplacements continuels, vivement la campagne !

Voilà ce que Jaquelin avait pensé à quelques reprises au cours de la journée.

Les courses, les visites, la planification du quotidien, c'était Marie-Thérèse qui s'en chargeait, au grand soulagement de Jaquelin, qui se contentait d'aider au besoin. Toutefois, il avait toujours gardé un penchant marqué pour les heures vécues en solitaire à la cordonnerie, malgré tout l'amour ressenti pour sa femme. Jaquelin appréciait même les visites de monsieur Touche-à-Tout, homme bavard s'il en est un, alors que lui-même était d'un tempérament silencieux. Mais puisque Gédéon Touchette lui évitait d'avoir à se déplacer pour se procurer toutes les fournitures dont il avait besoin à la cordonnerie, il voyait d'un œil plutôt favorable les fréquentes visites du marchand ambulant.

C'est dire à quel point il détestait avoir à sortir de chez lui !

Cela expliquait donc, en ce lundi soir, pourquoi il était épuisé d'avoir tant marché, d'avoir tant vu de nouveautés et croisé tant d'inconnus. Jaquelin demanda donc à être excusé dès qu'il mit un pied dans l'appartement.

— J'aimerais ça me reposer un peu avant le souper… Je peux-tu me servir de ta cuve de lavage, Lauréanne, pour me rafraîchir un peu ?

— Ben oui, voyons ! J'ai même mis une serviette propre pis un bout de savon, juste pour toi, sur la tablette au-dessus du robinet.

Alors, sans remerciement autre qu'un vague signe de tête, Jaquelin disparut derrière la porte de la troisième chambre, celle qui donnait sur le mur du fond, dans la cuisine.

En grimaçant, Jaquelin s'accroupit pour arriver à s'asseoir sur le matelas posé à même le sol et qui lui servait de lit de fortune. Les yeux dans le vague, massant machinalement son bras paralysé, comme si celui-ci pouvait encore le faire souffrir, il essaya tant bien que mal de débroussailler les émotions qui avaient ponctué une journée qui avait pourtant si bien commencé, mais qui se terminait avec une vague sensation d'inachevé, sans qu'il sache pourquoi.

Dès l'avant-midi, sous un beau soleil qui aidait à endurer la froidure revenue, la découverte du quartier en compagnie d'Agnès avait été agréable. La jeune fille, tout enjouée et surtout très heureuse d'avoir son père pour elle toute seule, lui avait montré son école, le parc où elle venait faire de longues promenades avec ses amies, et la maison de la jeune Marie-Paul.

— Elle, popa, c'est comme ma meilleure amie en ville, tandis que Geneviève est ma meilleure amie au village. Mais vous devez déjà le savoir, vu que Marie-Paul est venue me visiter à la maison, l'été dernier.

— Ah bon… C'est vrai que je me rappelle de la visite de ton amie. Mais ce que je vois surtout, c'est que t'aimes ben la ville, hein, ma fille ?

— Ouais !

Le ton était catégorique.

— À vrai dire, popa, la seule chose qui me manque vraiment ici, c'est toutes vous autres. Je m'ennuie des jumeaux, de moman pis de vous, de ma gang de frères… Jusqu'à Angèle qui me manque, par bouttes, même si elle est ben achalante avec sa manie de toujours vouloir me suivre partout. Mais d'un autre côté, j'ai matante pis mononcle qui sont ben fins avec moi. Il y a mes deux amies, Marie-Paul pis Louisa, qui sont un peu comme des sœurs ou des cousines pour moi. J'ai pas mal de plaisir avec elles. Ça m'aide à moins m'ennuyer de chez nous. Il y a grand-père, aussi, avec qui je m'amuse bien.

— Grand-père ? Tu t'amuses avec ton grand-père ? J'aurai tout entendu ! C'est ben de mon père que tu parles, toi là ?

— De qui voulez-vous que je parle, popa ? J'ai juste un grand-père que j'appelle grand-père ! L'autre, on l'appelle grand-popa !

— C'est vrai.

— Bon ! Pourquoi il faut qu'on soye toujours obligés de toute expliquer avec vous ? Toujours est-il que grand-père aussi m'aide à oublier le village. On joue souvent aux cartes ou aux dames, ensemble, pis lui avec, il aime la ville comme moi. Ça fait qu'on prend souvent des marches ensemble, lui pis moi, mais pas dernièrement, à cause de sa pneumonie... Depuis un petit bout de temps, on a remplacé les promenades par des grandes jasettes ! Il sait pas mal d'affaires, grand-père, pis il m'apprend ben des choses. Des fois, il me parle du temps d'avant, quand il était jeune, pis je trouve ça intéressant. Il m'a même raconté son voyage aux États-Unis, vous saurez ! D'autres fois, il raconte les nouvelles du monde entier qu'il a lues dans le journal, pis on en discute ensemble.

— Mon père fait ça ?

— C'est sûr ! Comme il dit : astheure qu'il est rendu vieux, il a tout son temps à lui pis ben des loisirs pour s'occuper à toutes sortes de choses, comme la pêche. Du temps de la cordonnerie, c'était juste pas possible de s'intéresser au monde. Il dit que c'est ben regrettable, mais que c'était pas de sa faute. Il avait trop d'ouvrage. Ça se comprend! Avec sa femme qui était morte, ça lui faisait ben des choses à voir... Ça fait qu'aujourd'hui, il se reprend, pis d'une certaine manière, moi avec, j'en profite. C'est un peu à cause de tout ça que j'aime mieux vivre en ville, popa. Pis il y a l'école aussi! On apprend pas juste à écrire, à compter, pis les bonnes manières, ici. On apprend plein plein d'affaires, comme la géographie, l'histoire du Canada, pis même celles de la France pis de l'Angleterre, rapport que c'est eux autres qui sont venus coloniser la Nouvelle-France... On a toujours quelque chose à faire, ici!

Par la suite, Jaquelin avait partagé avec Agnès un léger goûter au casse-croûte de la rue Ontario. Là, il avait pu apprécier le plaisir de manger des frites et de la crème glacée en plein hiver.

— M'en vas te confier un secret, Agnès, avait-il dit au beau milieu du repas.

— Ah oui? Lequel?

— J'aime ben gros les patates frites. Malheureusement, chez nous, on en mange seulement l'été, pis pas trop souvent, rapport que ta mère trouve que ça sent l'huile à grandeur de la maison, pis que ça lui tombe sur le cœur. C'est pour ça qu'elle fait des frites juste l'été, quand c'est qu'elle peut ouvrir tout grand les fenêtres!

— Ben moi, popa, j'en mange au moins une fois par semaine, avec mes amies.

— T'as de l'argent pour te payer ça, toi ?

— Ben oui ! Matante me donne une allocation pour tout le travail que je fais pour l'aider dans l'appartement... Sinon, avec quoi vous pensez que j'aurais pu acheter un cadeau pour moman, à Noël ?

— Ben sûr...

Puis, en après-midi, Jaquelin avait retrouvé Émile pour faire la visite de la brasserie Molson.

Même étourdi par tant d'activités en moins d'une demi-journée, Jaquelin s'était extasié devant l'immensité du bâtiment où travaillait son beau-frère.

— C'est ben impressionnant, Émile ! Je pensais pas. C'est pas mal plus grand qu'une cordonnerie, ça là !

Plus tard, au cours de la visite, Jaquelin avait noté au passage toute la fierté entendue dans la voix de son beau-frère quand ce dernier lui avait présenté son patron et ses amis. Cette attitude de franche camaraderie lui avait aussitôt rappelé l'hiver passé aux chantiers. Jaquelin s'était alors demandé ce qu'étaient devenus le grand Joachim et Matthias. Après tout, c'était grâce à eux si lui-même était encore vivant.

En ce moment où il pensait à eux, Joachim et Matthias étaient-ils au camp de la Joffer's Company ? Probablement, puisqu'ils avaient dit qu'ils y allaient chaque hiver. Alors, à cette heure-ci, ils s'apprêtaient à quitter la forêt pour retourner au campement, là où Roger, le cuistot, devait être devant ses fourneaux.

Le temps d'un battement de cœur, Jaquelin s'ennuya du camp et des amis qu'il s'y était faits. Il se promit alors d'essayer de les contacter, puis il revint aux propos d'Émile, qui était en train d'expliquer le fonctionnement des cuves de brassage.

— Il y en a qui trouvent que ça pue, mais moi, j'aime ben l'odeur de levain qui se dégage des cuves.

— C'est vrai que ça sent fort, avait alors admis Jaquelin, mais c'est ben moins pire que certaines des godasses que j'ai à réparer.

Quand ils avaient quitté la brasserie, Jaquelin avait souligné à Émile que plus jamais il ne boirait de bières sans penser à lui.

— J'aurais jamais pu imaginer que c'était si long ni si compliqué de faire de la bière. Je comprends, astheure, pourquoi c'est bon comme ça, même si j'en bois pas tellement souvent! Ça doit sûrement être un métier agréable.

— C'est vrai, du moins, ça l'est pour moi. Je me considère ben chanceux d'aimer autant mon travail, lui avait finalement confié Émile, au moment où tous les deux, ils reprenaient la route vers l'appartement. Bateau d'un nom! En plus de vingt ans, Jaquelin, il y a pas eu un seul matin où je suis parti travailler à reculons.

— Je pourrais en dire tout autant, Émile, même si mes débuts à la cordonnerie ont pas été faciles, à cause de mon père qui chialait tout le temps... Faut dire que j'étais encore ben jeune pis que je travaillais pas aussi vite qu'il l'aurait voulu. Mais que c'est que vous voulez? J'étais encore à un âge où on pense surtout à s'amuser, ce qui m'était pas souvent permis. Ça fait que ça me rendait un peu marabout... Par contre, même si c'est encore difficile par bouttes, à cause de ma main paralysée, j'aime toujours autant mon travail, pis je dirais, encore aujourd'hui, qu'il y a rien au monde qui me donne autant de fierté pis de satisfaction qu'une belle paire de souliers que j'ai faite moi-même... Ouais... À part ma belle grande famille, pis ma femme Marie-Thérèse, il y a rien au monde que j'aime plus que mon métier. Ça fait que je comprends très bien ce que vous cherchez à dire, Émile.

— Je vois, fit machinalement Émile, qui comprenait surtout que la partie était loin d'être gagnée, malgré tous les efforts déployés.

Pourtant Dieu sait qu'Émile avait tout tenté!

Depuis la veille au midi, alors qu'ils avaient quitté l'appartement de la rue Adam pour aller se promener aux quatre coins de la ville, Émile était tout ouïe devant le moindre des mots de Jaquelin, essayant de récupérer tous ceux qui pouvaient avoir l'allure d'un semblant d'enthousiasme.

Les derniers qu'il venait d'entendre le laissaient plutôt décontenancé.

Au même instant, loin de se douter des réflexions de son beau-frère, Jaquelin fit remarquer, en passant du coq à l'âne:

— C'est drôle, mais j'ai eu l'impression que mon

père était pas vraiment surpris de me voir rappliquer à Montréal, quand j'suis arrivé, hier. Pourquoi ?

— C'est probablement parce que j'ai beaucoup parlé de votre visite, depuis le mois d'août, répondit Émile du tac au tac. Chez nous, tout le monde s'était faite à l'idée que ça finirait ben par arriver un jour ! De toute façon, l'expérience m'a appris qu'avec le beau-père, on peut jamais prévoir de quel bois il va se chauffer.

— Vous trouvez ça, vous ?

En posant cette question, Jaquelin semblait songeur.

— Peut-être ben qu'avec vous autres, mon père est pas toujours prévisible, concéda-t-il enfin, se rappelant les propos tenus par Agnès. Mais avec moi, par exemple, c'est pas pantoute pareil... Comme la plupart du temps, il est plutôt de mauvais poil, c'est donc à ça que je m'attends, chaque fois que je le rencontre...

À ces mots, Jaquelin avait secoué la tête, l'esprit tourné vers le passé.

— Comme dirait matante Félicité : « Bonne sainte Anne que c'était pas facile, par bouttes ! » Matin après matin, du temps que le père vivait au village, j'avais toujours droit à la même face désagréable... Ouais, c'était toujours la même calvince de face fâchée qui m'attendait dans la cordonnerie, relança alors Jaquelin d'une voix sourde. Pis en disant ça, j'ai même pas envie de m'excuser pour le gros mot.

Ça fait que j'ai encore ben de la misère à me figurer que mon père est capable de sourire.

— Oh ! Avec nous autres non plus, l'humeur est pas toujours au beau fixe, répondit Émile avec diplomatie. C'est pas l'âge qui a amélioré le beau-père. Par contre, on dirait que le fait d'avoir été malade l'a rendu un brin plus endurant envers nous autres, plus supportable… Vous savez, Jaquelin, j'ai jamais entendu Irénée Lafrance parler de ses sentiments, pas une fois. À part la colère pis l'impatience qu'il peut ressentir, le beau-père nous montre pas ben ben comment il se sent par en dedans. N'empêche que j'ai pour mon dire qu'il a eu peur de mourir en s'il vous plaît, quand il a fait sa récente pneumonie… À mon avis, c'est cette maladie-là qui l'a amené à changer petit à petit… Ça pis la visite de la tante Félicité ! Pis dites-vous ben, Jaquelin, que j'ai le nez fin pour ces affaires-là. Je vous le dis : le beau-père donne l'impression de pus être tout à fait le même. Remarquez qu'une peur comme celle de se voir mourir, ça doit changer ben des choses dans la vie d'un homme.

— Oh oui, ça change à peu près toute, confirma alors Jaquelin d'une voix grave, après un instant de réflexion. J'suis ben placé pour le savoir… Deux fois, Émile, c'est arrivé deux fois dans ma vie, d'affronter la peur de mourir ! D'abord, on a passé au feu, pis cette nuit-là, laissez-moi vous dire que j'avais juste deux mots dans la tête : les enfants, pis encore les enfants, pis toujours les enfants… C'est terrible, vous saurez, d'avoir peur de perdre ses enfants. J'suis même retourné dans la maison en flammes pour aller chercher Agnès, qui voulait retrouver sa poupée. Une vraie nuit d'enfer, j'ai rien que ça à dire... Pis quelques mois plus tard, comme si c'était pas assez, j'ai connu plus de peur qu'un homme peut endurer, je dirais ben. Ça s'est passé quand je revenais du camp, avec les gars de la Joffer's Company. Mais vous le savez, ce que j'ai vécu à ce moment-là, ma femme a ben dû vous le raconter. Moi, j'en parle pas trop, rapport que c'est le genre d'affaires qu'on essaye d'oublier. Sachez seulement, Émile, que ce jour-là, j'ai eu ben peur de mourir, moi avec. C'est peut-être un peu pour ça que je tiens tant à toute ce que j'ai: c'est parce que j'ai pensé, durant une seconde qui m'a paru jamais vouloir finir, que j'étais en train de tout perdre, à commencer par ma propre vie.

À l'instant où Jaquelin faisait cet aveu, les deux hommes arrivaient à la hauteur de l'épicerie à vendre. Émile ralentit le pas, hésita, puis, jugeant qu'il n'avait plus rien à perdre et qu'une chance comme celle-là ne repasserait pas, il décida de changer de conversation, malgré la gravité de la confession de Jaquelin.

— Ben coudonc, fit-il presque négligemment.

Avant d'ajouter avec un peu plus d'enthousiasme:

— On dirait ben que le commerce est pas encore vendu.

Soulagé de voir qu'il n'aurait pas à s'épancher plus longuement sur ses sentiments, Jaquelin lui rétorqua aussitôt:

— Quel commerce?

Émile tendit le bras et montra une devanture de l'autre côté de la rue.

— Juste là, à notre droite. C'est le bâtiment où on voit une feuille de papier dans la vitre de la porte. C'est ben certain qu'après plus d'un an sans propriétaire, on a décidé d'enlever l'enseigne, pis que, d'après Lauréanne, les tablettes ont été vidées. Mais avant, c'était ce qu'on appellerait à Sainte-Adèle-de-la-Merci une sorte de magasin général. On y trouvait du bonbon à la cenne pis du cannage, de la viande pis des œufs, mais aussi un peu de tissu à la verge, pis des crayons pour les écoliers, des corps et caleçons, pis même des souliers, tiens… Ouais, là-dedans, il y avait un peu de toute… Paraîtrait-il que le propriétaire est mort subitement, sans laisser d'héritier, à l'exception d'une couple de neveux qui sont pas intéressés pantoute par le commerce de leur oncle. Eux autres, c'est du bon argent qu'ils veulent avoir. Du moins, c'est ce qu'on raconte, ajouta précipitamment Émile, prenant conscience que ça pouvait avoir l'air louche d'être aussi bien renseigné.

Il n'allait tout de même pas dire à Jaquelin qu'à la demande de Marie-Thérèse, il avait parlé au notaire chargé de la vente ! Ils avaient même fixé un rendez-vous pour se rencontrer, mais, finalement, l'entretien n'avait jamais eu lieu, puisque Marie-Thérèse était repartie chez elle un peu plus vite que prévu.

— Si vous voulez mon avis, poursuivit donc Émile dans la même foulée, c'est ben dommage que ça soye fermé. C'était pas loin de chez nous, pis ben des fois, ça nous a évité d'aller jusqu'en ville pour trouver les bricoles dont on avait besoin.

En fait, Émile n'avait jamais mis les pieds dans cette épicerie. C'était Lauréanne qui s'en chargeait, et à l'occasion seulement, puisqu'ils avaient la chance de posséder un réfrigérateur électrique et que les courses, ils les faisaient ensemble le samedi matin au marché Maisonneuve, et ce, pour toute la semaine.

Cependant, un mensonge aussi véniel, et qui plus est servant admirablement sa cause, n'allait pas empêcher Émile Fortin de bien dormir la nuit prochaine !

— Si ça continue comme ça, conclut-il enfin, on va finir par le donner, ce commerce-là. Pourtant, la bâtisse a l'air ben solide.

— Par contre, c'est ben de l'ouvrage, un magasin général, nota Jaquelin, tout en examinant la façade de la bâtisse de trois étages qui ressemblait à une peau de tigre, tellement il y avait de briques de différentes couleurs.

L'ensemble était plutôt disparate, certes, mais, comme l'affirmait Émile, le bâtiment semblait solide.

— C'est monsieur Ferron qui me le disait justement, l'autre jour, comment il était fatigué, par bouttes, continua d'expliquer Jaquelin. Il m'en a parlé quand on s'est souhaité la bonne année sur le perron de l'église… Mais d'un autre côté, ça doit pas être si désagréable que ça… Moi, ça me plaît assez de rencontrer la clientèle. Chaque fois, j'en profite pour jaser un peu, pis ça fait comme une petite détente dans la journée. Comme quand c'était la récréation à la petite école. À ben y penser, un magasin, ça doit pas être plus demandant qu'une cordonnerie, sauf que ça a peut-être l'avantage d'être plus varié. C'est ce que j'avais répondu à Gustave Ferron, l'autre jour, pis j'ai pas changé mon idée là-dessus... Remarquez que ça serait pas suffisant pour m'amener à vouloir un autre métier. Que c'est ça me donnerait de changer quatre trente sous pour une piastre, je vous le demande un peu? Astheure, Émile, on continue d'avancer? Je commence à avoir les pieds gelés.

Découragé par la dernière tirade de Jaquelin, Émile avait acquiescé sans insister et les deux hommes avaient fini le trajet sans échanger le moindre mot.

N'empêche...

Malgré l'indifférence un peu blasée que Jaquelin avait affichée tout à l'heure, c'était à cette épicerie qu'il était en train de réfléchir, étendu au pied du lit de fortune préparé par sa sœur.

— Pis ça me donne une idée, cette épicerie-là, murmura-t-il en se relevant pour procéder à quelques ablutions avant de retourner à la cuisine. C'est pas normal que ça soye toujours pas vendu, pis je pense que je sais pourquoi... L'exemple pourrait peut-être me servir. Même si la cordonnerie fonctionne au-delà de mes espérances, on sait jamais ce qui peut arriver. J'vas en parler à Marie, demain, quand on sera tout seuls, elle pis moi. Comme je la connais, elle devrait être plutôt d'accord avec moi.

Ce soir-là, Jaquelin s'endormit le cœur content,

sans avoir eu la chance de reparler à son père, car ce dernier, tout excité, était enfin parti manger avec son ami Napoléon.

— Sacrifice que ça m'a manqué, nos petits soupers à deux !

Ce fut avec une grande joie dans le cœur que Jaquelin retrouva son village, sa maison, sa cordonnerie et, surtout, sa très chère Marie.

Quand il entra dans la cuisine et qu'il vit son épouse, face à l'évier, il comprit que cette femme-là était son repaire paisible. Il avait besoin de sa Marie comme il avait besoin de respirer et de manger. Quand elle s'approcha de lui et qu'ils échangèrent un sourire complice devant le ventre arrondi qui les empêchait de s'étreindre comme ils en auraient eu envie, Jaquelin se dit alors que c'est aux côtés de sa femme qu'il aurait préféré découvrir Montréal. Peut-être bien qu'en sa compagnie, il aurait pris plaisir à marcher le long des rues encombrées et qu'ainsi, il aurait trouvé un certain charme à se sentir dépassé par un monde qui évoluait à toute allure.

Sa réflexion fut cependant vite interrompue par les enfants qui déboulèrent bruyamment dans la cuisine pour faire un accueil chaleureux à leur père.

— Pis popa ?

Le jeune Ignace avait joué du coude pour se retrouver tout contre son père.

— Comment c'est que vous avez trouvé ça, la ville ? Avez-vous aimé ça autant que moi ? Parce que si c'est le cas, l'été prochain, vous pourriez venir à la pêche avec nous autres, grand-père pis moi ! Il m'a promis que j'y retournerais, tellement j'ai aimé ça. Il dit que j'étais pas mal habile pour sortir les poissons de l'eau. Même matante Félicité aime ça pêcher, vous saurez ! Pis, popa ? Vous dites rien ? Que c'est vous en pensez de la ville pis de ma proposition ?

Ignace, le petit moulin à paroles ! Ignace et ses questions !

— J'ai trouvé qu'une grande ville comme Montréal, c'était surtout impressionnant, répondit patiemment Jaquelin, tout en ébouriffant les cheveux de son fils qui, la tête levée vers lui, le dévorait des yeux. Mais ça, je m'y attendais, Ignace, parce que ton oncle Émile, ta mère, ton frère Conrad pis toi, vous me l'aviez dit. Sans parler d'Agnès, ben entendu... Par contre, pour la pêche, je peux rien te promettre pour astheure. On verra, mon homme. On verra à ça, l'été prochain, si j'ai un peu de lousse, affirma-t-il, tout en esquissant un sourire moqueur. C'est ben beau, les vacances, mon gars, mais faut que je travaille un peu à travers tout ça, si vous voulez continuer de manger à tous les jours ! J'ai pas tout un été à rien faire, comme un enfant d'école, moi là ! En attendant, toi pis Benjamin, vous allez aider matante Lauréanne pis mononcle Émile en allant porter leurs manteaux sur notre lit, à votre mère pis moi. Pendant ce temps-là, j'vas aller dans la cordonnerie pour saluer votre frère Cyrille, pis voir où c'est qu'il en est avec les réparations.

— Pis moi, j'vas mettre l'eau à chauffer pour faire

un bon thé ! lança joyeusement Marie-Thérèse, qui se mourait d'envie de tout apprendre sur le séjour de son mari à Montréal… J'ai fait une belle galette des Rois !

Puis, se tournant vers Lauréanne, elle ajouta :

— On va manger une petite soupe aux pois avec du pain, pis un bon gros morceau de galette avant que vous soyez obligés de reprendre la route dans l'autre sens.

Au bout du compte, pour savoir vraiment ce que son mari pensait de la ville, Marie-Thérèse dut attendre jusqu'au moment où Jaquelin et elle purent se retirer dans leur chambre.

— Enfin, tout seuls !

De toute évidence, la journée avait fatigué la future mère. Assise sur le bord du lit, les yeux fermés, du bout des doigts, elle massait le bas de son dos.

— Pis, Jaquelin ? demanda-t-elle finalement, tout en se retournant vers son mari, comment c'est que t'as trouvé ça, prendre une couple de journées de repos ?

— C'est agréable, ma femme, c'est ben agréable… En fait, je pensais jamais que j'apprécierais mon voyage à ce point-là.

À ces mots, Marie-Thérèse se mit à rougir de plaisir anticipé.

— Ben ça fait plaisir à entendre, ça là !

Oubliant la lourdeur aux reins, Marie-Thérèse se glissa sous les couvertures, avide de tout savoir. Ses yeux brillaient d'impatience.

— Alors, mon homme ? La grande ville ? C'était-tu comme t'avais imaginé ? C'était-tu assez beau, à ton goût ?

— Beau ? J'irais pas jusque-là. C'est grand, c'est impressionnant, comme je l'ai dit à Ignace, t'à l'heure, mais de là à dire que c'est beau... Je l'aurais jamais dit à Émile, qui s'est fendu en quatre pour me faire plaisir, mais j'ai trouvé ça un peu sale. Sur certaines rues, ça sentait pas tellement bon. Pis le pire, c'est qu'on est en hiver ! J'imagine facilement ce que ça doit être en été... Pour dire le vrai, ma femme, j'aime ben mieux notre campagne. Sainte-Adèle-de-la-Merci est difficile à battre, tu sauras.

— Ah bon... Ça sent mauvais ? J'ai pas senti ça, moi... T'avoueras quand même que les commodités sont ben agréables.

— Là non plus, j'suis pas d'accord avec toi, Marie. Trop en avoir devant les yeux, ça fait désirer ce qu'on a peut-être pas besoin. En tous les cas, moi, j'en vois pas l'utilité. Me semble qu'on a en masse de toute, ici, au village. Gustave Ferron a un bel inventaire, tu le dis toi-même à l'occasion, pis pour le superflu, on a monsieur Touche-à-Tout.

— J'ai jamais dit le contraire.

Devant le ton catégorique employé par Jaquelin et son manque d'enthousiasme, Marie-Thérèse avait commencé à déchanter. Elle avait l'impression que son cœur battait plus lourdement. Comme les cloches de l'église quand elles sonnent le glas.

— À première vue, comme ça, on dirait ben que

t'as pas aimé Montréal, constata-t-elle d'une voix chagrine, réprimant à grand-peine un long soupir de déception. Moi qui pensais que t'allais revenir de chez ta sœur aussi emballé que moi.

— Emballé, non, mais quand même ben content de tout ce que j'ai vu. C'est vrai que pour certaines affaires, les gens de la ville savent s'y prendre. Un dans l'autre, oui, j'ai ben aimé mon petit saut dans la grande ville.

Tournée sur le côté et appuyée sur un coude, Marie-Thérèse caressait machinalement son ventre distendu tout en fixant Jaquelin intensément.

— Ben c'est quoi d'abord ? T'aimes ou t'aimes pas la ville ? Ça me serait ben difficile à répondre à ça, rapport que j'entends pas vraiment du contentement dans ta voix, mon pauvre Jaquelin. T'as plutôt l'air pis la chanson de quelqu'un qui a pas aimé ça.

— J'ai jamais dit que j'aimais pas la ville. J'ai juste dit qu'ici, au village, on a pas mal tout ce qu'il nous faut pour être confortable pis heureux.

La pauvre Marie-Thérèse ne savait plus trop ce qu'elle devait penser de tout ça. Dans les propos ambigus de Jaquelin, y avait-il matière à se réjouir, ou, au contraire, n'avait-elle plus qu'à oublier son beau rêve ? À des lieues de se douter de l'émoi que suscitait son discours confus, Jaquelin poursuivit.

— En revanche, Marie, j'ai vu une couple d'affaires qui m'ont amené à réfléchir, pis j'aimerais ben ça en jaser avec toi.

À ces mots prononcés sur un ton plus léger, le

cœur de Marie-Thérèse se remit à galoper dans sa poitrine. Si Jaquelin sentait le besoin de discuter avec elle, ce devait être au sujet de l'épicerie. Elle ne voyait rien d'autre ! Émile et Lauréanne lui en avaient probablement parlé.

— Quelles sortes d'affaires, mon mari ? demanda-t-elle alors, la gorge si serrée que les mots peinaient à sortir.

Elle avait le cœur pris en étau entre l'espoir et la peur.

— Je veux te parler de ce que j'ai vu... Durant tout le temps que t'as passé en ville, t'as ben dû aller dans les grands magasins, non ?

— Jaquelin ! Faut quand même pas oublier que j'étais pas en congé, moi là. J'avais deux nouveau-nés à m'occuper. Plus les deux filles.

— C'est vrai... Pis je l'ai pas oublié. Je voudrais donc pas que tu te trompes sur mes intentions, Marie ! Je parle pas de même pour te blâmer... Je dis seulement qu'en proche trois mois, t'as eu le temps de visiter pis de connaître la ville pas mal plus que moi en deux jours.

— T'as raison. Pis pour répondre comme il faut à ta question, c'est oui. J'suis allée me promener dans les grands magasins, une couple de fois, avec Lauréanne pis Agnès.

— Pis ? Comment t'as trouvé ça ?

— C'est ben certain que j'ai trouvé ça beau, ben beau !

— Bon ! Me semblait aussi ! Ça fait que t'as ben

dû remarquer comment c'est coloré, en ville. Les enseignes sont pas mal belles avec leurs couleurs, leur dorure, pis leur éclairage, quand le jour tombe.

— Ça aussi, c'est vrai. Mais je vois pas où c'est que tu veux en venir, Jaquelin.

— Je veux en venir à te parler de la petite épicerie qui est pas encore vendue… T'as ben dû la voir, toi avec, parce que c'est pas trop loin de chez Émile.

— Je l'ai vue, oui…

La voix de Marie-Thérèse n'était plus qu'un filet. Le mot « épicerie » avait été prononcé et, pour l'instant, elle n'en demandait pas plus.

— J'étais en route pour le marché avec Lauréanne, quand on l'avait remarquée, précisa-t-elle. Comme ça, l'épicerie serait toujours pas vendue ?

— Ben non. Pis ça m'a donné une idée.

Le cœur de Marie-Thérèse battait si fort qu'elle avait l'impression que Jaquelin devait l'entendre.

— Une idée ? arriva-t-elle à articuler péniblement.

Sur ce, Marie-Thérèse prit une longue inspiration avant d'ajouter :

— Eh ben ! Je vois pas le rapport entre l'épicerie à vendre pis les grands magasins. J'espère que tu…

— Laisse-moi finir, Marie. Tu vas comprendre.

Glissant son bras valide sous les épaules de Marie-Thérèse, Jaquelin l'attira vers lui.

— Tu m'as manqué, tu sais, souffla-t-il à son oreille. Même deux jours, c'est déjà trop long pour moi, quand t'es pas là.

— Moi avec, je me suis ennuyée de toi… Mais ça

me dit pas pourquoi tu veux me parler de l'épicerie à vendre, par exemple.

Un baiser tout léger s'égara sur le cou de Marie-Thérèse, puis Jaquelin reprit.

— Tout ça pour te dire que je reviens de Montréal avec l'envie d'améliorer notre écriteau. À mon avis, c'est pour cette raison-là que l'épicerie est toujours pas vendue. À moins de s'approcher pour lire le papier sur la porte, personne peut être attiré par la devanture de cette maison-là, parce qu'entre toi pis moi, elle est pas ben belle ! Faudrait qu'elle se mette en valeur ! Comme pour les magasins de la ville. Avec toutes les couleurs pis les lumières qui attirent l'œil, on voudrait rentrer un peu partout pour voir ce que le monde a de beau à nous offrir ! On oublie d'en regarder le bâtiment.

— Tu crois ?

— C'est sûr. C'est pour ça que j'ai pensé à améliorer notre enseigne ! Pour astheure, tout va pour le mieux, rapport qu'on a une belle clientèle. Mais on sait jamais ce que l'avenir nous réserve. D'être ben visibles pis attirants, ça pourrait pas nuire.

— Ah ça... C'est ben certain, mon Jaquelin. Une belle enseigne trouve toujours sa place sur la devanture d'un commerce.

Le ton de Marie-Thérèse avait subitement changé du tout au tout. Plutôt distant, il avait tout pour que Jaquelin soit intrigué. Malheureusement, il n'entendit que l'approbation.

— Je me doutais ben que tu penserais comme

moi… Après tout, on a ben le droit de chercher à bonifier son lot, non?

— Ben oui, Jaquelin, c'est ben sûr. C'est drôle, mais je disais exactement la même chose à Lauréanne, il y a pas trois jours de ça: il y a pas de mal à essayer d'améliorer notre sort.

— C'est en plein ce que je pense.

Tout en parlant, Jaquelin avait resserré son étreinte autour des épaules de sa femme, qui s'éloigna de lui dans un mouvement lourd et maladroit, à cause de son ventre.

— C'est de valeur, mon mari, mais va falloir que tu m'excuses pour à soir, fit-elle, devinant aisément ce que Jaquelin avait derrière la tête. Même si je me suis ennuyée de toi, pour l'instant, je tombe de sommeil. M'en vas te dire bonne nuit là-dessus, pis on rejasera de tout ça à tête reposée, demain matin.

— Ah…

De toute évidence, Jaquelin était déçu. En temps normal, Marie-Thérèse en aurait probablement tenu compte, mais pas ce soir. Elle remonta la couverture sur ses épaules, tout en bâillant. Jaquelin échappa alors un long soupir. Il repoussa les couvertures et se redressa.

— Ben si c'est de même, m'en vas aller dans la cordonnerie pour un petit moment, expliqua-t-il. J'ai remarqué, t'à l'heure, que Cyrille avait déplacé les poinçons pis les alènes. Pour les mettre à sa convenance, probablement, pis j'ai rien contre. Mais j'vas profiter du fait que je m'endors pas pour replacer la cordonnerie à ma main tusuite. Comme ça, j'vas pouvoir me mettre à l'ouvrage de bonne heure, demain matin… J'suis tellement content d'être revenu chez nous que j'ai l'impression d'en perdre le sommeil… Bon… Dors ben, Marie. Avec le petit qui s'en vient, c'est juste normal que tu soyes fatiguée. Je t'en veux pas, pis je te dérangerai pas plus longtemps avec mes idées de pancartes. Comme tu viens de le dire, on reparlera de tout ça demain au déjeuner.

Jaquelin se leva sur ces derniers mots et quitta la chambre silencieusement. Tournée sur le côté, Marie-Thérèse resta à l'écoute, le temps d'entendre le bruit de la porte de la cordonnerie se refermant sur son mari. Puis, elle laissa ses larmes couler. Malgré tout ce qu'elle avait dit à Lauréanne, elle était terriblement déçue, d'autant plus qu'au cours des deux derniers jours, elle avait réglé le sort de la tante Félicité.

La vieille dame n'aurait qu'à la suivre à Montréal. Pourquoi pas ? Félicité Gagnon avait parlé à maintes reprises de son séjour à la ville, et elle le faisait toujours avec plein d'entrain dans la voix. Ça devait bien vouloir dire quelque chose, non ?

Du revers de la main, Marie-Thérèse essuya son visage. Si sa mémoire était bonne, la bâtisse abritant l'épicerie comptait trois étages. Il y aurait donc suffisamment d'espace pour tout le monde, incluant sa tante !

À cette pensée, les larmes se mirent à couler de plus belle.

Marie-Thérèse finit par s'endormir de longues

minutes plus tard, avec l'espérance de discuter de tout ça avec Lauréanne, dès le lendemain. Elle prétexterait une fatigue aux jambes pour envoyer Jaquelin au magasin général, où il y avait tant de choses, n'est-ce pas ? Ensuite, quand la cordonnerie serait libre, puisque c'était là que le téléphone avait été installé, elle joindrait Lauréanne.

Avec sa belle-sœur, elle pourrait tout dire. De ses espoirs déçus à sa colère envers Jaquelin, qui continuait de n'avoir qu'une seule perspective d'avenir : la cordonnerie.

Oui, demain matin, Marie-Thérèse pourra se vider le cœur en espérant que cela suffira pour l'aider à envisager l'avenir avec un regard nouveau !

DEUXIÈME PARTIE

Hiver 1925

CHAPITRE 7

À Trois-Rivières,
le mardi 3 février 1925

Au collège des garçons, dans la salle des pas perdus

Fulbert Morissette avait tenu son bout ! Pour Noël, il n'avait voulu qu'une chose, une seule, et c'était que son père vienne le chercher tous les vendredis en fin d'après-midi pour qu'il puisse passer du temps chez lui, comme plusieurs de ses camarades de classe.

— C'est ça qui me ferait le plus plaisir, à Noël, avait-il répondu à la question de Cyprien Morissette, qui venait tout juste de lui demander ce qu'il espérait en guise d'étrenne.

Devant l'absence de réponse de son père, qui semblait clairement mal à l'aise, Fulbert avait ajouté :

— J'aimerais aussi, si c'est possible, avoir la permission d'inviter un ami de temps en temps. Après tout, j'suis plus un bébé. Le prétexte que vous êtes trop occupés pour me surveiller, maman pis toi, ça tient plus debout! J'suis capable de me surveiller tout seul! Au pire, madame Garnier est là en permanence pour voir à tout dans la maison. Elle aura qu'à s'occuper de moi au besoin. C'est ce qu'elle fait depuis que je suis au monde, de toute façon. Puis, à mon âge, en autant que je mange, j'ai pas besoin de grand-chose d'autre... Et tant qu'à y être, autant vous le dire tout de suite: mes amis du collège sont tous des garçons TRÈS bien élevés, ils dérangeraient personne. De le savoir à l'avance pourrait peut-être vous aider à prendre votre décision.

Comme le docteur Cyprien Morissette avait toujours aimé son fils, de façon maladroite certes, mais combien sincère, il avait promis d'y réfléchir sérieusement avant d'en parler avec son épouse.

— Tu comprends, Fulbert, que je ne peux te répondre sur-le-champ! Il n'en tient pas qu'à moi. Ta mère aussi a son mot à dire dans tout ça.

Devant cette réponse laconique, que Fulbert qualifiait intérieurement de lâche, le jeune homme avait fixé son père d'un œil mauvais, pour finalement taper du pied, à défaut de trouver les mots qui seraient à la fois cinglants et polis, puis il s'était réfugié dans sa chambre.

Désappointé, il avait claqué la porte pour que son père l'entende depuis le salon, et il avait malmené l'ourson en peluche qui avait partagé la plupart de ses déceptions jusqu'à maintenant. À l'abri des regards indiscrets, il ne risquait aucun sarcasme. N'empêche que son inquiétude était grande !

Si sa mère était partie prenante du processus décisionnel, le pauvre Fulbert ne se faisait aucune illusion : un rien déstabilisait Joséphine Morissette, elle qui s'était autoproclamée critique en art, depuis maintenant de nombreuses années, et qui tenait salon afin d'exercer son métier de mécène. Fulbert savait par expérience que sa requête risquait fort d'être refusée, si jamais sa mère était mal lunée, comme le disait parfois son père. Fulbert n'avait jamais compris ce que la lune avait à voir avec les humeurs changeantes de sa mère, mais bon... Cependant, une certitude restait : Joséphine Morissette cultivait l'esprit de contradiction comme d'autres cultivent des jardins fleuris.

On était alors au congé de la Toussaint et le jeune homme avait dû ronger son frein pour connaître enfin la réponse à cette demande qu'il jugeait légitime.

Au matin du 25 décembre, donc, Fulbert avait trouvé deux enveloppes posées en équilibre sur une branche du sapin. La première était signée par le père Noël en personne, même si, curieusement, son écriture en pattes de mouche ressemblait étrangement à celle de son père.

Le jeune homme avait alors levé les yeux au ciel, un peu découragé. Voir qu'il était encore en âge pour s'enthousiasmer et rêver devant pareille bêtise !

La seconde enveloppe, quant à elle, arborait tout

simplement son nom, suivi du paraphe du docteur Cyprien Morissette, qui n'était autre qu'une série de boucles un peu tarabiscotées qui ne ressemblaient à rien du tout.

Depuis son plus jeune âge, Fulbert ne connaissait aucune gêne susceptible de l'arrêter, nous le savons déjà. Il s'était donc emparé des deux enveloppes sans le moindre scrupule, jugeant inutile d'attendre le réveil de ses parents.

« Tant pis pour eux, s'était-il dit, désinvolte, en quittant le salon. Si papa voulait pas que je découvre le contenu des enveloppes dès mon réveil, il avait juste à pas les laisser traîner sur les branches du sapin. »

Sans hésiter, Fulbert s'était rendu à la cuisine pour décacheter les enveloppes qui lui semblaient bien minces. À défaut de parents émus devant leur fils unique en train de déballer ses cadeaux, la vieille madame Garnier ferait l'affaire pour partager sa joie ou sa frustration.

Puis, il avait très faim.

Cette vieille servante, qui s'activait déjà devant les fourneaux, connaissait Fulbert depuis le berceau.

En effet, madame Garnier était entrée au service de la maison au moment du mariage de Cyprien Morissette, puisque la jeune mariée n'y connaissait rien dans l'art de tenir maison, et elle y habitait toujours. Monsieur et madame docteur étaient de bons patrons, et le jeune maître, malgré un caractère difficile, était un peu le fils qu'elle n'avait jamais eu.

Elle l'aimait donc de façon inconditionnelle et lui passait tous ses caprices. Durant toutes ces années qui, aujourd'hui, approchaient bien la quarantaine, Donatienne Garnier n'avait jamais eu l'idée de changer une telle formule, puisque celle-ci était gagnante sur tous les tableaux: elle avait un toit sur la tête, elle mangeait à sa faim et souvent des mets recherchés, elle gardait l'entière somme de ses gages pour quelques sorties et frivolités qu'elle aimait bien s'offrir, et, en prime, elle avait hérité d'un fils qui, ma foi, était plutôt beau garçon. Un brin désinvolte et entêté, mais à quoi bon s'en faire? N'était-ce pas là le lot de tous les gamins de son âge?

C'est donc ainsi qu'au fil du temps, Donatienne Garnier avait été le témoin privilégié des hauts et des bas de la famille Morissette, qu'elle considérait comme la sienne, et si sa chevelure avait eu amplement le temps de devenir toute blanche, elle ne s'en faisait pas outre mesure. « Ainsi va la vie », disait-elle avec philosophie, quand, par hasard, elle croisait son reflet dans une glace.

Un bol de café au lait et une pile de tartines bien beurrées étaient donc apparus comme par enchantement devant Fulbert, à l'instant où celui-ci s'était installé à la table, car c'était là son déjeuner préféré. Donatienne avait jugé qu'en ce matin de Noël, rien ne pouvait être trop beau pour SON Fulbert. Un pot de miel et un autre de confiture attendaient le bon vouloir du jeune homme. Ce fut suffisant pour que Fulbert décide de manger d'abord, puisqu'avec sa mère, rien n'était jamais gagné d'avance. Il craignait réellement qu'une réponse négative de sa part ne lui coupe l'appétit.

Il verrait donc aux enveloppes quand il aurait le ventre plein.

Néanmoins, Fulbert tenta de se raisonner en tartinant de miel sa première rôtie. Après tout, on était durant cette période de l'année où les cœurs se font plus tendres et sa mère s'était peut-être laissé prendre au jeu.

Pourquoi pas ?

Faisant confiance à sa bonne étoile et pour faire durer le plaisir, Fulbert avait donc déposé les enveloppes à côté de son assiette pour les avoir bien en vue.

Curieuse comme une belette, c'était le sel de sa vie, madame Garnier avait pris place devant lui.

— C'est quoi, ces enveloppes-là, monsieur Fulbert ? Ça serait-y vos cadeaux de Noël ?

— On dirait bien, parce qu'il y avait rien d'autre sous le sapin. En fait, il y avait rien du tout sous le sapin, puisque les enveloppes étaient déposées sur une des branches.

— Qu'est-ce que vous attendez, d'abord, pour les ouvrir ?

— Après le déjeuner, avait rétorqué le jeune homme, la bouche pleine.

Madame Garnier en avait profité pour se préparer un café.

C'était un très beau matin de Noël, avec un petit

soleil pâle qui faisait briller les arbres couverts de givre, ce que la vieille servante s'était fait un devoir de faire remarquer, en revenant vers la table. Après tout, il fallait bien qu'il y ait quelqu'un, dans cette maison, pour voir à l'éducation du jeune homme, n'est-ce pas ?

— Regardez, monsieur Fulbert ! On dirait que les arbres de la cour sont saupoudrés d'or ! Comme sur les cartes de souhaits qu'ils vendent chez Dupuis Frères.

Malheureusement, monsieur Fulbert était fort peu sensible aux beautés du monde, il laissait cela à sa mère. Jetant machinalement un bref regard vers la fenêtre, il s'était contenté de hausser les épaules en s'essuyant la bouche sur le revers de sa manche de pyjama.

— Si vous le dites, madame Garnier !

Quelques instants plus tard, repu, Fulbert avait repoussé son assiette.

— Bon ! Les enveloppes, maintenant !

En toute logique, comme le cadeau du père Noël ne pouvait être une réponse à sa demande, après tout, ce n'était pas le vieil homme à barbe blanche qui décidait des visiteurs admis sous le toit de Joséphine Morissette, Fulbert avait choisi de commencer par l'enveloppe qui arborait la signature de ce dernier. Autant se donner quelques minutes de plaisir assuré avant d'ouvrir la seconde enveloppe, qui risquait d'être un peu plus décevante.

Comme il s'y attendait, Fulbert n'avait trouvé

qu'un feuillet plié en deux. Entourée d'une multitude de « Ho ! Ho ! Ho ! » et d'une branche de houx maladroitement dessinée, une seule phrase annonçait que le cadeau, trop gros pour être placé sous le sapin, l'attendait dans la petite pièce située à l'arrière de la maison, pompeusement baptisée « atelier ».

Dans les faits, cette pièce n'avait d'atelier que le nom, puisque sa mère avait mis un terme à sa carrière de peintre avant même la naissance de Fulbert, mais comme l'habitude était déjà prise, personne, dans la maison, n'avait jugé bon d'en changer.

Le jeune homme s'était donc précipité vers ce que lui-même appelait « le débarras », suivi plus lentement par une madame Garnier toujours aussi curieuse et qui claudiquait avec énergie pour rejoindre son protégé.

Une rutilante table de ping-pong trônait au centre de la pièce encombrée, qu'une âme charitable avait sommairement rangée.

Tout autre enfant que Fulbert aurait probablement sauté de joie devant un cadeau que l'on pourrait qualifier de princier. Celui-ci s'était borné à hausser les épaules en levant les yeux au ciel pour une seconde fois depuis son réveil. Décidément, ce matin de Noël ne ressemblait en rien à ce qu'il avait espéré.

— Quelle drôle d'idée ! avait-il lancé sur un ton qui ne laissait planer aucun doute quant à la déception du fils de la maison.

— Pourquoi vous dites ça, monsieur Fulbert ? avait alors demandé madame Garnier, pourtant habituée aux caprices en tous genres du jeune homme. On dirait que vous êtes pas content de votre cadeau ! Moi je trouve, au contraire, que c'est une très belle idée pour un garçon de votre âge.

— Ah oui ? Eh ben... C'est une belle table, j'en conviens, pis c'est vrai que j'ai l'âge pour trouver ça plutôt amusant. Mais avec qui est-ce que je vais pouvoir jouer ? Y avez-vous pensé, madame Garnier ? Mon père passe ses journées à l'hôpital, et ben des soirées ; j'ai jamais vu ma mère s'amuser d'aucune façon, sauf peut-être quand je l'entends rire avec ses artistes, et encore, j'suis même pas sûr que c'est parce qu'elle a du plaisir. Quant à vous, ben, vous êtes trop vieille. Ce cadeau-là est donc un cadeau imbécile et inutile !

— C'est vrai que j'ai pus tellement l'âge pour toutes ces gamineries, admit piteusement la vieille dame. Quant à vos parents...

À ces mots, Donatienne Garnier avait pincé les lèvres pour retenir quelque malencontreuse parole que le jeune Fulbert n'avait surtout pas besoin d'entendre.

— Vous inviterez des amis, voilà tout, avait-elle proposé à la place.

— Madame Garnier ! Mais qu'est-ce qui vous prend, ce matin, pour dire de pareilles niaiseries ? Avez-vous déjà vu le moindre de mes amis se pointer le nez ici ? C'est à peine si moi j'y passe quelques semaines par année.

— C'est bien vrai !

— Bon ! Vous voyez bien que j'ai raison. Alors, je le répète : mon cadeau est un cadeau imbécile ! Ne reste plus que la seconde enveloppe, maintenant. En espérant que mon père s'est un petit peu plus forcé que le père Noël !

Parce que, en garçon intelligent qu'il était, Fulbert gardait un infime espoir.

En effet, si on lui avait offert une table de ping-pong, c'était peut-être que la réponse à sa requête était un oui sans condition, d'où l'achat du premier cadeau pour occuper deux jeunes garçons dans la force de l'âge quand ils seraient de passage à la maison. Pourquoi pas ?

Fulbert était donc reparti vers la cuisine au pas de course, toujours accompagné de loin par une vieille dame tout essoufflée, aux cheveux en bataille, et à la patte de plus en plus traînante.

Cette fois-ci, sur la feuille contenue dans la seconde enveloppe, nulle fioriture donnant à penser qu'on était bien au matin de Noël. En fait, sur cet autre papier, il n'y avait que trois mots, suivis de trois points de suspension.

« Désolé, à suivre… »

Réponse succincte s'il en est une, mais Fulbert avait tout de même compris : sa mère avait opposé son droit de veto. Ses yeux s'étaient immédiatement emplis de larmes et il avait fui vers sa chambre à l'instant où madame Garnier arrivait à la cuisine. Sa vieille bonne, toute gentille qu'elle puisse être, n'aurait pu combler l'immense vide que Fulbert avait subitement senti à la place du cœur. Alors, autant se sauver du débordement affectueux qui allait sûrement s'ensuivre et qui le mettait toujours mal à l'aise, faute d'habitude.

Une fois de plus, il avait confié alors sa déception et sa colère à son ourson défraîchi.

Par la suite, Fulbert avait boudé sa mère durant une longue semaine, quittant les pièces aussitôt qu'elle y entrait et prétextant indigestion et mal de ventre pour ne pas se présenter aux repas, qu'il avait pris seul à la cuisine. Au bout du compte, c'était bien parce que son père l'avait menacé des pires sévices, entendre ici qu'il serait privé d'argent de poche pour de longs mois s'il continuait à s'entêter, que Fulbert avait enfin consenti à paraître dans la salle à manger afin d'assister au premier déjeuner de l'année.

La bouche pincée de Joséphine et ses regards fuyants avaient été la plus éloquente des réponses : son père continuerait d'être désolé, car sa mère n'avait toujours pas changé d'avis. Pas de sorties les fins de semaine et encore moins d'amis à la maison, Fulbert Morissette était condamné à passer les samedis et les dimanches au collège, à tout le moins pour cette année encore.

Le temps d'un soupir à peine dissimulé, Fulbert s'était demandé ce qu'il avait bien pu faire pour mériter autant de disgrâce.

Toutefois, la négociation qui avait suivi avait été plutôt facile à mener.

Dès que sa mère s'était retirée, puisqu'elle devait se

préparer pour une invitation à dîner chez un peintre quelconque, Fulbert s'était tourné vers son père. En quelques mots, il avait expliqué que s'il ne pouvait revenir à Montréal chaque semaine, et, pour le jeune homme, la situation semblait claire et définitive, la table de ping-pong devrait le suivre au collège, sinon comment pourrait-il profiter de son cadeau ?

C'était d'une logique implacable !

Cyprien Morissette, heureux de s'en tirer à si bon compte, avait immédiatement accepté le compromis.

— Si le père Auguste est d'accord avec le principe, je m'occupe personnellement du déménagement de la table ! avait-il déclaré avec diligence. Tu as tout à fait raison, mon fils, de dire que cet objet encombrant va être plus utile au collège qu'ici. Et j'ajouterai même quelques raquettes supplémentaires !

— Et une boîte de balles ?

— Et une boîte de balles !

Cette année-là, Fulbert Morissette avait été le héros de la rentrée après les fêtes, quand les élèves, les uns après les autres, avaient découvert la belle table toute neuve au vernis sans égratignures. Elle prenait place dans la salle des pas perdus, un peu coincée entre un mur sans fenêtre et une armoire massive.

— Wow ! T'es ben fin, Fulbert, d'avoir pensé à nous autres, comme ça !

C'est à peine si les élèves osaient y poser un doigt craintif.

— C'est un peu grâce à mon père, avait déclaré Fulbert, faussement modeste.

Toutefois, de plus en plus sensible à faire triompher la vérité en rendant à César ce qui appartenait à César, il avait ajouté :

— Ouais, c'est mon père qui a tout fait. L'achat, le déménagement, l'installation... Mais quand même ! Un autre que moi aurait pu décider de garder cette table-là chez lui, c'est ben évident. Moi, au contraire, j'ai pensé à tout le monde, pis je me suis dit que ça pourrait être pas mal plaisant d'organiser des tournois, surtout l'hiver, quand on gèle dehors.

Ce fut donc ainsi, à partir du 7 janvier, que tous les soirs, on s'amusait ferme dans la salle des pas perdus, quand la liste des devoirs et des leçons n'était pas trop longue. De la table de Mississippi aux jeux de pichenottes, en passant par le ping-pong qui, avouons-le, avait la faveur générale, on vivait tous ensemble de bons moments, au grand bonheur de Fulbert, qui jouait les bons princes.

Toutefois, le plus ravi d'entre eux était sans aucun doute Xavier Chamberland.

— Non seulement la classe au grand complet est-elle maintenant unie et de bonne humeur, avait-il confié à Cyrille, mais en plus, je peux enfin pratiquer un sport sans danger.

L'éclatant sourire de Xavier réduisait ses yeux à deux fentes étroites derrière ses lunettes en fond de bouteille.

— T'es sûr qu'il y a pas de danger pour toi ? s'était alors inquiété Cyrille. Tu sais ce que tes parents pensent des activités sportives, non ?

— Ah non ! Pas toi aussi...

Xavier avait soupiré d'impatience avant de prendre tout de même quelques minutes pour bien réfléchir. Puis le sourire lui était revenu.

— Non, avait-il finalement décrété, je ne crains rien. Le tennis sur table est à peine un sport ! C'est plutôt un jeu, non ? De toute façon, je ne risque pas de grande blessure à recevoir une balle aussi légère, même en plein visage, s'il arrivait que, par mégarde, je ne la voie pas se précipiter vers moi !

Puis, redevenu sérieux, Xavier avait ajouté :

— Pour une fois que je peux participer à un sport autrement qu'en criant pour vous encourager, je ne vais surtout pas m'en priver. De toute façon, à l'épaisseur qu'ont mes lunettes, rien de fâcheux ne peut arriver. Ce n'est pas une petite balle de rien du tout et qui pèse à peine une plume qui pourrait les briser.

À cela, Cyrille n'avait rien trouvé à rétorquer. Il s'était contenté de serrer le bras de son ami en guise de complicité.

Les semaines avaient donc passé dans le plaisir partagé, et plus personne ne s'était plaint de ne pouvoir retourner chez lui durant les fins de semaine.

L'hiver battait son plein de froidure et de tempêtes, mais, curieusement, en cette venteuse soirée du 3 février, Fulbert était particulièrement volubile et son bonheur évident faisait plaisir à voir. Même ses anciens ennemis, Lafrance, Chamberland et Rochon, le regardaient avec sympathie. Il faut cependant reconnaître qu'il leur arrivait de plus en plus souvent d'échanger certaines civilités avec cordialité, et plusieurs balles de ping-pong avec entrain.

Justement, Cyrille venait d'arriver dans la salle et, sans aucun doute, il était le meilleur adversaire de Fulbert. La mine réjouie de ce dernier intrigua aussitôt le jeune Lafrance.

— Torpinouche, Fulbert, t'as ben l'air en forme ! lança-t-il avec une interrogation évidente dans la voix.

— Si tu savais !

Depuis le temps qu'il jouait les chefs de bande, Fulbert maîtrisait l'art de faire languir son public.

À ces trois mots, qui semblaient s'adresser à Cyrille, quelques curieux s'approchèrent de la table de ping-pong en même temps que leur camarade.

Fulbert regardait tout autour de lui en bombant le torse.

Quand il aperçut Xavier et Pierre Rochon qui venaient d'arriver et qui se rangèrent aussitôt aux côtés de Cyrille, et quand il vit surtout le regard de ses amis habituels qui se faisait curieux, Fulbert esquissa un sourire satisfait. À peu près toute la classe était là, espérant visiblement une explication, ce qui le comblait de joie.

— Pour une fois, j'vas aller chez nous, en fin de semaine, annonça-t-il en grande pompe, comme si ce fait d'une certaine banalité avait de l'importance pour l'ensemble des élèves de sa classe.

Aussitôt quelques garçons haussèrent les épaules

en secouant la tête et ils commencèrent à s'éloigner, jusqu'à l'instant où Fulbert ajouta :

— C'est mon père qui me l'a dit au téléphone, avant le souper.

Il y eut un ricanement moqueur, puis une voix demanda :

— Ben voyons donc, Fulbert, que c'est que ça peut nous faire à nous autres, ça, de savoir que tu vas aller chez vous vendredi prochain ? En autant qu'on peut continuer d'utiliser la table de ping-pong...

— C'est juste que mon père a précisé que je pouvais inviter quelqu'un, se hâta d'ajouter Fulbert. Paraîtrait-il que ma mère est partie pour New York, en visite chez sa sœur, et que ça ferait plaisir à mon père de connaître enfin mes amis. Il a même parlé d'un souper au restaurant.

— Ah !

Ce « ah » était lourd de signification.

Qui donc serait l'heureux élu ?

On échangea alors quelques regards interdits et certains élèves revinrent lentement sur leurs pas.

— Pis ? Qui c'est que tu vas inviter, Fulbert ?

Il y avait beaucoup d'envie dans cette autre voix, qui avait osé dire tout haut ce que d'aucuns pensaient tout bas.

— Je le sais pas encore.

Pieux mensonge, car Fulbert savait fort bien qui il avait envie d'inviter, sans savoir toutefois comment s'y prendre pour ne pas faire de jaloux, d'autant plus que celui à qui il pensait n'était pas un ami proche et que ça risquait de causer des déceptions. Après tout, la plupart des copains de sa classe espéraient ses faveurs, non?

Par contre, si l'heureux élu n'était pas un ami de longue date, ce n'était pas un ennemi non plus.

Du moins, plus maintenant.

En réalité, Fulbert respectait ce confrère depuis le jour où il s'était donné la peine de parler sérieusement avec lui, admettant alors sans conteste qu'il s'était trompé du tout au tout en ce qui le concernait.

Incapable de résister, Fulbert jeta un regard en coin vers le trio de Cyrille Lafrance, Pierre Rochon et Xavier Chamberland.

Dire qu'il avait été un temps où il les détestait cordialement, tous les trois, mais pour cause, selon lui!

En premier lieu, il y avait eu Xavier Chamberland, rencontré à l'instant où il s'était présenté devant le frère Alfred, au jour de la rentrée en Éléments latins. Avec ses lunettes qui lui mangeaient une bonne partie du visage, le pauvre Xavier ne pouvait surtout pas passer inaperçu. Cependant, et Fulbert l'avait vite compris, il était trop intelligent pour qu'on puisse l'aborder sans se sentir un brin insignifiant. Le fils du docteur avait donc rapidement écarté Xavier de la liste des amis potentiels, car il détestait se sentir mal à l'aise devant qui que ce soit.

Quant à Pierre Rochon, il n'était que l'ombre de Xavier, ce qui lui enlevait tout intérêt aux yeux de Fulbert. Il avait donc subi le même sort que Xavier à l'instant où Fulbert lui avait été présenté!

Ne restait que Cyrille...

Depuis le tout premier jour de classe au collège, Fulbert avait décrété intérieurement que ce garçon-là était prétentieux et profiteur. Il fallait voir comment Cyrille avait levé le menton, un sourire arrogant flottant sur ses lèvres, quand le directeur des études l'avait présenté comme étant devenu une pupille du curé de son village, et cela grâce à ses notes exemplaires.

Ce fut amplement suffisant pour que Fulbert en fasse son ennemi numéro un et ils avaient passé une bonne partie de l'année à se regarder en chiens de faïence.

Puis, il y avait eu la bataille, faite de mauvaise foi, de prétentions inutiles, de ouï-dire, de non-dits, et de tout un tas d'autres incompréhensions de même acabit.

Cette bagarre avait été brève, mais rude. Un vilain coup au visage tout à fait involontaire de la part de Cyrille avait envoyé Fulbert au plancher d'abord et à l'infirmerie par la suite.

Malgré des remontrances subies de part et d'autre, la rivalité avait perduré jusqu'en septembre dernier, où, lors de la rentrée, Cyrille et lui s'étaient retrouvés seuls dans la grande cour pavée. Une brève conversation à deux avait renversé la vapeur et affiné l'opinion de Fulbert.

De toute évidence, la pauvreté dont était affligé Cyrille n'était pas contagieuse. Elle n'était même pas une maladie ! Quelque temps plus tard, Xavier était arrivé, suivi de près par Pierre, et une espèce de cessez-le-feu avait été voté à l'unanimité. Sans devenir comme cul et chemise, les quatre compères avaient appris à se tolérer et à se parler sans que le ton monte inutilement.

Néanmoins, et Fulbert était fort embêté devant cette vérité, Cyrille continuait à être la seule personne de la classe qui l'intimidait. Oh ! pas beaucoup, mais suffisamment pour qu'il se sente irrémédiablement attiré vers lui. Donc, en ce moment, Fulbert ne savait trop comment l'aborder et c'était pour cette banale raison qu'il ne l'avait pas spontanément invité comme il en avait eu très envie, dès que son père lui eut parlé au téléphone.

S'il fallait que Cyrille dise non, pour une raison ou pour une autre, Fulbert était persuadé qu'il en serait mortifié pour de longues semaines... sinon pour toute la vie !

Le jeune homme laissa donc planer le mystère, faute d'avoir le courage d'avouer la vérité en toute simplicité.

— Je verrai, fit-il avec une nonchalance étudiée. Je sais pas vraiment qui inviter parce que j'ai beaucoup d'amis pis je veux faire de peine à personne... Je verrai...

Néanmoins, à force de manigancer toutes sortes de plans pour s'attirer les sympathies, Fulbert était devenu un fin stratège ! Pensez donc ! C'était depuis la première année du primaire qu'il s'exerçait à se faire des amis, il commençait à s'y connaître. Il poussa donc l'audace jusqu'à laisser Cyrille gagner au ping-pong, alors que, depuis les fêtes, Fulbert Morissette dominait au tableau des marqueurs de points.

Mais pourquoi pas?

Annoncer, en fin de soirée, qu'il inviterait celui qui le battrait au ping-pong cette semaine n'était pas une mauvaise idée en soi et l'ensemble des élèves approuva d'emblée cette façon de faire.

Seul Xavier ne fut pas dupe.

— Allons, Cyrille! Tu ne vas pas me dire que tu ne vois pas clair dans le jeu de Fulbert, lui murmura-t-il à l'oreille, alors qu'ils regagnaient le dortoir. C'est aussi visible que le nez au milieu du visage: le pauvre Fulbert se meurt d'envie de t'inviter, mais il ne sait pas comment s'y prendre. D'où ton subit succès au tennis de table.

— Tu crois?

— C'est évident. Pourquoi te mettrais-tu à gagner sinon?

— Coudonc, toi! Dis tout de suite que je sais pas jouer!

— Pas du tout. Tu joues même très bien, mais au tableau des points, Fulbert est le plus fort, tu n'as pas le choix de le reconnaître. C'est comme ça depuis le premier jour après le retour des vacances. Et voilà que, tout d'un coup, tu le battrais à plates coutures?

— Ouais...

Comme prédit par Xavier, l'invitation tomba le jeudi soir, au moment de la compilation des points de la semaine.

— Pas de doute, Cyrille, cette semaine, t'as été le plus fort, annonça Fulbert, magnanime, tout en secouant la feuille de papier brouillon où il venait d'additionner quelques colonnes de chiffres. Pas mal plus fort que moi, à part de ça. Bravo ! Ça fait que c'est toi qui vas avoir la chance de venir chez nous durant la fin de semaine.

Il y eut bien quelques grognements de déception dans l'assemblée des élèves, mais Cyrille, lui, n'entendit que l'invitation.

— Ah oui ? Comme ça, c'était vrai, ton histoire de points ? Eh ben... Pis à cause de ça, c'est moi que t'as choisi ?

— C'est en plein ça ! Comment faire autrement sans mentir, vu que c'est exactement ce que j'avais promis ?

— Ben coudonc... Merci bien.

Cyrille était visiblement très heureux, ce qui fit sourire Fulbert à son tour.

— C'est sûr que ça me fait plaisir d'aller chez vous, expliqua alors Cyrille, parce que c'est long en s'il vous plaît tout un semestre sans sortir du collège... Pis c'est gentil d'avoir pensé à moi, même si c'était juste une question de points... Mais il va quand même falloir que je demande la permission à mes parents pour qu'ensuite, le père Auguste autorise cette sortie. Tu sais comment ça se passe ici, hein ?

— C'est ben certain. Mais c'est juste une formalité, non ? À moins que tes parents soient du genre à te mettre des bâtons dans les roues, pis que...

— C'est justement pas le cas ! interrompit Cyrille avec célérité, pour être bien certain que Fulbert ne change pas d'avis. C'est tout le contraire, tu sauras. Mes parents sont plutôt du genre « ouverts d'esprit », même si, chez nous, tout le monde sans exception doit faire sa part dans le travail ! Mais pour une invitation comme celle-là, je serais ben surpris qu'ils disent non. T'imagines-tu, Fulbert ? C'est la première fois que je pourrais aller à Montréal ! Non, inquiète-toi pas, demain on va partir ensemble, j'suis sûr de ça... M'en vas appeler à la maison avant même les cours du matin, parce que pour à soir, il est trop tard. Ma mère haït ben ça quand le téléphone sonne passé huit heures. Elle a toujours peur que ça soye des mauvaises nouvelles... Je te tiens au courant.

Ce soir-là, Cyrille s'endormit très tard. Il était tout excité à la perspective de connaître enfin Montréal à son tour. Il finit par sombrer dans le sommeil en se disant qu'il demanderait à Fulbert de l'accompagner pour aller visiter sa sœur Agnès qui habitait chez son parrain Émile et sa tante Lauréanne. Et cela, c'était sans oublier son grand-père, bien entendu ! Après tout, ça serait une façon comme une autre de découvrir la ville, non ?

CHAPITRE 8

À Trois-Rivières, puis à Sainte-Adèle-de-la-Merci,
le vendredi 6 février 1925

À la porte du bureau du préfet de discipline

Après une nuit mouvementée et peuplée de rêves tous plus fous les uns que les autres, Cyrille se présenta au bureau du préfet de discipline pour demander la permission de téléphoner chez lui. À cette heure matinale, son père était déjà rendu dans la cordonnerie et Cyrille s'attendait à ce que ce soit lui qui réponde. Tant mieux. La discussion serait sûrement plus facile qu'avec sa mère, qui avait l'inquiétude facile.

Malheureusement pour Cyrille, le père Auguste était déjà au téléphone. Poli, le jeune homme recula d'un pas pour ne pas avoir l'air d'un « écornifleux », comme l'aurait sans doute dit la tante Félicité, et il attendit ainsi de longues minutes, jusqu'à ce que la première cloche annonçant le début des cours se mette à sonner. Il sursauta, surpris de voir que le temps avait passé si vite, puis il refit un pas, en avant cette fois-ci, pour jeter un second coup d'œil dans le bureau du père Auguste.

Ce dernier était toujours en grande conversation et il avait l'air plutôt concentré, voire austère. Agacé, Cyrille claqua la langue contre son palais.

De toute évidence, ce n'était pas le moment de déranger le préfet de discipline.

Poussant un long soupir contrarié, Cyrille tourna les talons pour s'élancer dans le long couloir sombre. Il ne manquerait plus qu'il arrive en retard au cours de latin pour voir ses projets de fin de semaine éclater comme une bulle de savon, car le père Oscar n'entendait surtout pas à rire avec la discipline, lui qui passait sa vie à traduire des textes anciens relatant un tas de guerres toutes plus assommantes les unes que les autres. Dans sa classe, aucun retard n'était toléré et devenait automatiquement sujet à retenue.

Cyrille arriva à la porte du local à l'instant précis où la seconde cloche se faisait entendre. Il eut tout juste le temps de se glisser derrière son pupitre avant que le père Oscar ferme la porte.

Il était sauf !

Cyrille ouvrit son livre de latin en se disant qu'il se reprendrait à l'heure du dîner pour joindre ses parents. Comme l'avait si bien dit Fulbert : ce n'était qu'une formalité, n'est-ce pas ?

Pourtant, ce vendredi-là, Cyrille ne téléphona pas chez lui.

Le cours de latin était à peine commencé que le frère Alfred, responsable de ce groupe d'élèves pour une dernière année, venait le chercher dans sa classe. Comme le petit homme avait une voix plutôt haut perchée, Cyrille l'entendit clairement annoncer au professeur de latin que le père Auguste demandait à voir Cyrille Lafrance dans son bureau.

Il ajouta que c'était urgent.

Cyrille fronça les sourcils, puis se tourna vers l'arrière du local pour échanger un regard perplexe avec Fulbert.

Que se passait-il donc?

Se pourrait-il que leur projet de sortie à deux soit parvenu jusqu'aux oreilles du préfet de discipline et que ce dernier cherche à trouver une explication?

Il faut dire que peu de choses, sous le toit du collège, échappaient à la vigilance du père Auguste.

Même sans raison, une crampe au ventre plutôt désagréable fit grimacer Cyrille, tandis que Fulbert haussait les épaules en signe d'incompréhension.

Néanmoins, même s'il nageait en plein mystère, Cyrille arriva à se raisonner. Pourquoi s'en faire puisqu'il n'avait rien à se reprocher?

Il rangea sommairement ses papiers, puis il emboîta le pas au frère Alfred avec une certaine insouciance, se disant qu'il profiterait de l'occasion pour demander la permission de téléphoner à ses parents. Avec un peu de chance, à la prochaine récréation, il pourrait enfin annoncer à Fulbert que tout était réglé et qu'il ne leur restait plus qu'à faire leurs bagages pour aller chez lui.

Dès qu'il mit un pied dans le bureau du préfet, Cyrille remarqua que le père Auguste semblait plutôt nerveux. Ça l'embêta. Du bout de l'index, le préfet tapotait son pupitre, ce qui, chez lui, dénotait soit une intense réflexion, soit un grand embarras.

Cyrille posa alors un regard intrigué sur le supérieur. Il comprenait de moins en moins ce qui l'avait amené ici et cette incompréhension déclencha chez lui une déferlante d'inquiétude.

Comment une simple sortie de fin de semaine pouvait-elle provoquer une telle agitation ? Ça n'avait aucun sens. Cependant, malgré tout, Cyrille avait l'esprit tranquille quant à son comportement et à ses notes. Il se dit donc qu'au besoin, il défendrait sa cause et c'est bien décidé à en débattre qu'il s'apprêta à soutenir le regard du supérieur, avec tout ce qu'il fallait de déférence, bien entendu.

Cependant, au moment où le père Auguste leva les yeux pour poser sur lui un regard plutôt chaleureux, Cyrille se sentit troublé. Il en oublia même le projet de sortie chez Fulbert quand le religieux l'invita à s'asseoir, d'un geste plutôt courtois, chose qu'il ne faisait jamais.

— Asseyez-vous, mon garçon. Je dois vous parler.

Avalant péniblement sa salive, Cyrille glissa les fesses sur le bout d'une chaise, tandis que, d'un geste de la main, le père Auguste renvoyait cavalièrement le frère Alfred, lui enjoignant de « bien » fermer la porte derrière lui.

— Ce que j'ai à dire ne regarde que monsieur Lafrance.

Sur ce, le préfet joignit les deux mains dans un geste de prière tout en posant les coudes sur son pupitre. Toujours sans dire un mot, il attendit que la porte soit fermée pour se pencher vers Cyrille, qu'il fixa un long moment, avant de se décider à parler. Sans qu'il comprenne d'où lui venait cet attachement, le père Auguste avait une affection particulière pour le jeune Cyrille Lafrance. C'était bien la première fois que cela lui arrivait, en plus de trente ans de service, à titre de professeur d'abord, puis de directeur, dans un collège d'enseignement.

Le préfet poussa un soupir discret.

S'il avait voulu fonder une famille, ça aurait été des fils comme Cyrille qu'il aurait voulu avoir, et voilà qu'il s'apprêtait à lui faire de la peine. « Que Dieu me vienne en aide », pensa-t-il en se redressant.

— Cyrille...

Ce dernier frissonna. Non seulement il n'avait pas la moindre idée de ce qu'il faisait dans le bureau du préfet, mais voilà qu'en plus, celui-ci l'appelait encore une fois par son prénom. Le pauvre garçon sentit son cœur battre jusque dans sa gorge.

La première fois que le père Auguste s'était adressé à lui sur ce ton déconcertant de bon père de famille, c'était à la suite de l'altercation avec Fulbert. Avec le temps, Cyrille avait fini par comprendre qu'en agissant ainsi, le père Auguste lui avait signifié qu'il comprenait ce qui s'était passé et qu'il ne lui en voulait pas trop, même s'il avait été obligé de sévir.

Aujourd'hui, l'intuition souffla à Cyrille qu'il n'allait pas aimer ce que le père Auguste avait à lui dire, mais alors là, pas du tout ! Le sourire du préfet était beaucoup trop doux, comme s'il voulait le ménager.

— Je n'irai pas par quatre chemins, mon garçon, l'attente étant parfois pire que la vérité, commença alors le père Auguste. Un malheur est arrivé chez vous…

Cyrille en retint son souffle, tous ses sens en alerte et son cœur battant la chamade.

— Je suis au regret de vous annoncer que l'une de vos sœurs est décédée.

Les mots plutôt directs prirent toutefois un moment avant de rejoindre l'esprit de Cyrille, qui dévisageait le préfet d'un air hébété. Puis il poussa un gémissement vite réprimé. Cyrille n'avait pas envie de se donner en spectacle, surtout pas au père Auguste qui, malgré un sens de la justice irréprochable, l'avait toujours intimidé.

— Ma sœur ? Quelle sœur ? demanda-t-il enfin, la gorge serrée. J'en ai trois !

— Je ne saurais vous dire. Votre père, à qui j'ai parlé tout à l'heure, ne l'a pas mentionné. Il a tout simplement dit que la mort avait emporté l'une de ses filles dans son sommeil et sa voix s'est brisée. Par la suite, il m'a prévenu que votre oncle Émile serait bientôt en route pour venir vous chercher. Lui aussi, je l'ai eu au bout de la ligne, et il m'a confirmé qu'il était sur le point de quitter Montréal. Les funérailles auront lieu dès demain à la demande de votre mère qui, semble-t-il, est complètement dévastée.

Tandis que le préfet parlait, Cyrille se mit à secouer la tête de plus en plus vite, dans un geste de déni.

— Ben voyons donc ! C'est impossible...

Le jeune homme leva les yeux et regarda intensément le préfet.

— Non, mon père, ça se peut pas ! Malgré tout le respect que je vous dois, ça se peut pas ce que vous dites là. Mes sœurs sont bien trop jeunes pour mourir !

Le religieux esquissa un second sourire empreint d'affection et de sympathie.

— Il arrive dans la vie que la volonté de Dieu fasse fi des convenances et des règles habituelles. Vous devez bien le savoir, n'est-ce pas ?

— Oui, mon père.

La voix de Cyrille n'était qu'un filet.

— Il ne reste plus qu'à puiser à l'infinie bonté de ce même Dieu pour vous aider à traverser l'épreuve, ajouta le préfet.

Le grand homme osseux toussota d'inconfort, rangea quelques plumes qui n'avaient pas besoin d'être rangées, le temps de se ressaisir, puis il revint à Cyrille.

— Maintenant, allez préparer vos effets, monsieur Lafrance. Vos parents doivent sûrement vous attendre avec impatience et votre oncle sera ici très bientôt.

Je vous offre toutes mes condoléances et transmettez mes pensées les meilleures à vos parents. Ils seront dans mes prières de la journée.

Le ton du supérieur était redevenu normal, guindé, froid et distant.

Comme un automate, Cyrille quitta le bureau du père Auguste pour se rendre au dortoir en compagnie du frère Alfred, qui l'avait attendu tout ce temps, derrière la porte. Le jeune homme prépara un léger bagage, puisqu'on lui donnait trois jours de congé.

Ensuite, laissé seul au parloir et terrassé par l'inquiétude et la douleur, Cyrille attendit l'arrivée de son parrain Émile.

Le soulagement ressenti par Cyrille en apercevant Agnès, assise à l'arrière de l'auto en compagnie de leur grand-père, fut intense, déroutant, mais de courte durée. Le jeune homme s'en voulut aussitôt d'avoir eu ce réflexe, car l'espace d'un battement de cœur, Agnès avait eu plus d'importance que la jeune Angèle ou la petite Albertine !

C'était insensé.

De son côté, dès qu'elle vit son frère sac au dos qui descendait le long escalier de pierres, Agnès ne put se retenir et elle sortit de l'auto en coup de vent. Elle se précipita vers Cyrille en pleurant.

— Cyrille ! Enfin, t'es là !

Agnès se cramponna au cou de son frère, mouillant de ses larmes son foulard et le col de son manteau.

— Je pensais jamais qu'un jour j'aurais autant de

peine, murmura-t-elle, la tête enfouie dans le cou de Cyrille.

— Mais c'est qui, Agnès?

À ces mots, la jeune fille renifla en s'écartant un peu, puis elle fouilla son frère du regard, interdite.

— On te l'a pas dit?

— Non. Le père Auguste avait pas l'air de le savoir. Peut-être ben que popa était trop bouleversé pour penser à ça...

— C'est Albertine, Cyrille. C'est la petite Albertine...

Cyrille en arrêta de respirer durant un instant, l'image de la toute petite fille traversant son esprit.

L'été précédent, il avait eu la chance de mieux la connaître, d'apprécier ses sourires et sa nature calme. Devant ses rires d'enfant, il s'était dit qu'un jour, il aimerait bien avoir une petite fille qui lui ressemblerait. Bien sûr, Albertine était plutôt tranquille pour une toute-petite de son âge, mais rien ne laissait croire qu'elle était malade.

Albertine, la douce Albertine, celle qui s'accrochait à leur mère comme une petite sangsue, comme le disait Marie-Thérèse en riant.

Cyrille eut la sensation de recevoir une gifle en plein visage et il secoua la tête pour faire disparaître l'image.

— Mais ça se peut pas! arriva-t-il à articuler difficilement. C'est un bébé, Agnès, un bébé! En plus, elle a jamais été malade.

— C'est ce qu'on pense toutes, mon pauvre Cyrille.

Matante Lauréanne la première. Elle est complètement anéantie. Mononcle Émile aussi. Pour ce qui est de grand-père, même s'il pleure pas, il est blanc comme un drap depuis qu'il a appris la nouvelle. Viens, Cyrille, on se dépêche. Je pense que popa pis moman doivent avoir ben besoin de sentir toute leur famille autour d'eux autres.

Plus tard, quand le collège fut loin derrière, le nom de Fulbert traversa l'esprit de Cyrille. Il n'avait même pas pensé à le prévenir de son départ.

« Tant pis, songea-t-il en regardant les sapins enneigés qui défilaient de l'autre côté de la vitre. À l'heure qu'il est, Fulbert doit déjà être au courant. C'est comme évident que le père Auguste a prévenu toute la classe de la raison de mon absence. Comme il l'avait faite quand le père de René Lacroix est mort, l'an dernier... Fulbert aura juste à se trouver un autre ami, pis moi, ben, je m'excuserai la semaine prochaine quand je le verrai. J'espère seulement qu'il va avoir l'occasion de m'inviter à nouveau... On sait jamais. »

Les visiteurs venus de la ville arrivèrent enfin à Sainte-Adèle-de-la-Merci, sur le coup de midi, selon l'horaire habituel. Les cloches de l'église et celles du couvent sonnaient à toute volée quand Émile stationna l'auto devant la maison des Lafrance. Une boucle de taffetas noir ornait la porte.

Quand ils entrèrent dans la maison, il leur fut facile de voir que Benjamin avait les yeux rougis par le chagrin. Quant à Angèle, elle avait l'air beaucoup plus affairée que peinée. En effet, la gamine faisait de son mieux pour suivre son frère Albert comme son ombre, parce que la tante Félicité lui avait expliqué que, malgré son jeune âge, le petit garçon allait probablement être celui qui aurait le plus de peine.

— Tu comprends, c'est depuis avant même sa naissance qu'il est habitué d'avoir Albertine à côté de lui. Même s'il est encore ben petit, notre Albert, c'est comme rien qu'il doit s'apercevoir que sa sœur est pus là. C'est juste qu'il a pas encore les mots pour expliquer ce qu'il ressent... Je pense que ça serait une bonne idée de pas trop le lâcher des yeux. Peux-tu faire ça pour ta moman, ma belle Angèle ?

— C'est sûr, ça. J'suis une grande fille, maintenant.

Voilà pourquoi, du haut de ses presque quatre ans, Angèle n'avait pas vraiment le temps de s'apitoyer sur le départ de sa petite sœur qui, petit à petit, avait commencé à partager certains de ses jeux.

Quant à Benjamin, il se précipita vers les arrivants, visiblement soulagé.

— Enfin ! J'avais-tu hâte un peu de vous voir arriver...

— On a faite le plus vite qu'on a pu, mon garçon.

— Je le sais ben. C'est pas un reproche, mononcle. C'est juste qu'ici, le temps est comme arrêté, depuis la nuit passée.

Sur ce, Benjamin se tourna vers Irénée en lui demandant de bien vouloir le suivre.

— Venez, grand-père, on va monter à l'étage.

Popa a demandé de vous installer dans la chambre d'amis…

Puis, revenant face à son oncle, Benjamin ajouta :

— Vous, mononcle, pis vous, matante, vous prendrez la chambre des parents.

Émile regarda son neveu de travers.

— Comment ça, la chambre de tes parents ?

Émile tourna vivement la tête vers Lauréanne pour la consulter du regard, avant de conclure, en revenant à Benjamin :

— On est toujours ben pas pour prendre la chambre de tes parents, mon garçon. Ça tombe sous le sens, nom d'une pipe ! Non, non, non… On a décidé, ta tante pis moi, qu'on va aller à l'hôtel. On en a parlé ensemble, pis on s'est dit que ça nous ferait pas de mal de changer nos habitudes pour une fois. J'ai déjà toute prévu ce qu'il faut pour…

— Non, mononcle, coupa Benjamin. Popa s'attendait à ce que vous refusiez, pis il m'a demandé de vous dire qu'il était pas question de vous voir dormir à l'hôtel. Pour lui, ça avait l'air ben important.

— Pis tes parents, eux autres ? Où c'est qu'ils vont…

— Ils sont chez matante Félicité.

À ces mots, les yeux de Benjamin s'emplirent de larmes. Ouvrant tout grand les bras, le jeune homme désigna la cuisine.

— Ici, on a pas de salon, mon oncle, vous le savez ben. On a pas de salon pour… pour… pour pouvoir exposer Albertine…

Aussitôt qu'il eut prononcé ces derniers mots, la voix de Benjamin cassa dans un sanglot.

— C'est matante Félicité qui a eu l'idée de faire ça chez elle, parce que sa maison est pas trop loin d'ici, expliqua Benjamin après avoir pris une longue inspiration. Quand ils ont reconstruit après le feu, moman avait ben pensé à la vie de tous les jours, en décidant de pas avoir de salon dans notre nouvelle maison, mais elle avait pas pensé aux occasions spéciales, par exemple… Ça fait que popa pis moman vont dormir chez matante… Si jamais ils sont capables de dormir. Je les ai jamais vus comme ça, mononcle. Jamais…

— On serait reviré à moins que ça, mon garçon… Perdre un enfant, ça doit être la pire des épreuves pour des parents. Surtout quand on s'y attend pas pantoute… Pis les autres sont où ?

— Ignace s'est enfermé dans la cordonnerie sans dire un mot, pis Conrad est en haut dans la chambre des garçons. Tout le monde a de la peine, vous savez.

— Ça, c'est ben certain… Viens, Lauréanne, si toute est sous contrôle ici, toi pis moi, on va aller tusuite chez la tante Félicité. Le temps de déposer notre valise, pis on va rejoindre ton frère pis Marie-Thérèse. C'est là qu'on pourrait être le plus utile, je crois ben.

— Attendez-moi, mononcle ! Je viens avec vous autres, lança Agnès.

— Pis moi avec, ajouta Cyrille en emboîtant le pas à Agnès.

Se retournant un instant, il jeta un coup d'œil sur

Benjamin, qui semblait ne pas en mener très large. Les yeux cernés, habillé à la va-vite d'un vieux chandail et d'un pantalon élimé, son jeune frère semblait dépassé par la situation.

— Inquiète-toi pas, Benjamin, promit alors l'aîné de la famille, j'vas vite revenir t'aider avec la maisonnée. Mais d'abord, il faut que je voye moman pis popa… Le temps d'embrasser les parents pis de prier pour notre petite Albertine…

— Je comprends ça, Cyrille… Mais essaye de revenir vite. J'ai quasiment pas dormi, la nuit passée, pis aujourd'hui, j'ai l'impression d'avoir ben de la misère à réfléchir. En deux heures à peine, le docteur est passé, monsieur Germain est venu chercher Albertine, pis les parents partaient en catastrophe, après que popa a faite une couple de téléphones pour prévenir son monde. Je me suis retrouvé tout seul ici dans le temps de le dire. J'essaye de m'occuper des petits du mieux que je peux. Me semble qu'à deux, ça serait plus facile pis…

— Pis moi, j'vas me reposer un peu, annonça Irénée, prenant ainsi tout le monde par surprise en interrompant Benjamin.

On se dévisagea, interloqué, surpris d'un tel aparté. Puis, avec un synchronisme sidérant, tous les regards convergèrent dans la direction d'Irénée, qui fronça alors dangereusement les sourcils.

— Calvaire! Regardez-moi pas comme ça! Je verrai Jaquelin tantôt, pis Marie-Thérèse aussi, comme de raison. J'ai pas fini de jongler à ce que j'vas dire à mon garçon… J'ai encore besoin d'un peu de temps… Vous, Émile, dites-y seulement que je pense à lui. Ouais… Dites que je pense ben gros à eux autres.

Au même instant, ayant reconnu la voix de son grand-père, Ignace arrivait en courant depuis la cordonnerie.

— Grand-père !

— Salut, sacripant !

Pour cet enfant, qui lui donnait toujours envie d'être heureux, Irénée fit alors l'effort d'un sourire.

— Ça a ben l'air que je suis ici pour une couple de jours, à part ça, précisa-t-il en posant la main sur la tête du gamin.

— Je le sais, grand-père… Ça me fait de la peine pour Albertine, mais j'suis content de vous voir quand même.

Sur ce, sans attendre que quelqu'un le fasse, il empoigna le baluchon d'Irénée à deux mains, puisqu'il savait que son grand-père s'installerait dans la chambre d'amis.

Conrad, arrivé de l'étage parce qu'il avait été intrigué par le son des voix, se joignit aussitôt à lui.

Tirant et poussant, les deux enfants arrivèrent à monter le bagage à l'étage et le déposèrent sur le lit, tout en évitant de regarder la chambre des filles, parce que c'était là que leur mère avait trouvé la petite Albertine en pleine nuit, et qu'elle avait poussé un cri si fort, si effroyable, qu'il avait réveillé toute la famille.

— C'était comme les cris que popa a poussés durant la nuit où notre première maison a passé au feu, lui avait alors expliqué Benjamin, un peu plus tard.

Ignace, lui, ne se souvenait pas vraiment de l'incendie, il était encore trop jeune.

Quand les deux garçons redescendirent à la cuisine, Irénée était assis à la table. Spontanément, le vieil homme tendit les bras à ses petits-fils, qui étaient encore en âge de venir se réfugier auprès de lui.

Ce que vivait Irénée, en ce moment, s'apparentait à ce qu'il avait vécu de nombreuses années auparavant, quand son épouse était morte. Les mots pour partager son chagrin ne lui venaient pas plus spontanément que jadis. Mais avec de jeunes enfants, on n'a pas toujours besoin de parler pour être compris, n'est-ce pas ? Et il avait besoin de sentir leur chaleur tout contre son cœur. Depuis le matin qu'il ressassait la chose, Irénée avait compris que, pour lui, la mort resterait toujours une bête difficile à apprivoiser.

Devant les bras grand ouverts d'Irénée, Conrad se mit à rougir d'embarras, et, sans dire un mot, il s'éloigna, tandis qu'Ignace, sans se faire prier, trouva refuge sur les genoux de son grand-père, qui s'empressa de le serrer très fort tout contre lui.

Au même instant, Lauréanne, son mari et les deux aînés de la famille de Jaquelin arrivaient devant la maison de la tante Félicité. Cette dernière devait les attendre impatiemment, car à peine avaient-ils mis les pieds sur le perron que la porte s'ouvrait tout grand pour les accueillir.

— Entrez! Ben contente de vous voir. Dégreyez-vous, pis suivez-moi.

La vieille dame parlait à voix basse.

— Comme on pouvait s'y attendre, Jaquelin pis Marie-Thérèse sont dans le salon depuis que monsieur Germain nous a ramené notre petite Albertine. On va aller les rejoindre.

Tout à côté de la petite tombe en bois de sapin, on avait mis une chaise droite pour que Marie-Thérèse puisse s'asseoir. Elle était énorme de ce bébé à naître dans tout juste un mois et ses jambes étaient enflées au point où elle avait dû se contenter d'enfiler une paire de chaussons de laine. À sa demande, les rideaux de la pièce avaient été tirés et seul le tic-tac de l'horloge brisait le silence de plomb qui enveloppait la maison. Jaquelin, debout près de sa femme, gardait les yeux sur sa fille partie beaucoup trop vite et il essayait d'ajuster sa peine aux promesses que Dieu leur faisait, dimanche après dimanche, par la bouche de leur curé.

Il n'y arrivait pas.

En guise de réconfort, tant pour lui que pour sa femme, il avait posé sa main gauche sur l'épaule de Marie-Thérèse qui, du bout du doigt, flattait le bras de son bébé, alors que, de l'autre main, elle pétrissait sans arrêt un mouchoir détrempé.

Dès que les manteaux furent retirés, Cyrille et Agnès s'approchèrent de leurs parents à pas feutrés.

Cyrille n'avait d'yeux que pour sa petite sœur qui semblait dormir, tandis qu'Agnès fixait le dos de sa mère, incapable pour l'instant de regarder Albertine. C'était la première fois qu'elle était confrontée à la mort autrement que par l'entremise des dires de son grand-père, le jour où il lui avait parlé de son passé. En ce moment, elle était bouleversée.

Marie-Thérèse tourna furtivement les yeux vers ses aînés.

— Ah! C'est vous deux...

La voix était éteinte, presque inaudible.

— Merci d'être venus nous voir.

Ce semblant d'indifférence blessa Agnès au passage.

— Comment, merci? s'indigna-t-elle, s'efforçant de parler à voix basse, alors qu'elle évitait toujours de regarder Albertine, tant elle craignait de craquer. C'est juste normal d'être ici avec...

Une main de la tante Félicité posée sur son bras arrêta Agnès en plein élan.

— Chut... Laisse faire, Agnès, chuchota-t-elle. En ce moment, ta mère est pas vraiment là, pis c'est juste normal qu'elle agisse de même. Elle est toute à son chagrin, la pauvre enfant. Va falloir accepter ça, tu sais, même si tu comprends pas, pis que ça te fait de la peine de la voir comme ça. Demain, quand la cérémonie va être finie, crains pas, ta mère va avoir besoin de toi, pis elle va être ben contente de te savoir pas trop loin... Pour astheure, insiste pas. Fais une prière pour ta petite sœur, pis viens me rejoindre dans la cuisine. J'ai préparé une pleine théière de thé ben fort. On en a toutes besoin...

Puis Félicité se tourna vers Lauréanne et Émile. Appuyés l'un contre l'autre, ils laissaient couler des larmes silencieuses en fixant le bébé qu'ils avaient vu naître et grandir. La vieille dame poursuivit, toujours en chuchotant:

— Ça vaut pour vous deux aussi. Prenez tout votre temps, pis vous viendrez me voir dans la cuisine avant de partir.

La prière d'Agnès fut courte, si prière il y eut, car en moins de cinq minutes, la jeune fille avait déjà rejoint Félicité à la cuisine.

— À croire que mes parents sont changés en statue de cire, lâcha-t-elle en s'assoyant à la table.

— C'est un peu ça, ma belle. Quand la peine est trop grande, c'est comme si le cœur prenait toute la place... Dans ce temps-là, le corps, lui, devient complètement inutile. On a pas faim, on a presque pas besoin de dormir, on voit pas le monde autour de soi... Tout ce qu'on sait faire, c'est pleurer, pis pleurer, pis encore pleurer, jusqu'à ce qu'on aye pus de larmes pis que la fatigue reprenne ses droits pour une couple d'heures.

— C'est ben triste, tout ça.

— Je le sais. C'est pire encore quand c'est un bébé, constata la tante Félicité d'une voix très douce qu'Agnès ne lui connaissait pas.

Une assiette de biscuits et une tasse de thé au lait

venaient d'apparaître devant la jeune fille. Mais pour l'instant, elle n'avait ni faim ni soif.

— Vous, matante, ça vous est-tu déjà arrivé, d'avoir de la peine à ce point-là? demanda-t-elle d'une voix grave.

— Qu'est-ce que tu crois, Agnès? C'est ben certain qu'à mon âge, c'est pas la première mortalité à venir bouleverser ma vie... J'ai vu partir mes grands-parents quand j'étais encore toute jeune, pis ils sont morts quasiment en même temps, des deux côtés. À croire qu'ils s'étaient toutes donné rendez-vous de l'autre bord pour continuer leurs éternelles parties de cartes. Je me rappelle très bien qu'un soir, tandis qu'on faisait la prière en famille, ma mère avait demandé au Bon Dieu de nous lâcher un peu, tellement on était toujours dans le deuil. Pis plus tard, quand j'ai été plus vieille, ça a été au tour de mes parents de nous quitter ben vite. Ça, c'est sans compter des oncles, des tantes, des cousins... J'ai même perdu un frère en bas âge, à peine plus vieux que notre belle Albertine. Pis j'ai vu partir aussi ben des amis... Comme tu vois, ma belle fille, j'ai pas été ménagée par la mort. Pis malgré ça, j'arrive pas à m'y faire. À chaque fois, c'est la même douleur qui revient, pis les mêmes regrets aussi...

— Des regrets?

— Ouais... On regrette toutes ce qui a pas eu le temps d'arriver. On a peur de s'ennuyer sans bon sens, on pleure... J'ai toujours trouvé ça ben dur de me dire qu'on se verra pus jamais... Ouais, c'est le « pus jamais » qui me fait le plus mal.

— Je comprends ce que vous dites, matante, murmura Agnès, les yeux dans le vague. C'est comme ça pour moi aussi. Savoir que je pourrai pus jamais bercer Albertine, pus jamais lui apprendre des chansons, pus jamais l'aider à manger...

Agnès leva la tête et dévisagea Félicité.

— Ouais, vous avez raison, matante: c'est le « pus jamais » qui est le plus dur à prendre, là-dedans. Quand je pense à Albertine, c'est toute ce qu'on aurait pu faire ensemble qui a disparu d'un coup, pis j'ai l'impression, à cause de ça, que mon cœur est devenu trop pesant pour ma poitrine.

— C'est ça, la mort de quelqu'un, ma pauvre Agnès. Il y a aussi tous les mots qu'on s'est pas donné la peine de dire quand il était encore temps. Eux autres avec, on les regrette. C'est triste de se rendre compte que, finalement, il est trop tard, pis que ces mots-là, on les dira jamais.

— C'est drôle, mais grand-père m'a expliqué à peu près la même affaire... Mais c'est juste maintenant que je comprends vraiment ce qu'il voulait dire.

— Comme tu vois, il avait raison, ma belle fille. D'autant plus que dans son cas, ce qu'il a connu devait être terrible. C'était sa femme qu'il venait de perdre. Pis d'après mes souvenirs, c'était un couple ben uni, ben assorti, malgré le caractère pas trop facile d'Irénée... Pour un homme comme lui, ça a dû être pas mal difficile de se retrouver tout seul avec une maison à faire marcher pis deux enfants en bas âge à élever. Faut pas oublier que ton père était juste un nouveau-né quand c'est arrivé !

— J'suis au courant de tout ça… Pis tout ce que vous venez de dire, matante, c'est ce que j'avais cru comprendre quand grand-père m'a raconté la mort de grand-mère, approuva Agnès sans vouloir entrer dans les détails de ce moment de complicité qui avait pris l'allure d'une longue confession.

— Mais en même temps, s'empressa d'ajouter la tante Félicité pour adoucir les angles de la discussion, je me dis que la mort est la seule vraie justice ici-bas, parce que la mort épargne personne.

La vieille dame semblait réchauffer ses deux mains autour de sa tasse de thé, qu'elle négligeait de boire, elle aussi.

— Qu'on soye riche ou qu'on soye pauvre, tout le monde y passe. C'est juste le moment du départ qui varie… Pis toi, ben, c'est à travers la mort de ta petite sœur que tu vas connaître ta première peine dans ce sens-là.

— Je trouve ça dur, matante. Ben dur… Me semble que c'est pas juste, pas à l'âge qu'Albertine avait… J'arrive même pas à la regarder, là-bas dans le salon, tellement j'arrive pas à y croire, pis que ça me fait peur, tout ça.

— Je comprends ce que tu veux dire.

— En dedans de moi, il y a tellement de peine, si vous saviez ! Mais en même temps, je ressens ben de la colère.

— Là avec, je comprends ce que tu cherches à dire.

Agnès leva les yeux vers la tante Félicité.

— Comment on fait, matante, pour oublier?

— C'est plate à dire, ma pauvre enfant, mais on oublie jamais. On peut pas oublier ceux qu'on a aimés. On peut juste s'habituer lentement à pus les voir. Mais d'un autre côté, la nature est ben faite. Tu vas t'apercevoir qu'avec le temps, on garde juste les belles choses qu'on a connues ensemble parce qu'on sait ben que ça serait une perte de temps de ressasser les vieilles chicanes... Mais avec notre belle Albertine, c'est pas pareil! On a juste des beaux souvenirs avec elle.

— C'est ben vrai. Elle était tellement fine pis douce qu'on a jamais eu besoin de la chicaner... Mais en même temps, vous trouvez pas, vous, que ça rend tout ça ben plus dur à accepter? On avait aucune raison de lui en vouloir, à Albertine, aucune raison de pas l'aimer. Pis elle, ben, elle avait aucune raison de mourir, pas à son âge.

— C'est vrai tout ça. Pis dans un sens, oui, ça rend son départ plus dur à accepter. Pour astheure. Mais comme on dit, le Bon Dieu voit plus loin que nous autres, pis il faut se fier à Son jugement. Si Albertine est partie maintenant, c'est qu'il y avait une raison à ça, même si on la voit pas. Ton chagrin, ma belle, il va finir par passer, crains pas. Dis-toi, pour te consoler, qu'à partir d'aujourd'hui, on a un petit ange juste pour nous autres, dans le grand ciel du Bon Dieu. Un bébé comme Albertine, un bébé qui a eu le temps d'être baptisé, ça s'en va tout droit au ciel, quand son heure est venue. C'est ce qu'on m'a appris, au petit catéchisme, pis j'ai jamais douté de ça, même si j'suis pas une mangeuse de balustrade, comme tu sais. Ça fait que s'il t'arrive de trop t'ennuyer, continue d'y parler, à ta petite sœur. Là où elle est rendue, notre Albertine peut tout entendre, mais surtout, elle peut tout comprendre... Comment c'est que je pourrais ben t'expliquer ça...

Tout en parlant, la tante Félicité tournait inlassablement sa tasse de thé entre ses doigts.

— C'est comme si, tout d'un coup, reprit-elle, songeuse, Albertine était pus un bébé, mais qu'elle était devenue une petite partie du Bon Dieu... Ouais, c'est de même que je pense que ça se passe. Notre Albertine est devenue un petit ange, pis ça lui donne toute la connaissance de Dieu !

Appuyé contre le chambranle de la porte, Cyrille écoutait lui aussi le discours de leur tante Félicité et de grosses larmes perlaient à ses cils sans qu'il cherche à les essuyer.

— C'est beau ce que vous venez de dire là, matante, murmura-t-il soudainement. C'est comme si, pour Albertine, le fait de mourir était pus juste un gros chagrin, mais qu'il y avait aussi un petit peu d'espoir dans tout ça. Devenir un ange, c'est beau, pour une petite fille comme elle.

— Ouais...

Félicité secoua la tête, le regard vague. Puis, au

bout d'un court silence, elle posa les yeux sur Agnès et Cyrille tour à tour avant d'ajouter:

— C'est juste que pour une mère, ça doit rester ce qu'il y a de plus difficile à vivre, pis pour un long boutte, à part de ça... Je l'ai dit, t'à l'heure: le cœur de Marie-Thérèse est pas encore capable de voir autre chose que le grand vide qu'Albertine vient de laisser. Pis il y a probablement juste son mari pis ses autres enfants qui vont réussir, tout doucement, à combler le vide...

Ce jour-là, le village au grand complet passa un moment dans le salon de la tante Félicité. Si la mort de la petite Albertine avait été trop subite pour être annoncée à l'église, le marchand général s'était occupé de transmettre la triste nouvelle aux villageois venus faire leur tour habituel à son magasin. Le bouche-à-oreille avait fait le reste.

À défaut de pouvoir vraiment réconforter Marie-Thérèse, ces nombreuses visites l'étourdirent, faisant passer le temps à son insu. À force de toujours devoir répéter les mêmes mots, son cœur et son esprit commencèrent à transformer doucement le cauchemar en une nouvelle réalité, sombre et douloureuse: la petite Albertine n'était plus, alors qu'elle-même devrait continuer à vivre malgré tout.

Le samedi matin, par une journée de neige en gros flocons, l'église de Sainte-Adèle-de-la-Merci scintillait de toutes ses dorures, comme pour une messe de minuit: à la demande de Jaquelin, le curé Pettigrew avait accepté de célébrer une cérémonie des anges, plutôt que des funérailles.

— Il y aura sûrement pas de passage par le purgatoire pour ma petite Albertine, avait argumenté le père brisé de chagrin. Je vois pas en quoi on serait obligés de prier pour l'absolution de ses péchés. Même si elle est pus un vrai bébé, pis qu'elle avait commencé à parler pis à marcher, il y avait aucune malice en elle. Je pense vraiment qu'elle a droit à une cérémonie des anges.

Le cercueil posé devant le chœur, à l'avant de l'église, semblait minuscule, entouré de cierges immenses. Un linge sacré immaculé le recouvrait.

Durant la cérémonie, les sanglots déchirants de Marie-Thérèse emplirent l'église de leur écho pathétique. Sachant que les derniers instants passés aux côtés de sa petite fille étaient comptés, elle était inconsolable. Tout près d'elle, raide de douleur, Jaquelin laissait couler des larmes silencieuses qu'il ne pouvait essuyer, son bras valide enlaçant fermement les épaules de sa femme. Il en voulait au Ciel de s'acharner ainsi sur eux, année après année, et, l'espace d'un instant, il détesta le curé Pettigrew qui était en train de parler de l'infinie sagesse de Dieu, à travers les mots de son sermon.

Aux yeux de Jaquelin, rien, absolument rien ne pouvait justifier la mort d'une si gentille petite qui n'avait fait de mal à personne.

Les gens de la paroisse qui s'étaient croisés la veille chez la tante Félicité étaient à nouveau réunis dans l'église. Il y avait même plusieurs personnes restées debout à l'arrière, près de la porte, faute de places assises. Après tout, c'était l'un des enfants du cordonnier de la place qui venait de mourir. Tout le monde connaissait les Lafrance, alors, on compatissait au malheur de cette famille attachante sur qui un esprit mauvais semblait vouloir s'entêter. Ils étaient pourtant de bonnes personnes.

Quand la messe fut terminée, Marie-Thérèse refusa d'accompagner le cortège jusqu'au cimetière.

— J'ai trop mal au ventre, pis mes jambes sont trop lourdes pour marcher dans la neige comme ça, servit-elle en guise d'explication. Vas-y, Jaquelin, c'est important que tu soyes là. Moi, je me reprendrai au printemps, pour la mise en terre. En attendant, j'vas retourner chez matante.

Le ton était las, mais déterminé.

— Tu veux aller chez ta tante? Ça veut-tu dire que tu seras pas à la maison avec toutes nous autres pour la petite réception?

— Ouais, c'est ça que ça veut dire, Jaquelin: tantôt, je serai pas à la maison avec vous autres. J'ai déjà vu tout le monde, hier, pis à matin. J'ai raconté la même histoire des dizaines de fois, comme un moulin à paroles. Je me sens pas la force de recommencer. Tu m'excuseras auprès de ceux qui chercheraient après moi, pis tu leur diras que j'ai eu besoin de m'étendre. Dans mon état, il y a rien de surprenant là-dedans. De toute façon, c'est pas mentir de dire que j'ai l'impression que mon ventre va déchirer, tellement je le trouve pesant. Envoye, mon homme, suis le cortège pour nous deux, pis vois à ce que le cercueil de notre petite fille soye ben placé dans le caveau, en attendant le réchauffement de la terre. De mon bord, j'vas retourner chez matante ben tranquillement, pis j'vas attendre que tu viennes me chercher, plus tard en après-midi, quand tout le monde sera reparti.

De loin, Cyrille avait assisté à la discussion. Quand il vit que son père semblait vouloir insister pour que Marie-Thérèse reste à ses côtés, il fit les quelques pas qui le séparaient de ses parents.

— Inquiétez-vous pas, popa, j'vas raccompagner moman jusque chez matante. Si elle est fatiguée comme elle le dit, c'est juste normal qu'elle aille se reposer. Tout le monde va comprendre ça. J'irai vous rejoindre à la maison plus tard. Quand je suis parti, tout à l'heure, tout était sous contrôle chez nous. Judith avait accepté de garder Albert, pis matante Géraldine m'a dit qu'elle allait revenir ben vite pour s'occuper de tout le reste. Je l'ai même vue quitter l'église tusuite après la communion.

Cyrille parlait du ton d'un homme capable de jugement et de décisions. Devant ces propos remplis de sagesse, Jaquelin baissa la tête.

Depuis son arrivée au village et en l'absence de ses parents, Cyrille avait tout naturellement pris les commandes de la maison, aidé en ce sens par son oncle Émile et son grand-père Lafrance. De toute façon, Jaquelin savait pouvoir compter sur son fils aîné. Trop heureux de s'en remettre à lui, l'homme épuisé par la tristesse acquiesça d'un bref signe de la tête et, se retournant, il rejoignit la tête du cortège, qui s'éloignait déjà vers le cimetière.

Le cercueil, si léger, était porté par Benjamin et l'oncle Émile.

À deux pas derrière eux, il y avait le curé, puis Agnès, qui donnait la main à son grand-père, tandis que Lauréanne aidait la tante Félicité à avancer prudemment sur la neige durcie. Jaquelin se glissa à côté de son père qui, dans un geste spontané, glissa la main sous le bras de son fils.

Au même instant, Cyrille offrait à sa mère de la reconduire.

— Venez, moman, on va marcher doucement ensemble, proposa-t-il. Heureusement, le temps est pas trop froid. Mais avec toute la neige qui tombe depuis la nuit dernière, ça commence à être encombré sur le trottoir. Prenez mon bras, moman. Comme ça, vous allez être plus solide.

— Comme tu veux, mon grand...

Marie-Thérèse agrippa le bras de son fils, tout en s'appuyant lourdement contre lui.

— T'as ben raison, Cyrille, l'air est pas mal doux, constata-t-elle en levant la tête pour offrir son visage aux flocons mouillés. Albertine aimait ça, les jours de neige comme aujourd'hui. Ça la faisait ben rire quand son frère s'amusait à faire revoler plein de neige sur elle.

Ce furent là les seuls mots prononcés par Marie-Thérèse, de tout le temps que dura le trajet entre l'église et la petite maison de sa tante. Toutefois, dès qu'elle fut entrée dans la maison, elle remercia son fils sur un ton qui ressemblait à un congédiement, sans même lui donner la chance d'entrer à sa suite.

— Retourne chez nous astheure, mon Cyrille. J'suis capable de me débrouiller toute seule, mais c'est peut-être pas le cas de Géraldine. Elle connaît pas les airs de ma maison, pis ça serait gentil de ta part de lui donner un coup de main. Pendant ce temps-là, j'ai besoin de personne pour essayer de dormir. C'est ce que j'aimerais faire en attendant ton père. Crains pas, toute va ben aller.

Mais rien ne pouvait aller dans l'univers brisé de Marie-Thérèse.

Rien n'irait plus jamais dans la vie et le cœur de Marie-Thérèse, car au-delà de sa peine, qui allait finir par diminuer un jour, elle le savait bien, il resterait toujours une part d'ombre et d'inquiétude à propos de l'avenir.

S'il fallait qu'un tel événement se reproduise, elle en mourrait !

Marie-Thérèse se dirigea vers le salon, où elle tourna en rond, tout en fixant le coin où il ne restait plus que la petite table qui avait supporté le cercueil. À l'improviste, l'idée qu'elle avait appris qu'elle attendait un autre bébé, à l'époque où elle vivait ici, après l'incendie de leur maison, lui traversa l'esprit.

C'était il y a deux ans, ou peu s'en faut, mais présentement, elle avait l'impression que c'était dans une autre vie, tellement ce temps lui semblait lointain.

À sa grande surprise, ça avait été des jumeaux.

Marie-Thérèse eut alors une pensée pour le petit Albert qui, désormais, ne serait le jumeau de personne. À l'âge qu'il avait, probablement qu'il ne garderait aucun souvenir de sa petite sœur. Elle se dit alors que c'était peut-être mieux ainsi, puis elle se détourna. Il n'y avait plus rien à voir dans le salon, sinon quelques lambeaux de chagrin.

Elle passa machinalement par la cuisine, ajouta une bûche dans le poêle à demi éteint, puis se dirigea vers l'escalier.

La femme alourdie par une maternité presque à terme monta alors lentement à l'étage, une marche à la fois, comme elle avait l'impression que, désormais, elle vivrait péniblement, un jour à la fois.

Sans hésiter, Marie-Thérèse tira les rideaux de la chambre que la tante Félicité avait ouverts, plus tôt ce matin. La moindre clarté lui faisait mal aux yeux et à l'âme. Comment saurait-elle apprécier une belle journée d'hiver quand plus rien n'avait de sens ?

Marie-Thérèse s'allongea sur le lit, puis se tourna sur le côté, implorant le sommeil de venir lui ravir sa peine.

Elle ferma les yeux pour les rouvrir aussitôt, le cœur battant la chamade.

En elle, il n'y avait que les pleurs du petit Albert, criant dans sa tête à la rendre folle. Les pleurs de son petit garçon, ceux qui l'avaient réveillée l'autre nuit.

Le bambin avait-il deviné le drame qui se jouait dans le lit à côté du sien ?

Peut-être bien.

Ne dit-on pas que les jumeaux vivent une expérience tout à fait particulière et qui n'appartient qu'à eux? N'empêche que c'était bel et bien Albert qui l'avait tirée du sommeil par ses pleurs insistants, alors que, de coutume, cet enfant-là dormait toujours à poings fermés.

À moitié réveillée, Marie-Thérèse l'avait pris tout contre elle, lui avait murmuré quelques mots apaisants à l'oreille et l'avait recouché. C'est à ce moment-là, vérifiant le sommeil de la petite Albertine, comme elle le faisait toujours machinalement, qu'elle avait senti la froideur de sa menotte et son manque de réaction.

Son cri à elle, venu des entrailles, avait réveillé toute la famille.

À ce souvenir, Marie-Thérèse essuya son visage à nouveau inondé de larmes. Depuis l'autre nuit, elle était une fontaine intarissable. Arriverait-elle, un jour, à ne plus penser à cet instant d'horreur où la mère en elle avait compris, sans qu'on ait besoin de dire quoi que ce soit, que sa petite fille était morte?

— Sans souffrance aucune, avait pourtant dit le docteur Amédée Gosselin, de Saint-Ambroise, appelé en pleine nuit par un père fébrile. Je comprends votre douleur, madame Lafrance, mais nous le savions qu'elle était plus fragile, n'est-ce pas? Rappelez-vous sa grosse grippe de l'hiver dernier! Son frère avait déjà commencé à courir partout dans la maison, tandis que la pauvre petite continuait de faire de la fièvre et de tousser à s'en arracher les poumons. C'était ben visible qu'elle avait moins de vigueur qu'Albert.

Comme si ces mots avaient le pouvoir de tout guérir, de tout effacer, de tout justifier !

Au bout d'un interminable moment à ressasser en boucle le déroulement des derniers jours, Marie-Thérèse bâilla à s'en défaire les mâchoires. L'épuisement aurait enfin raison de sa détresse.

Une fatigue sans nom précipita Marie-Thérèse dans un sommeil lourd et sans rêves.

Quand Jaquelin vint la chercher, comme promis, l'après-midi était bien entamé. Marie-Thérèse salua sa tante, sans plus, et elle se laissa emmener sans manifester la moindre réticence.

— J'enverrai Benjamin chercher nos bagages à soir.

Puis elle rejoignit Jaquelin, marchant à ses côtés, les yeux au sol sans dire un mot. Toutefois, en arrivant devant la porte de sa maison, elle se cambra.

— Je peux pas, Jaquelin... Je peux pas entrer ici.

— Ben voyons...

Jaquelin, qui n'espérait que ce retour pour tenter de reconstruire un semblant de normalité avec sa famille, fronça les sourcils. Il ne comprenait pas la réaction de sa femme. N'avait-elle pas, elle aussi, l'envie qu'ils se retrouvent tous ensemble pour tenter de panser leur plaie ? N'avait-elle pas, elle aussi, l'envie de se blottir tout contre lui ?

— C'est chez nous, Marie, fit-il d'une voix très

douce. C'est ta maison, notre maison, celle que t'as faite construire à ton goût.

— Que c'est tu veux que ça change? Je le sais ben que c'est chez nous! Mais ça a pas vraiment d'importance, si moi j'veux pas rentrer.

— Ben voyons, Marie! C'est notre chez-nous, s'entêta Jaquelin. C'est la seule place que je connais où on peut se retrouver entre nous, pour essayer de guérir notre peine. Faut se donner une chance, Marie!

— Peut-être ben que t'as raison, mon mari... Non! T'as sûrement raison, Jaquelin, mais malgré ça, moi, je rentre pas tusuite. J'vas voir Albertine partout, pis j'suis pas capable d'envisager ça. Juste à y penser, j'ai le cœur tout à l'envers.

— Rentre au moins pour saluer Émile pis Lauréanne, insista Jaquelin.

Il se disait qu'une fois à l'intérieur, Marie-Thérèse s'apercevrait peut-être que c'était moins pire qu'elle ne l'avait cru.

— Tu resteras dans l'entrée, s'il le faut, proposa-t-il devant la mine butée de sa femme, mais tu peux toujours ben pas laisser mon père pis ma sœur s'en aller sans les saluer. Ils attendent justement de te voir pour prendre la route vers Montréal.

— Déjà?

— Émile a pas le choix de rentrer en ville. C'est ce qu'il m'a dit, t'à l'heure, quand j'suis parti pour te chercher. Paraîtrait qu'il a pris pas mal de jours de congé cette année, pis son patron a demandé à ce qu'il soye là demain matin, sans faute, même si ça va être dimanche. Pis tes parents sont encore là, eux autres avec, avec tes frères Ovila pis Bernard. Ils tenaient ben gros à te voir avant de retourner chez eux.

Malgré le plaidoyer de Jaquelin, Marie-Thérèse résista. Elle secoua la tête à petits gestes secs.

— Ben moi, j'veux voir personne, Jaquelin. Je les aime toutes ben gros, comprends-moi ben, mais j'ai juste pas envie de les voir pour astheure. De toute façon, j'ai eu le temps de jaser un peu avec eux autres, hier soir pis à matin. Pour l'instant, c'est en masse pour moi. J'ai surtout besoin d'être toute seule.

La voix de Marie-Thérèse était rauque de tous les sanglots qui lui avaient écorché la gorge, depuis deux jours.

— Pis Albert, lui? intercéda Jaquelin, en désespoir de cause. Ça fait depuis son réveil, hier matin, qu'il te cherche partout, le pauvre enfant. Il arrête pas de dire ton nom.

Cette fois-ci, Marie-Thérèse resta silencieuse, figée, comme toute tournée vers l'intérieur d'elle-même. Elle était en train de consulter son cœur pour trouver la réponse à dire. Il n'y en avait pas. Alors, elle laissa tomber dans un long soupir:

— Que c'est tu veux que j'ajoute à ça, Jaquelin? Même lui, j'ai pas la force de le voir pour le moment.

Si la voix de Marie-Thérèse avait gardé sa détermination, elle était cependant de plus en plus lasse, comme fragile à cause des nouvelles larmes qu'elle retenait de toutes ses forces.

— Dis-toi ben que pour moi, voir Albert, c'est voir sa sœur en même temps, expliqua-t-elle dans un souffle. J'vas me mettre à brailler comme une Madeleine, pis Albert a pas besoin de me voir de même. Angèle non plus, tant qu'à ça. Ils sont encore trop petits pour être confrontés à une mère éplorée, pas capable de voir à sa famille dans le sens du monde.

Au bord d'un épuisement total, Marie-Thérèse prit une profonde inspiration, qu'elle relâcha lentement, dans un long soupir tremblant.

— Donne-moi encore une couple de jours, Jaquelin. S'il te plaît !

De toute sa vie, Marie-Thérèse n'avait jamais imploré quelqu'un avec autant de ferveur. Elle souhaitait seulement que son mari l'aime suffisamment pour la comprendre et accepter son point de vue.

— Laisse-moi pleurer tout mon saoul, Jaquelin, laisse-moi faire mes adieux à Albertine comme j'ai envie de le faire, pis après, ça va aller mieux... J'ai besoin de ce temps-là pour me consoler un peu avant d'être capable de consoler les autres...

Tout en parlant, Marie-Thérèse s'était éloignée de Jaquelin et elle avait commencé à descendre l'escalier du perron. Arrivée au bas des marches, elle s'arrêta, en espérant une réponse qui ne vint pas. Alors elle leva les yeux vers son mari.

— Je... J'ai pas demandé grand-chose pour moi-même, depuis qu'on est mariés, toi pis moi. Non, vraiment pas grand-chose. D'être avec toi me suffisait, faut croire, même quand t'avais choisi de partir pour les chantiers… Dans le fond, il y a peut-être eu mon voyage à Montréal, quand Albertine pis Albert sont venus au monde, mais c'est ben toute. Pis je reconnais que t'avais accepté ça de bon cœur. Je te demande de faire pareil aujourd'hui… Donne-moi du temps, mon homme. Parce que j'en ai besoin, vraiment besoin. Après, quand j'aurai épuisé mes larmes, je reviendrai… Crains pas, Jaquelin, j'vas revenir, parce que ma famille, c'est tout ce que j'ai.

Ensuite, sans attendre quoi que ce soit, parce que trop meurtrie pour risquer un entêtement de la part de son mari, Marie-Thérèse se retourna et elle reprit le chemin menant à la maison de sa tante Félicité, marchant à petits pas prudents pour ne pas tomber. Même si, pour l'instant, le bébé à naître était de trop dans sa vie, il avait tout de même droit à certaines attentions.

Quand Jaquelin parut dans la cuisine, seul, le visage ravagé par les larmes et le regard absent, il n'eut pas besoin de donner la moindre explication.

— Je pense que j'vas retourner chez nous tusuite, annonça la tante Félicité, sans plus de façon.

— Ça serait une bonne idée, oui, approuva Jaquelin, visiblement dépassé. J'aime pas savoir Marie toute seule.

Félicité était déjà debout.

— Ben si c'est de même, nous autres avec, on va retourner chez nous, déclara le père de Marie-Thérèse, en se levant de table. Envoyez, les gars, allez chercher nos manteaux pis on va...

— Non!

L'intervention de Jaquelin ressemblait à un cri de désespoir.

— Non, s'il vous plaît, restez encore un peu... Faites-le pour moi... Si ma femme a besoin de solitude, moi, c'est d'avoir du monde avec moi qui va m'aider.

— Pas de trouble, le gendre, répondit alors Victor Gagnon, tout en se rassoyant. Si ça peut t'aider, c'est ben certain qu'on va rester encore un boutte avec toi.

— Dans ce cas-là, j'vas voir au souper, annonça la mère de Marie-Thérèse. Même si moi, j'ai pas ben faim, les petits, eux autres, vont vouloir manger.

— Pis nous autres, on va prendre la route avant que la noirceur tombe, déclara Émile sans préambule. On va vous laisser en famille... Je pense que c'est ce que vous avez le plus de besoin. Allez chercher vos bagages, les jeunes, on...

— Pas moi. Je reste ici.

Les têtes se tournèrent à l'unisson vers Cyrille.

— Je suis d'avis que je pourrais être encore utile pour les quelques jours à venir, expliqua alors le jeune homme, qui venait de prendre cette décision sur un coup de tête. Pour popa, qui peut avoir besoin de moi dans la cordonnerie, pis pour remplacer moman, qui est pas prête à revenir tusuite.

En prononçant ces derniers mots, Cyrille s'était tourné vers son père, qui le dévisageait intensément.

— Du moins, c'est ce que j'ai cru comprendre, modula alors Cyrille, son regard questionnant celui de son père. Quand j'ai vu moman par la fenêtre en train de retourner sur ses pas, je me suis dit qu'elle était pas prête à revenir.

— T'as pas tort, mon gars. Ta mère est encore toute remplie de chagrin pis d'inquiétude. En fait, elle a peur de ce qu'elle pourrait ressentir en revoyant Albert. Elle a besoin de temps pour s'habituer à sa peine. Ça fait que ton offre est ben appréciable, Cyrille, pas de doute, mais ton collège, lui ?

— Quoi, le collège ? J'ai pas dit que je laissais tomber les études, popa, j'ai tout bonnement dit que j'allais rester une couple de jours de plus pour aider ma famille à passer un boutte qui est dur pour tout le monde. J'ai juste à téléphoner au père Auguste pour l'avertir de mon absence, c'est pas plus compliqué que ça. Le préfet a beau être sévère, c'est un homme objectif pis de bon jugement. Il va sûrement comprendre.

Cyrille ne se trompait pas.

Quand il eut expliqué la raison qui le retenait chez lui, le père Auguste l'approuva sans émettre la moindre restriction, sauf peut-être celle de lui demander à qui il voulait confier la tâche de prendre certaines notes pour lui.

— Oh ! C'est ben simple, mon père. Pour le français, il y a pas de doute, c'est Xavier qui est le mieux placé pour faire ça. Ses papiers sont toujours ben propres pis ben clairs. Pour les cours de mathématiques, par contre, je dirais que c'est Fulbert ! On est aussi bons l'un que l'autre, pis on dirait qu'on comprend la matière de la même manière. Pour tout le reste, je me débrouillerai ben tout seul, la semaine prochaine, quand je serai de retour au collège.

CHAPITRE 9

À Montréal, sur la rue Adam,
le samedi 7 mars 1925

Dans la chambre d'Irénée Lafrance

Dire qu'Irénée fumait comme une cheminée, depuis les funérailles de la petite Albertine, serait un euphémisme. Comme le disait si bien Lauréanne, les bras au ciel et complètement découragée, il boucanait comme une vraie locomotive, du matin au soir, perdu dans ses pensées et plus grognon que jamais. Toutefois, sa pneumonie de l'automne précédent avait grandement marqué les esprits et suscité bien des inquiétudes, n'est-ce pas ? Voilà pourquoi sa fille ne le condamnait plus à sortir sur la galerie pour satisfaire ses envies. Elle avait tellement peur d'une récidive qu'elle était prête à bien des sacrifices !

— En autant que vous laissiez un peu d'air frais rentrer par la fenêtre, avait-elle concédé après une courte réflexion, on va dire que ça peut aller, en attendant le printemps.

— C'est ce que j'ai toujours fait, avait alors laissé tomber Irénée, faisant ainsi référence aux nombreuses cigarettes fumées en cachette dans sa chambre.

Cette confession qui lui avait échappé l'avait mis plutôt mal à l'aise.

— Maudit batince de calvaire, avait-il alors marmonné, tout rougissant. Voir que j'suis obligé de me justifier comme un enfant, astheure.

— Voyons donc, son père ! Prenez-le pas comme ça ! Il y a vraiment pas de quoi en faire une montagne. De toute façon, étiez-vous en train de vous imaginer, vous là, que je le savais pas que vous fumiez dans votre chambre ?

Irénée avait alors levé un regard incrédule vers sa fille.

— Parce que tu le savais ?

— Qu'est-ce que vous croyez ? J'ai le nez fin, pis en plus, c'est moi qui fais le ménage de votre chambre. De toute façon, j'suis votre fille, non ? Une fois que c'est dit, on comprend vite qu'il y a pas grand-chose qui peut m'échapper !

— Ouais...

— N'empêche que j'vas dire comme le docteur : vous devriez penser à modérer un peu.

— Mêle-toi de tes affaires !

Néanmoins, devant la bonne volonté exprimée par Lauréanne, Irénée, dès ce jour-là, avait pris l'habitude d'éviter la cuisine pour « en griller une bonne », comme il le disait. Quand l'envie d'un peu de tabac lui chatouillait l'esprit et le goût, il s'enfermait automatiquement dans sa chambre, la fenêtre entrouverte.

Et cela arrivait plutôt souvent, depuis quelque temps, car il ressentait un grand besoin de réfléchir.

Lui aussi, à sa manière, il en voulait au Ciel pour tous ces malheurs successifs qui accablaient les siens. Cependant, aussi paradoxal que cela puisse être, malgré sa bouderie envers le Bon Dieu, il priait tout de même avec ferveur pour que le bébé à naître soit une petite fille.

— Pour Marie-Thérèse, bougonnait-il dans ses prières, s'adressant directement à Dieu, qu'il imaginait à travers les nuages aperçus depuis la fenêtre de sa chambre. C'est pour ma bru que je Vous demande cette faveur-là, parce que moi, j'attends pus grand-chose de Votre part. Vous nous avez trop maganés, mes enfants pis moi. À l'âge où je suis rendu, je garde pus vraiment l'espoir d'une amélioration. Pis c'est pas des farces ce que je dis là ! En premier, faut se rappeler que j'ai perdu ma femme quand elle était encore toute jeune. Ça marque un homme, ça là, croyez-moi ! Pis Jaquelin lui, il a perdu sa maison, son bras, pis un bébé. Me semble que Vous pourriez le lâcher un peu. Il méritait sûrement pas tout ça ! Même si mon fils me tape sur les nerfs par bouttes, ça reste quand même un bon garçon. Quant à ma fille, la pauvre Lauréanne, elle a jamais eu d'enfant ben à elle. J'ai dans l'idée que pour quelqu'un comme ma fille, soucieuse du bonheur des autres, ça doit être tout un malheur de pas être en mesure de fonder une famille... Si c'est pas affliger le monde, tout ça, je me demande ben ce que c'est! En fait, la seule personne en qui j'ai encore confiance, c'est ma femme Thérèse. Elle, c'était la bonté pis la douceur incarnées. De son vivant, elle aurait pas faite de mal à une mouche. C'est comme rien qu'elle doit se tenir à votre droite, comme c'est écrit dans les Évangiles. Si j'ai besoin de quelque chose, c'est à elle que j'vas m'adresser, pas à Vous. Ouais... C'est une bonne idée, ça! Autant que Vous le sachiez tusuite, des fois que Vous décideriez que je parte ben vite, moi avec, vu que Vous nous avez prévenus que Vous viendriez comme un voleur: je Vous fais pus tellement confiance, pis mon idée est ben arrêtée. Comme ça, on va savoir à quoi s'en tenir, Vous pis moi, quand on va se retrouver face à face. Ça fait qu'oubliez donc ce que je Vous ai demandé, t'à l'heure, à propos de ma belle-fille. J'vas plutôt prier ma Thérèse d'intercéder pour moi, parce qu'il faut vraiment que cette femme-là aye une belle petite fille en remplacement de son Albertine.

Ces quelques mots étaient devenus ses oraisons, matin et soir, depuis que Lauréanne lui avait raconté le dernier appel de Jaquelin.

— Paraîtrait-il que Marie-Thérèse parle pus ben ben, avait annoncé sa fille, sans préavis, un certain midi du début de la semaine, quand, au son des cloches de l'angélus, Irénée l'avait rejointe à la cuisine pour le dîner.

À ces mots, le vieil homme avait tourné un regard chargé d'impatience vers sa fille.

— Bon ! Encore autre chose. Sacrament, ça lâchera ben jamais ! Pis toi, Lauréanne, t'aurais rien de mieux à me raconter ? Un vrai oiseau de malheur !

— Que c'est vous voulez que je raconte d'autre, son père ? Il se passe pas grand-chose dans ma vie, pis vous le savez ! De toute façon, je fais juste rapporter les nouvelles de mon frère, parce que si je le fais pas, vous allez me le reprocher. Ça a même l'air suffisamment sérieux pour que je vous en parle tusuite, avant qu'Agnès revienne de l'école. Je voudrais pas l'inquiéter.

En parlant d'inquiétude, c'était plutôt Lauréanne qui avait l'air rongé par elle, ce qui avait attisé la colère d'Irénée.

— Maudit batince de calvaire ! Veux-tu ben me dire ce qu'on a fait de pas correct, toi, moi pis ton frère, pour que les malheurs s'empilent les uns pardessus les autres ? Pis arrête de te tordre les mains comme ça, tu m'énarves ! Pis ? Envoye, parle, astheure que t'as piqué ma curiosité. C'est grave à ce point-là ce que t'as à me dire ?

— Ça m'en a tout l'air, avait alors déclaré Lauréanne, tout en cachant ses deux mains dans les poches de son tablier.

Puis elle s'était retournée face au poêle pour

échapper au regard insistant de son père, qui arrivait encore à lui faire perdre ses moyens.

— Ça me vient de Jaquelin, qui s'est vidé le cœur dans le téléphone à matin, avait-elle répété, tout en faisant semblant de vérifier l'assaisonnement de la soupe. Pauvre lui ! Il avait l'air ben découragé. En fait, selon ses dires, depuis que Marie-Thérèse est revenue chez elle, la pauvre femme fait pus grand-chose à part se bercer dans sa chambre, pis voir de temps en temps à préparer un repas. Une chance que la tante Félicité a retrouvé la forme, parce que je me demande ben ce que mon frère deviendrait, tout seul, avec la cordonnerie pis la famille.

— T'es sûre d'avoir ben compris, toi là ? Me semble que c'est pas son genre, à Marie-Thérèse, de pus rien faire.

— J'suis ben d'accord avec vous, son père. Mais pour astheure, paraîtrait-il qu'elle est comme pas là ! C'est de même que Jaquelin m'a dit ça. Apparence que la mort de son Albertine l'a foudroyée plus qu'on l'aurait pensé. Toujours selon Jaquelin, Marie-Thérèse donne l'image de quelqu'un qui serait en attente de quelque chose. Remarquez que moi, je trouve ça un peu normal, rapport que son bébé devrait déjà être là. C'est pour ça que j'ai dit à Jaquelin de pas trop s'en faire, question de l'encourager un peu, mais il veut pas m'écouter. À son avis, c'est autre chose qu'un simple retard de la nature, comme ça peut arriver, des fois. Pis ça l'inquiète ben gros. Il a l'impression que sa femme retient volontairement le bébé, de peur qu'il lui échappe, une fois qu'il serait au monde. Comme pour la petite Albertine.

— Ça se peut, ça ?

— On dirait que oui !

— Eh ben !

Pour une des rares fois de sa vie, Irénée avait eu l'air épouvanté.

Sans ajouter quoi que ce soit, il avait tourné les talons et il s'était retiré dans sa chambre, où, sans la moindre hésitation, il avait entrouvert la fenêtre et sorti son paquet de cigarettes.

S'il fallait que le monde puisse tenir tête au cours normal des choses prévues depuis la nuit des temps par la nature et le Bon Dieu, l'avenir n'était peut-être pas aussi rose qu'on osait le prétendre !

Le vieil homme était resté enfermé jusqu'à ce qu'il entende sa petite-fille revenir de l'école, comme tous les midis. Il l'avait rejointe à la cuisine et, jouant le jeu, il s'était contenté de jaser de tout et de rien durant le repas.

N'empêche qu'il était grandement tracassé, d'où cette prière répétée inlassablement, matin et soir, à genoux devant la fenêtre, pour que tout se passe bien au moment de la délivrance, et qu'à travers cette naissance, Marie-Thérèse arrive à oublier un peu de la tristesse entourant la mort de sa petite fille.

— Elle a pas le choix de se remettre sur le piton, la pauvre elle, confiait-il parfois à son épouse décédée... Tu l'as peut-être pas connue, ma femme, mais c'est une bonne fille. Tu te serais ben entendue avec elle.

Ça fait que, batince, essaye donc de faire quelque chose pour l'aider. Parle au Bon Dieu, parce que moi, Il m'écoute pas. Faut vraiment que Marie-Thérèse recommence à s'occuper de sa famille pis de son mari, sinon je donne pas cher de la peau de notre Jaquelin.

Cependant, le malheur qui venait encore une fois de frapper les Lafrance n'était pas l'essentiel de ses réflexions. Irénée n'étant pas un homme à se laisser abattre par le destin, il allait tout prendre en mains et trouver une solution. Et la plus probable, la plus sensée, passerait par le réaménagement complet de leur vie, rien de moins ! Irénée envisageait donc l'avenir avec nettement plus de sérieux et de détermination que toutes les autres fois où il s'était offert le petit plaisir égoïste d'imaginer les quelques années qu'il lui restait à vivre, installé dans un beau chalet au bord du fleuve.

L'exercice de réorganisation valait pour lui, certes, mais il valait aussi pour la famille de son fils.

En effet, l'autre soir, Émile avait mentionné, entre autres choses, une certaine épicerie toujours à vendre, et cette révélation avait allumé une petite étincelle dans l'esprit d'Irénée.

— Ben voyons donc, toi ! C'est quoi ça, Émile ? avait-il demandé entre deux bouchées de dessert.

Au mot « épicerie », sa curiosité avait été piquée au vif.

— Pas grand-chose…

La réponse d'Émile étant plutôt laconique, elle avait fait bondir Irénée.

— Batince, Émile, arrête de me niaiser de même! Pourquoi c'est que tu viens tout juste de parler d'une épicerie à vendre si pour toi c'est pas grand-chose?

— Parce que l'épicerie dont je parle est située sur la rue Ontario, pas trop loin de chez nous. Je passe devant tous les jours pour aller au travail. Vous l'avez jamais remarquée?

— Non. Mais en quoi ça nous regarde, ça là?

Le regard aiguisé du vieil homme passait de son gendre à sa fille.

— En rien, répondit cette dernière. Ça nous regarde en rien, son père. Sauf peut-être que Marie-Thérèse avait l'air ben intéressée quand elle l'a vue, l'autre automne.

— L'autre automne? Tu veux toujours ben pas me dire que ce commerce-là serait à vendre depuis plus qu'un an?

— En plein ça.

— Pis c'est juste astheure que vous avez décidé d'en parler?

Comme le sujet lui semblait plutôt important, Irénée était revenu dare-dare à son gendre pour poser sa question, convaincu que c'était entre hommes que cette conversation sérieuse pourrait se poursuivre.

— Maudit calvaire, Émile! Je pensais que t'étais un homme intelligent.

— Nom d'une pipe, le beau-père! Vous v'là ben

remonté tout d'un coup! Je vois pas ce que mon intelligence a à voir là-dedans.

— Ça a toute à voir, sacrament! Tu le savais, pourtant, que je voulais vendre la cordonnerie pour m'acheter un chalet. Je vous en ai parlé assez souvent, à toi pis Lauréanne, pour que vous compreniez que c'était pas juste du vent, mon affaire.

— Ouais, pis?

— Comment «pis»? Sacrifice que c'est fatigant de toujours devoir tout expliquer dans le détail! À croire que ma fille a déteindu sur toi avec les années!

— C'est pas gentil de dire ça.

— J'ai pas l'intention d'être smatte non plus, rapport qu'à vue de nez comme ça, ça serait de ta faute si j'ai pas encore de maison au bord de l'eau.

— Pantoute, son père, était alors intervenue Lauréanne, qui détestait voir Irénée s'en prendre à son mari. C'est de la faute ni à Émile ni à moi, rapport que Marie-Thérèse voulait surtout pas en parler, même si, pour elle, avoir une épicerie, ça serait pas mal plus facile à tenir qu'une cordonnerie, surtout pour Jaquelin, avec sa main paralysée.

À ces mots, Irénée s'était offert un court moment de réflexion.

— C'est sûr que c'est pas bête comme idée, avait-il finalement conclu. Pis si j'avais su qu'une épicerie était à vendre pas loin d'ici, je l'aurais eue moi-même, cette idée-là. C'est clair que la deuxième main est peut-être moins importante pour déplacer du cannage que pour réparer des chaussures.

— C'est en plein ce qu'on a répondu à Marie-Thérèse, Émile pis moi.

— On voit donc la situation par le même bout de la lorgnette ! avait reconnu Irénée, tout guilleret. C'est donc plaisant quand on pense pareil, vous trouvez pas, vous autres ? Pis me semble que ça donne envie de faire avancer les choses ! Il y a juste une affaire que je comprends pas, par exemple. Si tout le monde est d'accord autour d'elle, pourquoi elle veut pas en parler à Jaquelin, la Marie-Thérèse ?

Tout en discutant de la sorte, Irénée s'était échauffé, et les mots prononcés à ce moment-là avaient été ponctués de petits coups de poing sur la table.

— C'est ben compliqué, tout ça ! avait-il lancé, au bord de l'exaspération. Si l'idée d'avoir une épicerie la tentait tant que ça, me semble que Marie-Thérèse aurait pu...

— Avant toute, elle voulait que Jaquelin vienne voir la ville par lui-même, avait alors tranché Émile. Ça aurait rien donné pantoute de perdre notre temps à enligner toutes sortes de suppositions pis de tentations si Jaquelin était pour pas aimer Montréal. Comme Marie-Thérèse nous l'avait dit : lui, la grande ville, il connaissait pas ça.

— Mettons... Ouais, mettons qu'elle a raison. Comme je connais mon garçon, c'est vrai que ça a ben de l'allure de penser de même... Là-dessus, on se ressemble, lui pis moi : on préfère que les bonnes idées viennent de nous-mêmes, pis on aime pas trop le changement imposé par ceux qui nous entourent... Mais finalement, Jaquelin est venu en ville... Comme c'est toi qui l'as accompagné un peu partout, Émile, que c'est que t'en penses? Jaquelin a-tu apprécié ça, par ici?

— Pas vraiment. Pas qu'il trouve ça inintéressant, comprenez-moi ben. C'est juste qu'il se sent plus à l'aise dans son village. Ça peut s'accepter. On dit ben que tous les goûts sont dans la nature. De toute façon, je pense qu'il vous l'avait dit, non?

— C'est sûr... Mais dans mes souvenirs, c'était pas clair de même... Je me rappelle juste que je m'étais dit qu'avec mon gars, il y a jamais rien de blanc ou de noir. Ses pensées ont toujours l'air un peu grisâtres, pis ça m'énarve! Fait que j'ai pas trop écouté quand il m'en a parlé, parce que j'avais peur de me choquer après lui, pis c'est là que Lauréanne a parlé de passer à la table pour le souper, pis j'en ai pus parlé pantoute. N'empêche, tant qu'à moi, que l'épicerie vient de changer tout le portrait.

— Comment ça?

— Savoir qu'un travail l'attend, ici en ville, un travail plus facile que celui qu'il a déjà, ça pourrait aider Jaquelin à changer sa manière de voir les choses, non?

— Ben justement, non. Il l'a vue, l'épicerie à vendre. Je me suis même fait un devoir de passer en plein devant, pour lui montrer le bâtiment pis dire que c'était inhabité depuis un boutte. Mais de toute évidence, ça lui a fait ni chaud ni froid.

À ces mots, la claque assenée sur la table avait fait sursauter Lauréanne, qui avait jeté un regard inquiet à son mari, tandis qu'Irénée reprenait la parole.

— C'est ben lui, ça ! Ni chaud ni froid, toujours tiédasse... Maudit Jaquelin ! Jamais capable de prendre des décisions intelligentes !

— Son père !

— Viens pas te mêler de ça, Lauréanne, j'suis pas d'humeur à discuter !

Ce soir-là, Irénée avait passé des heures et des heures, enfermé seul dans sa chambre, à ruminer ses malheurs et ses rancunes.

Et c'est encore à cela que le vieil homme pensait ce matin, assis devant la fenêtre. Le cendrier en cristal débordait de mégots, mais il n'avait toujours pas trouvé de solution probante à son problème.

— Il y a pas à dire, maudit sacrifice de batince, on aura pas le choix de parler à Jaquelin, avant de faire quoi que ce soit, marmonna-t-il pour lui-même. C'est clair que tout doit passer par lui. D'une manière ou ben d'une autre, va falloir y mettre les yeux en face de la réalité, pis surtout trouver les bons arguments pour l'avoir de notre bord. Faut que Jaquelin comprenne que, d'une part, l'épicerie serait pas mal pantoute pour un homme avec juste un bras qui fonctionne, pis que, d'autre part, il y a moi qui veux avoir une maison au bord de l'eau. C'est pas rien, tout ça ! Pour quelqu'un d'intelligent, c'est clair que ça serait à l'avantage de tout un chacun... Ouais... Mais pour y arriver, par exemple, on aura pas le choix de vendre la cordonnerie. C'est plate à dire, mais c'est le prix à payer, tant pour lui que pour moi, parce que c'est sûr qu'on y est attachés, à ce commerce-là… Me semble, par contre, que de savoir que tout le monde y trouverait son profit, c'est ben en masse pour se faire à l'idée d'un gros changement dans nos vies, pis pour inventer du charme à une ville, non ? Maudit sacrifice ! C'est pas un drame de s'en venir vivre à Montréal ! Je l'ai faite, moi, il y a ben des années de ça, pis j'suis pas mort pour autant ! Va falloir que Jaquelin le comprenne. Pis vite, maudit calvaire ! La veuve Gamache attendra pas exprès après moi pour vendre son chalet.

L'échafaudage d'un stratagème pour arriver à réaliser enfin son rêve n'avait plus aucune limite dans l'esprit d'Irénée !

Il médita ainsi de longues minutes, incapable de trouver les mots convaincants ni la manière de les dire. Ce fut une exclamation poussée par Agnès qui arriva à le tirer de ses réflexions. Il tourna la tête vers le corridor, qu'il imaginait aisément.

— Ben voyons donc ! était justement en train de s'écrier la jeune fille en réponse à un coup frappé contre la porte extérieure. Que c'est tu fais là, toi ? Mais rentre, rentrez plutôt, on gèle ! J'suis tellement contente de te voir !

Irénée fronça les sourcils.

— Veux-tu ben me dire…

Habitué de fureter dans les affaires d'un peu tout le monde dans la maison, Irénée se releva aussitôt et, pour satisfaire sa curiosité, il marcha rapidement jusqu'à la porte de sa chambre, qu'il entrouvrit sans le moindre embarras.

Il tomba nez à nez avec Cyrille.

— Ça parle au diable…

Surpris, mais heureux, Irénée esquissa un sourire.

— Mais que c'est tu fais là, toi? fit-il en écho aux propos d'Agnès. T'es pas supposé rester au collège, durant la fin de semaine? Pis c'est qui, lui, demanda-t-il enfin, à l'instant où il aperçut un jeune homme plutôt grand, qui accompagnait son petit-fils.

— Bonjour, grand-père! Pis salut, la sœur!

Avec fougue, Cyrille embrassa Agnès sur les deux joues avant de revenir à Irénée.

— Je pouvais toujours ben pas visiter Montréal sans venir vous saluer, non?

— C'est sûr… Je te l'aurais pas pardonné. Mais lui, c'est qui? insista Irénée.

Tout en parlant, il tendait un index jauni par le tabac en direction de Fulbert qui, tout aussi curieux que pouvait l'être le vieil homme, jetait un regard pas vraiment discret autour de lui. La maison, sans être cossue, lui sembla plutôt confortable. Il tendit alors la main à celui qu'il savait être le grand-père de son ami.

— Bonjour, monsieur. Moi, j'suis un confrère de Cyrille, au collège. Je m'appelle Fulbert! Fulbert Morissette, fils du docteur Cyprien Morissette.

De façon tout à fait naturelle, le ton employé par Fulbert gardait toujours une pointe de suffisance, ce qui eut l'heur de contrarier Irénée. Il dévisagea l'ami de Cyrille, les yeux mi-clos.

— Tu m'en diras tant... Pis je peux savoir ce que tu fais chez nous, Fulbert Morissette, fils du docteur Cyprien Morissette ?

Il en aurait fallu bien plus pour intimider Fulbert, qui répondit du tac au tac, un petit sourire infatué flottant sur ses lèvres.

— À première vue, on dirait ben que j'accompagne Cyrille, qui tenait ben gros à venir vous saluer. Je vois pas autre chose.

Sur ce, Fulbert planta son regard dans celui d'Irénée.

— Pis en plus, Cyrille veut vous parler. C'est pour ça qu'on est ici, entre autres... Envoye, Cyrille, dis ce que t'as à dire, pour qu'on puisse enfin aller au cinéma.

— Ben si mon frère a quelque chose à nous apprendre, répliqua Agnès, avant que son grand-père intervienne, prenez au moins le temps d'entrer pis de vous débarrasser de vos manteaux ! Matante me pardonnerait pas que je vous laisse comme ça dans l'entrée. Donnez-moi votre linge, j'vas le mettre sur mon lit.

Et tandis que les deux garçons retiraient paletots, tuques et mitaines, Agnès annonça par-dessus son épaule en direction de la cuisine, sur un ton on ne peut plus enjoué :

— Matante, on a de la visite ! De la belle grande visite !

En moins de temps qu'il n'en faut pour l'écrire, tout le monde se retrouva assis dans la cuisine. Irénée avait pris la place d'Émile, au bout de la table, question de bien asseoir son autorité devant celui qu'il qualifiait déjà de jeune blanc-bec, tant et si bien que le maître brasseur, quand il entra dans la pièce à son tour, dut se contenter de s'asseoir aux côtés de sa femme qui, elle, en un tournemain, avait réussi à garnir une assiette de petits biscuits de fantaisie, ceux qu'elle gardait justement pour les grandes occasions. On entendait l'eau qui commençait déjà à chauffer dans la bouilloire.

— Bon ! Astheure qu'on est toutes ben assis, à ton tour de parler, mon Cyrille ! lança Irénée. Mais avant tout, tu vas commencer par nous dire comment ça se fait que t'es ici, à Montréal, pis pas dans ton collège ?

— Parce que Fulbert m'a invité chez lui pour la fin de semaine, vu que sa mère a décidé de prolonger son séjour à New York, expliqua Cyrille.

À ces mots, Irénée ouvrit tout grand les yeux.

— Je te suis pas, moi là ! J'ai dû mal comprendre, c'est ben certain. Veux-tu me répéter ça, Cyrille ? Que c'est que la mère de ton ami a à voir avec le fait que…

— C'est juste que ma mère aime pas tellement que j'invite du monde chez nous, coupa brusquement Fulbert, qui détestait aborder ce sujet-là devant les étrangers. J'suis moi-même obligé de rester au collège quand ma mère est à la maison parce qu'elle reçoit ben du monde durant les fins de semaine. Ce…

C'est comme une sorte de travail pour elle d'aider les artistes, qui rentrent chez nous comme dans un moulin. Ça fait que j'en profite, quand elle est partie, pour aller chez nous, parce que mon père, lui, il aime assez rencontrer mes amis. L'autre jour, c'est Xavier Chamberland qui est venu à la maison, pis là, ben, c'est Cyrille que j'ai décidé d'inviter.

— Eh ben ! Faut que ta mère soye partie pour que tu puisses aller chez vous… J'ai jamais vu ça, pis t'admettras avec moi que c'est un peu curieux comme manière de faire dans une famille normale.

— Ben pas chez nous. De toute façon, qu'est-ce que vous voulez que j'y fasse ? Ma mère tient salon, comme dans l'ancien temps. Pis comme elle me l'a déjà dit ben des fois : mon avis pèse pas lourd dans la balance de ses décisions.

Cet aveu, à tout le moins troublant, et le fait d'avoir choisi Cyrille comme compagnon de sortie, modifièrent légèrement la première impression d'Irénée. Le jeune Fulbert avait peut-être du cœur, après tout. D'autant plus qu'il semblait vivre dans une drôle de famille !

— C'est ben fin de ta part d'avoir pensé à mon petit-fils, comme ça, reconnut-il, beau joueur. Je le sais pas s'il te l'a dit, mais Cyrille trouve le temps ben long par bouttes, au collège. Par contre, si je comprends le fait que Cyrille tenait à venir nous saluer, ça m'explique pas pourquoi il aurait quelque chose de spécial à nous dire !

— J'y viens, grand-père.

Cyrille promena les yeux autour de la table. Tout le monde semblait attendre qu'il s'explique. Alors, par instinct ou par habitude, il s'arrêta sur Agnès, et il commença.

— Comme on a pas le droit de quitter le collège sans permission, hier matin, j'ai appelé à la maison pour demander aux parents d'autoriser ma sortie. C'est popa qui m'a répondu. J'ai pas eu besoin de parler longtemps avec lui pour comprendre que quelque chose allait pas chez nous.

Sur ce, Cyrille se tut. Visiblement, il cherchait ses mots pour rendre clairement ce qu'il avait cru comprendre.

— Pis ? Envoye, Cyrille, parle ! pressa Irénée. Que c'est qui va pas au point que t'ayes eu envie de retontir ici à matin ?

Le jeune homme se tourna alors vers son grand-père.

— C'est moman qui va pas pantoute ! Pis quand une mère de famille file pas, tout le reste de la maisonnée en pâtit !

— T'as pas tort de penser de même, mon pauvre Cyrille. Mais ça, vois-tu, on le savait déjà, intervint Lauréanne.

À ces mots, Agnès tourna vivement la tête vers sa tante.

— Vous saviez ça, vous, matante, que ma mère filait un mauvais coton ? Pis vous m'en avez pas parlé ?

— Ça aurait donné quoi, ma pauvre enfant, à part

t'inquiéter sans bon sens pour probablement pas grand-chose?

— N'empêche. Me semble que...

Au bout de la table, Irénée s'impatientait. Il interrompit Agnès cavalièrement.

— Tu m'excuseras, Agnès, mais tu régleras tes différends avec ta tante une autre fois... Pis, Cyrille? C'est juste ça que t'avais à dire? Parce que si c'est le cas, on va passer au thé avant que vous partiez pour aller voir votre film. Comme ta tante vient de le dire, on était déjà au courant pour ta mère. Malheureusement, ici, à Montréal, on peut pas faire grand-chose pour aider ton père pis le reste de ta famille qui vit à Sainte-Adèle-de-la-Merci.

— En gros oui, c'est pas mal ça, grand-père: ma mère va pas trop bien, depuis le... le départ d'Albertine. Sauf que mon père a ajouté que moman veut pus pantoute rester dans la maison de Sainte-Adèle-de-la-Merci. L'autre matin, elle s'est levée avec cette idée-là en tête, pis elle veut pas en démordre. Elle dit que la maison a le mauvais œil, que c'est elle qui leur porte malheur. Elle a ajouté que, pour elle, il était pas question de continuer à avoir peur de toute, tout le temps!

— Tu parles d'une idée de fou! Voir que la maison peut...

— C'est aussi mon avis, grand-père, coupa Cyrille. Pas besoin de s'éterniser là-dessus. Sauf que je sais très bien que si ma mère a quelque chose dans l'idée, il y a pas grand-chose qui va...

— L'épicerie !

Irénée n'avait pu retenir ce dernier mot et c'est avec fougue qu'il avait interrompu Cyrille. Le regard du vieil homme s'était mis à briller d'un éclat de convoitise que seuls Émile et Lauréanne pouvaient comprendre.

Au même instant, fatigué d'écouter des propos qui ne le concernaient pas, Fulbert se mit machinalement à pianoter sur la table, comme il le faisait avec ses amis quand ceux-ci l'exaspéraient.

Cette fois-ci, ce fut Émile qui perdit patience.

— Je te demanderais de bien vouloir arrêter ça tusuite, le jeune ! s'écria le gros homme, en fustigeant Fulbert du regard. C'est énervant sans bon sens ! Pis toi, ma femme, si tu nous servais une bonne tasse de thé ben chaud, ça nous aiderait peut-être à y voir clair !

Obligé par son travail de diriger toute une équipe d'ouvriers, Émile avait tout naturellement pris la situation en mains. Toutefois, connaissant le caractère chatouilleux d'Irénée Lafrance, il eut la bonne idée de se tourner vers lui, d'abord et avant tout.

— J'ai ben entendu votre cri du cœur, le beau-père, pis j'admets que l'occasion de parler de l'épicerie serait peut-être assez intéressante. À tout le moins, ça me paraît inespéré. Mais si vous le permettez, j'aurais une couple de questions à poser à Cyrille, avant tout le reste. Je voudrais surtout pas qu'on bouscule les choses en pensant ben faire, pis qu'à cause de ça, le projet vire en eau de boudin.

— T'as beau, le gendre... Je te fais confiance. Il y a peut-être plus d'idées dans deux têtes que dans une seule, je dirai pas le contraire. En autant que ça fasse avancer les choses dans le bon sens, moi j'ai rien contre toutes les questions que tu voudrais poser.

— Ben, si c'est de même...

À l'instant où Lauréanne déposait théière et tasses au milieu de la table, Émile tourna la tête vers Cyrille.

— Astheure, mon garçon, tu vas me répéter exactement les mots que ton père a dits. C'est peut-être ben important pour toutes nous autres de comprendre exactement ce qui se trame chez tes parents.

— Ah oui ? Vous pensez ça, vous ?

— Ouais, je pense ça.

— Ben, vous allez voir, mononcle, c'est pas tellement compliqué. Mon père a dit mot pour mot que ma mère voulait pus demeurer dans leur maison, pis que lui, il savait pas quoi faire en face de ça. Il a ajouté que moman en avait assez de tous les malheurs qui nous tombent dessus depuis quelques années. Paraîtrait qu'elle a même dit avoir envie de changer de vie pour que ça arrête... C'est exactement ça qu'elle a dit, ma mère : changer de vie pour que ça arrête... Popa avait l'air tellement découragé que j'entendais comme des larmes dans sa voix. C'est pour ça que j'ai demandé à Fulbert si ça le dérangeait pas trop, qu'on vienne jusqu'ici pour vous en parler. J'avais pas envie de jaser de ça dans le téléphone ni de garder ça pour moi, non plus... Ça m'a trop fait de peine d'entendre popa triste de même.

— T'as ben faite d'agir comme ça, mon Cyrille, approuva alors Lauréanne. Faut jamais garder des inquiétudes comme celle-là pour soi tout seul. C'est trop lourd à porter, pis ça finit par nous gruger par en dedans.

— Ben d'accord avec toi, ma fille, cautionna Irénée. Pis pour que ça arrête, comme le voudrait Marie-Thérèse, ça va être à nous autres de faire quelque chose, on dirait ben... Mais quoi ? Pis comment ?

Émile se redressa sur sa chaise.

— En allant au village, nom d'une pipe ! Voyez-vous autre chose, le beau-père, que d'aller jaser avec Jaquelin ?

— Jaser de quoi, mononcle ?

— Va pas trop vite, ma belle Agnès, ça s'en vient. Donne-nous deux menutes, pis on va toute t'expliquer ça ! Pis, Irénée, que c'est vous en pensez ? Ça aurait-tu de l'allure d'aller parler à Jaquelin tout de suite ?

— C'est ben certain que ça pourrait pas nuire.

Il y avait tout de même une certaine hésitation dans la voix d'Irénée qui, s'il cautionnait l'idée d'Émile, ne voyait toujours pas comment amener son fils à accepter de quitter le village, même par amour pour sa femme.

— À mon avis, poursuivit Émile, c'est astheure ou jamais qu'il faut semer l'idée, pour que Jaquelin puisse ben y penser de son bord, si vous voyez ce que je veux dire, le beau-père. Vous le savez comme moi à quel point Jaquelin a besoin de temps pour tout ben soupeser avant de prendre une décision. Par contre, une fois ça faite, si jamais il…

— Coudonc, s'écria Agnès, qui ne comprenait rien à ce qui se disait devant elle, y a-tu quelqu'un qui va finir par m'expliquer ce qui se passe ici, à matin ? C'est ben beau attendre, mononcle, mais je comprends pas plus que tantôt.

La jeune fille était visiblement à bout de patience.

— C'est quoi tout ça ? Pis c'est quoi l'idée que vous voulez semer, mononcle ? Y aurait-tu moyen de parler clairement ?

— Tout ça vient du fait que ton père a perdu l'usage de sa main droite en tombant dans l'eau d'une rivière en crue.

— Ben là, je comprends encore moins.

Sur ce, Agnès interrogea Cyrille du regard durant un bref instant, avant de demander :

— Toi, Cyrille, comprends-tu quelque chose à ce que mononcle, matante, pis grand-père disent entre eux autres ?

— Pantoute.

— Bon, vous voyez ben ! lança la jeune fille, en reportant les yeux sur Émile.

— T'as ben raison, ma belle Agnès ! Je peux facilement reconnaître que ça paraît mystérieux, notre affaire… Laissez-moi vous raconter, proposa calmement Lauréanne, pis vous allez voir que c'est pas dur pantoute de suivre notre pensée, à votre grand-père, à Émile pis à moi. En plus, j'ai dans l'idée que ça serait plein d'agrément pour tout le monde, si jamais on arrivait à convaincre votre père.

En quelques phrases concises, mais surtout très limpides, Lauréanne résuma facilement la situation.

— Le seul problème, en fait, c'est que Jaquelin a pas aimé la ville, conclut-elle. C'est pour ça qu'on lui a toujours pas parlé de l'épicerie et de la possibilité de l'acheter, advenant le cas où mon père vendrait la cordonnerie.

Lauréanne avait omis sciemment de parler de la tante Félicité, que Marie-Thérèse ne voulait pas quitter. Le faire aurait ajouté une donnée de taille à un problème déjà suffisamment complexe en soi.

« En temps et lieu », se dit-elle, philosophe, tout en promenant les yeux autour de la table, s'attardant particulièrement sur Agnès et Cyrille.

La jeune fille, qui aimait Montréal depuis longtemps, fut la première à réagir.

— Il est ben drôle, mon père ! Voulez-vous que j'y parle ?

— Pantoute, ma belle, pantoute, pondéra Lauréanne. Ça serait plutôt à ton grand-père de faire ça. Tu penses pas, toi ?

— Ouais, c'est vrai que ça le regarde plus que moi, cette affaire-là. D'autant plus que moi, je suis déjà rendue en ville, pis que j'ai pas l'intention de retourner vivre au village... Pis, grand-père, allez-vous parler à mon père ?

— Non, c'est pas moi qui vas parler à Jaquelin.

Toutes les têtes se tournèrent vers Irénée, avec

plus ou moins d'interrogation et de surprise dans les regards. Même Fulbert leva les yeux vers lui, car il commençait à prendre plaisir à assister à ce qui ressemblait à un drame dans la famille de Cyrille. En fait, ce qui se vivait devant lui en ce moment le rassurait. Au bout du compte, il n'y avait pas que chez lui où les choses semblaient un peu bizarres.

— Comment ça, son père, vous voulez pas parler à Jaquelin ? demanda Lauréanne, grandement surprise. Est-ce que par hasard vous auriez changé d'avis sans nous le dire ?

— Que c'est tu vas penser là, Lauréanne ! J'ai pas changé mon idée. Pas pantoute ! Même que l'envie de ma petite maison au bord de l'eau a jamais été aussi forte qu'astheure.

— Ben c'est quoi, d'abord ?

Irénée hésita. Puis, penchant la tête pour se soustraire à tous les regards fixés sur lui, il avoua sur un ton calme, qui ne ressemblait en rien à ses habituels esclandres :

— C'est peut-être juste qu'entre ton frère pis moi, les discussions sont jamais ben ben plaisantes... Non, pas plaisantes pantoute.

Sur ce, Irénée leva les yeux et il dévisagea Lauréanne intensément.

— Je sais pas le diable pourquoi, mais je finis toujours par me choquer après lui... Tu le sais, non ? Même quand la petite Albertine est morte, j'ai pas su m'y prendre pour dire à ton frère que je comprenais sa peine. Ça a sorti tout croche pis le ton a encore monté. C'est pour ça que je te demanderais de parler pour moi.

— Pardon ? J'ai-tu ben entendu, moi là ?

— Calvaire, Lauréanne, c'est assez dur de même ! Fais-moi pas répéter.

— C'est juste que...

Lauréanne était rouge comme un coquelicot.

— Comme ça, son père, vous me feriez assez confiance pour que je parle à Jaquelin ? Assez confiance pour que ça soye moi qui essaye de le convaincre de venir vivre ici, à Montréal ?

— Pourquoi pas ? Si t'expliques ça de la même manière que tu l'as faite pour Cyrille pis Agnès, je vois pas comment Jaquelin pourrait faire autrement que d'y penser. Pis ben sérieusement, à part de ça.

Complice, Émile posa sa large main sur celle toute menue de Lauréanne. Il la serra avec affection.

— Que c'est t'en dis, ma femme ? Tu te sens-tu d'attaque pour parler à ton frère ?

— M'as dire comme mon père, pourquoi pas ? J'ai jamais été gênée de lui dire ma façon de penser.

— Ben si c'est de même, on part le plus vite possible, lança Émile. Faut battre le fer pendant qu'il est chaud ! Plus vite on va parler, plus vite Jaquelin va se mettre à réfléchir à notre idée, pis plus on met de chances de notre bord avec l'épicerie. Ouais, c'est le bon moment de parler. Faut pas oublier que pour l'instant, Jaquelin est rendu tout seul ou presque à travailler à la cordonnerie. Ça doit pas être drôle tous les jours.

— Vous avez ben raison, mononcle, songea Cyrille à voix haute. Je sais que Benjamin donne un coup de main à popa de temps en temps, mais c'est certain que ça doit pas suffire... Ouais, je pense moi avec que l'épicerie serait une belle solution pour popa. Pis pour moman, par la même occasion.

— Ben coudonc, lâcha Fulbert, tout souriant. On dirait ben que votre problème va finir par se régler... On s'en va-tu, astheure, Cyrille ? Toi, tu peux pus faire grand-chose pour tes parents, pis moi, je voudrais surtout pas rater le début du film. Oublie pas que le cinéma dont j'ai parlé, il est sur Sainte-Catherine en ville, assez loin d'ici.

Puis, sur une impulsion venue d'une curieuse attirance qu'il ne chercha surtout pas à analyser, Fulbert se tourna vers Agnès.

— Pis toi, qu'est-ce que tu fais après-midi, Agnès ? Ça te tenterait-tu de venir avec nous autres ? C'est un film d'aventure, *Le voleur de Bagdad,* avec Douglas Fairbanks. En plus, c'est moi qui paye pour tout le monde !

— Calvaire, le jeune ! T'en as de l'argent, toi !

Irénée regardait Fulbert avec une lueur goguenarde au fond des yeux. Mais ce genre d'attitude n'avait jamais incommodé le jeune Morissette.

— Ben oui, j'ai toujours de l'argent dans mes poches, fit-il, nonchalant, tout en haussant les épaules.

Il y avait une sorte de résignation muette dans le

geste, ce qui interpella Irénée. Ce dernier se montra alors fort attentif.

— Mais c'est pas de ma faute, c'est à cause de mon père, soupira Fulbert en soutenant le regard d'Irénée. Je sais pas trop pourquoi, mais il a toujours peur que je manque d'argent. Pourtant, au collège, j'en ai pas tellement besoin.

Irénée apprécia cette réponse franche en opinant du bonnet. Décidément, ce jeune homme lui plaisait de plus en plus.

— C'est ben répondu, ça là, déclara-t-il. Tu sais que le mérite d'être riche te revient pas, tu te gênes pas pour le dire, mais en revanche, pis c'est ben généreux de ta part, tu cherches à partager ton avoir. T'as compris l'essentiel de la vie, mon garçon.

Ce compliment fit monter le rouge aux joues de Fulbert.

Ceci étant dit, Irénée se tourna vers sa petite-fille, à qui il décocha un clin d'œil.

— Pis, Agnès ? Ça te tente-tu d'aller aux petites vues avec les garçons ? Me semble que ça serait une belle occasion à pas rater ! Douglas Fairbanks, c'est un bon acteur. On l'a déjà vu, Napoléon pis moi, dans un film qu'on était allés voir ensemble. Dis oui, ma belle fille ! J'suis sûr que tu le regretteras pas.

CHAPITRE 10

À Sainte-Adèle-de-la-Merci,
plus tard en après-midi, le même jour

Dans la cuisine des Lafrance

La route entre Montréal et le village s'était faite dans un silence lourd d'introspection. Bien emmitouflés dans leurs manteaux de fourrure, Émile et Lauréanne se tenaient l'un contre l'autre pour se garder au chaud, et la chaufferette de l'auto avait été poussée au maximum, pour un semblant de confort aux pieds.

Dehors, il faisait un froid à pierre fendre, malgré le soleil radieux qui allumait des éclats brillants à travers les branches des sapins enneigés. En une tout autre occasion, Lauréanne aurait été sensible à l'immobilité du paysage figé, qui dégageait une beauté farouche, mais pas ce matin.

Lorsque la maison de son frère apparut, au bout de la rue, Lauréanne poussa un long soupir angoissé.

Nerveuse, elle tira son sac à main vers elle, puis elle se battit un instant avec ses gants pour arriver à y glisser ses mains correctement.

— Inquiète, ma femme ?

Lauréanne tourna un visage crispé vers Émile.

— C'est bien peu dire, mon mari… Te rends-tu compte ? Tout repose sur mes épaules. Si je rate mon coup, le père va m'en tenir rigueur longtemps, pis j'ai l'intuition que la vie pourrait redevenir insupportable à Montréal… Ça me tente pas pantoute de tout reprendre à zéro avec lui. D'autant plus que ça va bien depuis un bout de temps. Tu trouves pas, toi ?

— C'est sûr, admit Émile en souriant malicieusement. Quand le toit du logement a pus envie de lever à tout bout de champ, ça veut dire que ça va bien. Je dirais même que c'est depuis la visite prolongée de la tante Félicité que la vie est moins tendue entre ton père pis nous autres. Faudrait pas oublier, non plus, la présence d'Agnès. Elle avec, à sa manière, elle lui a radouci le caractère.

— On est du même avis, mon homme. Pis j'aimerais donc ça que ça reste de même. Ça fait qu'il faut pas que je me trompe avec Jaquelin. Faut que j'aye les bons mots pour le convaincre. Il y a Marie-Thérèse aussi… Elle risque de m'en vouloir ben gros si Jaquelin refusait tout net de m'écouter, pis ça, vois-tu…

— Laisse la belle-sœur en dehors de ça, déclara fermement Émile, tout en resserrant l'étreinte de son bras autour des épaules de sa femme. Marie-Thérèse pourra jamais rien te reprocher. Après tout, c'est elle qui aurait dû parler à son mari. Tu penses pas, toi?

— Eh ben... Comme ça, toi avec tu penses ça?

— C'est sûr.

— Le pire, là-dedans, c'est que j'ai l'impression qu'on a pas tort, analysa Lauréanne en soupirant. C'est justement à ça que j'ai jonglé, tout au long du chemin. N'empêche... J'ai dans l'idée que c'est pas dans toutes les familles que le mari pis la femme se parlent aussi facilement qu'on le fait, nous deux.

— C'est ben vrai... Pis c'est vrai aussi que le beau-frère a jamais été tellement jasant. Ça doit compter ben gros, ça, dans leur manière d'être ensemble... Pourtant, bateau d'un nom, j'suis certain qu'entre ton frère pis sa femme, il y a autant d'entente pis d'amour qu'entre nous deux... C'est drôle de voir comment c'est que les gens agissent pas toutes de la même manière... Bon! Astheure, ma belle Lauréanne, avant qu'on soye transformés en glaçons, toi pis moi, on va rentrer... On verra ben ce que ça va donner. L'important, c'est de faire notre possible pour convaincre ton frère. En cas de besoin, ma femme, tu sais que tu pourras toujours compter sur moi. Ici, avec Jaquelin, si t'en sens le besoin, ou plus tard, chez nous, avec ton père, si jamais ça marchait pas comme on le souhaiterait.

Émile avait l'air si sûr de lui que cette apparence de confiance inébranlable aida Lauréanne à chasser un peu de sa nervosité.

Néanmoins, ils échangèrent un regard soulagé

quand ils virent que c'était la tante Félicité qui ouvrait la porte. La présence de cette femme qui, de toute évidence, avait grandement apprécié son séjour à la ville, ne pourrait pas nuire.

— Bonne sainte Anne ! Une apparition.

Félicité Gagnon était toute souriante. Cachée derrière le battant de la porte pour se protéger tant bien que mal de l'air glacial qui cherchait sournoisement à se faufiler à l'intérieur de la maison, elle invita les voyageurs à se presser.

— Rentrez, voyons, rentrez ! Grouillez-vous, on voit toute notre belle chaleur qui s'envole en nuage dès qu'on ouvre la porte... Venez vous chauffer au ras du poêle, il y a rien que là qu'on est ben, aujourd'hui !

Puis, un peu plus tard, tandis qu'Émile et Lauréanne acceptaient volontiers une tasse de thé bien chaud, elle demanda :

— Voulez-vous ben me dire ce que vous faites au village ? On pensait jamais vous revoir avant l'arrivée du bébé. On en parlait justement au déjeuner, Marie-Thérèse, Jaquelin pis moi.

— Je vous avouerais ben franchement, Félicité, que jusqu'à ce matin, nous autres non plus, on pensait pas venir vous visiter aujourd'hui... C'est un peu à cause du bébé qui retarde, pis de Marie-Thérèse qui semble pas trop en forme, qu'on est ici...

— Ah bon...

Manifestement, la vieille dame n'avait pas l'air de comprendre. Alors, sans lui laisser le temps d'élaborer sa réponse, ce qui risquait d'être long, Émile enchaîna :

— Vous trouvez pas, vous, qu'il se laisse pas mal désirer, cet enfant-là ? demanda-t-il finalement en guise de mise en place, car lui non plus, il ne savait trop comment aborder le sujet.

— Pas plus que les autres, répondit Félicité en haussant les épaules... Il y a pas de date ben précise pour la naissance des enfants... C'est comme pour les pommes ! Il y en a qui sont pressées de tomber, pis il y en a d'autres qui restent longtemps sur la branche. Moi-même, selon ma mère, je me suis laissé désirer durant deux grosses semaines, avant de me montrer le bout du nez. Avec ce que ma pauvre Thérèse a vécu, ces derniers temps, vous admettrez avec moi que c'est pas trop surprenant que la délivrance soye un peu retardée... Si c'est juste pour ça que vous avez fait toute cette route-là, vous auriez pu vous contenter du téléphone.

À ces mots, Lauréanne se sentit rougir.

— C'est pas juste pour ça, murmura-t-elle, la gorge serrée. Il y a aussi Cyrille qui est venu nous voir, à matin.

— Cyrille ? Ah oui, c'est vrai ! Jaquelin m'avait parlé du fait qu'à son tour, notre grand jeune homme allait pouvoir visiter Montréal, grâce à une belle invitation de la part d'un camarade de classe... Il est ben chanceux d'avoir été choisi par son ami. Comme ça, il est allé vous voir ?

— Ouais... Pour nous saluer, comme de raison,

mais aussi parce qu'il voulait nous parler de quelque chose d'important.

— Vous parler? Eh ben... Je vois pas vraiment ce qu'il aurait pu dire de bon ou de sérieux au point de vous donner l'idée de venir jusqu'ici.

Avant de répondre clairement, Lauréanne regarda autour d'elle, et prit une longue inspiration pour se donner du courage. Après tout, Félicité Gagnon risquait d'être la grande perdante si jamais le projet aboutissait. En effet, comment pourrait-elle accepter l'idée de voir sa nièce partir pour Montréal, alors qu'elles étaient si proches l'une de l'autre? Voilà pourquoi, incapable de tout avouer de but en blanc, et selon une vieille habitude prise dès l'enfance, Lauréanne aborda la discussion par la bande.

— Coudonc, ma tante! Où c'est qu'est tout le monde? Je m'attendais à une maisonnée plus bruyante que ça, rapport au froid de canard qu'y fait dehors.

— Les petits sont chez Henriette, la sœur de Marie-Thérèse, expliqua alors la vieille dame. Depuis les funérailles, elle vient les chercher pas mal souvent pour nous soulager un peu. Henriette le sait ben, va, que la tâche est lourde pour tout le monde, pis que l'entrain est pas trop au rendez-vous. Benjamin, lui, il est dans la cordonnerie avec son père, qui a souvent besoin d'aide, pis ma nièce fait un somme.

— Ah...

Devant cette retenue de Lauréanne, la tante Félicité ne put s'empêcher d'esquisser un sourire.

— Avec toutes les semaines que j'ai passées chez vous, je commence à bien te connaître, Lauréanne, commenta-t-elle finement. Quand tu te mets à parler de tout pis de rien, comme tu viens de le faire, c'est qu'il y a quelque chose d'important qui s'en vient... Lâche le morceau, tu vas juste te sentir mieux par après.

— Je le sais ben... En fait, si j'suis ici avec mon mari, c'est que je me suis engagée envers mon père pour parler à Jaquelin... Ouais... Imaginez-vous donc, matante, que selon Cyrille, qui a discuté avec son père vendredi matin, il paraîtrait que Marie-Thérèse veut pus pantoute continuer à vivre ici.

— Ah oui?

Curieusement, et malgré l'interrogation, la tante Félicité ne semblait pas surprise outre mesure. Elle hocha la tête, tandis que le vague sourire affiché plus tôt continuait de flotter sur ses lèvres minces.

— C'était donc ça, murmura-t-elle, songeuse.

Elle resta ainsi, les yeux dans le vague, durant une bonne minute, puis elle se tourna vers Lauréanne.

— Vois-tu, Lauréanne, je m'en doutais un peu. Oh! Elle m'en a rien dit. Elle est plutôt discrète sur ses sentiments, ma Thérèse, même avec moi, mais je m'en doutais pareil. Quand le cœur à l'ouvrage y est pus, surtout avec une femme comme ma nièce, qui, normalement, trime du matin au soir sans jamais se plaindre, c'est que le mal est profond. Il y avait la mort de la petite, c'est sûr. Pis rien que ça, ça serait ben suffisant pour abattre n'importe quelle mère qui a le cœur à la bonne place. Mais au-delà de cette épreuve sans nom, je sentais qu'il y avait autre chose... Comme ça, Marie-Thérèse voudrait partir d'ici ?

— C'est ce que Jaquelin aurait dit à Cyrille, qui nous l'a répété.

— Bonne sainte Anne ! Pis connaissez-vous la raison qui la pousse à vouloir s'en aller ?

— La maison, lâcha Lauréanne, heureuse de voir que la tante prêtait une oreille attentive à ses propos. Marie-Thérèse dit que c'est la maison qui leur porte malheur.

— Eh ben... Drôle d'idée.

— C'est exactement ce que mon père a dit, lui aussi.

À ces mots, Félicité Gagnon étira un peu plus son sourire.

— Ça a l'air de rien, comme ça, mais finalement, on s'entend ben, Irénée pis moi... Je m'en suis rendu compte, l'été dernier, pis ça continue encore aujourd'hui. Je l'ai lu entre les lignes de la lettre qu'il m'a envoyée, un peu après les fêtes, fit-elle sans entrer dans les détails. Finalement, on a souvent le même avis sur le monde ou sur les choses... Toi, Lauréanne, t'aurais-tu une petite idée de l'endroit où c'est que Marie-Thérèse voudrait s'en aller ? Une autre maison dans le village, ou quoi ?

— Non ! Pas question non plus de rester au village...

— Bonne sainte Anne, où c'est qu'elle peut ben

vouloir aller? Jaquelin le sait-tu? Il l'aurait-tu dit à Cyrille?

— Je serais ben surprise que Marie-Thérèse se soye confiée jusque-là à mon frère, sinon je pense qu'on aurait pas eu besoin de se déplacer. Mais nous autres, Émile pis moi, on sait très bien ce qui ferait plaisir à Marie-Thérèse, pis ça serait de s'en venir en ville!

La réponse de Lauréanne avait fusé, claire et forte, ne laissant place à aucun doute.

— En ville? Eh ben...

Félicité Gagnon, qui n'avait jamais eu la langue dans sa poche, eut l'air subitement à court de mots. Elle hésita un instant, puis elle demanda:

— Pis Irénée, lui, il serait-tu au courant de ça?

— Que c'est que vous allez penser là, matante? C'est sûr que mon père est au courant. Jamais j'oserais aller contre sa volonté ou ben en cachette de lui. Me semble que vous le connaissez assez pour savoir que ça serait de courir après mon malheur que d'agir dans son dos... Non, non, c'est lui en personne qui m'a demandé de venir parler à Jaquelin dans le sens d'un éventuel déménagement en ville. Mon père m'a dit que s'il s'en chargeait lui-même, il avait peur que ça vire en chicane.

— C'est vrai que ton père est loin d'être diplomate, cela dit sans vouloir t'offenser, comme de raison... Il parle trop raide, même si, souvent, il a raison dans ses propos... Comme ça, Irénée t'a demandé de venir jusqu'ici... Vite de même, aujourd'hui... On dirait ben qu'il voulait pas que ça niaise, son affaire!

Ça serait-tu qu'il a encore dans l'idée d'avoir un chalet sur le bord de l'eau ?

Émile sursauta.

— Vous étiez au courant pour le chalet, vous ?

— Oh ! Vous savez, Émile, entre deux vieux comme nous autres, il y a des confidences qui se font toutes seules… Tout ça pour dire que oui, j'étais au courant des intentions de votre beau-père. Pis je trouvais que ça avait pas mal de bon sens, en plus. C'est un peu de ça qu'on a parlé dans nos lettres, cet hiver.

— Ah oui ?

— C'est sûr. Vendre la cordonnerie pour aider Jaquelin à se trouver un métier qui s'adonnerait mieux avec son état, ça a plein d'allure… Vous pensez pas, vous ? En tout cas, c'est ce que moi j'avais dit à Irénée, l'été passé. D'autant plus qu'en vendant tout ça, ici, ça l'aiderait peut-être, de son bord, à réaliser son rêve de chalet.

Sur ce, la tante Félicité détailla la pièce autour d'elle.

— Une maison comme celle de Jaquelin, grande pis confortable, une maison qui offre en plus une possibilité de métier avec sa cordonnerie, ça doit valoir son pesant d'or… L'idée d'Irénée est pas mauvaise. C'est juste dommage que Jaquelin se soye blessé comme ça, parce que finalement, ça va peut-être les obliger à se départir d'un bien qu'autrement, ils auraient pu garder un bon boutte, pis même faire suivre à l'autre génération.

— C'est vrai que c'est triste, mais que c'est vous voulez qu'on y fasse? C'est ça qui est ça, pis à l'instant où on se parle, Jaquelin arrive pus à faire son métier tout seul. Il est là le gros problème.

— J'suis d'accord avec vous, Émile.

— Ben coudonc...

Lauréanne était visiblement soulagée.

— Je pensais jamais que vous accepteriez ça aussi facilement, constata-t-elle, en souriant à Félicité. Vous êtes ben sûre, matante, que ça vous dérangerait pas de voir partir toute la famille pour la ville?

— Parce que la famille partirait en ville?

— Ça m'en a tout l'air, déclara calmement Émile, prenant ainsi la relève. Je vois pas ce que Jaquelin pourrait trouver d'autre comme métier, ici, à Sainte-Adèle-de-la-Merci. Il y a ben le moulin à scie qui donne de l'ouvrage à pas mal de monde, mais dans le cas du beau-frère, ça serait pas le diable mieux que sa cordonnerie. De toute façon, c'est pas au village que Marie-Thérèse veut s'établir.

— C'est sûr! Vous me l'avez dit, t'à l'heure.

— Mais à Montréal, par contre, il y a une épicerie à vendre proche de chez nous. Ça, Félicité, ça serait peut-être l'idéal pour Jaquelin. Comme le beau-père l'a dit, avant qu'on parte de chez nous: ça prend pas deux mains pour placer du cannage sur des tablettes. Pis moi j'ajouterais que ça vaut aussi pour faire marcher une caisse enregistreuse ou ben enligner des chiffres dans un cahier. Pour ça non plus, ça prend pas les deux mains, d'autant plus que Jaquelin a fini par développer toutes sortes d'habiletés.

— Ah oui ! L'épicerie...

Félicité Gagnon hocha la tête en signe d'assentiment.

— Astheure que vous en parlez, Émile, ça me revient. Je l'ai vue, l'été dernier, quand je me promenais dans le quartier... C'est toujours pas vendu ?

— Ben non !

— Pis c'est tant mieux !

Alors qu'ils étaient tout à leur discussion, personne n'avait entendu la porte de la chambre s'ouvrir lentement. Ils sursautèrent donc tous au son de la voix de Marie-Thérèse, qui avait entendu une bonne partie de la conversation et qui avançait maintenant vers eux.

— Ouais, c'est tant mieux que l'épicerie soye pas vendue, répéta-t-elle d'une voix lasse. J'suis d'avis que pour Jaquelin pis moi, il y aurait rien de mieux. Avec un commerce dans ce genre-là, même les enfants pourraient faire leur part sans trop de problèmes, pis notre famille serait regagnante... Ça fait des mois que je revire ça dans tous les sens, pis j'suis convaincue de mon affaire.

— Pourquoi, d'abord, t'en as pas parlé avant, ma Thérèse ? Du moins à ton mari.

— À cause du fait que Jaquelin semble pas avoir apprécié la ville plus que ça. Parce qu'il aime son métier pis que ça va être un vrai sacrifice de l'abandonner. Pis à cause de vous, matante.

Tout en parlant, Marie-Thérèse avait pris place à côté de sa tante. Elle posa une main affectueuse sur celle toute fripée de la vieille dame.

— J'étais pas capable de me figurer en train de vivre tout le temps loin de vous, avoua-t-elle, tout émue.

— Pauvre enfant ! Si j'avais su, c'est moi qui t'en aurais parlé ben avant aujourd'hui.

— Parce que ça vous dérangerait pas de me voir partir ?

— Bonne sainte Anne ! J'ai-tu dit ça ?

— Non, mais...

— Laisse-moi donc finir, ma belle. On discutera des détails après... Vois-tu, pour moi, la ville a toujours eu plein de charmes. Ça me rappelle mes jeunes années, quand j'ai étudié pour devenir institutrice.

La conversation s'était déplacée et, pour l'instant, c'était un dialogue à voix basse qui accompagnait le ronflement du poêle. Émile écoutait la tante Félicité, une main de Lauréanne emprisonnée dans les siennes. Il se disait qu'il était dommage que Jaquelin ne soit pas là pour tout entendre, pour comprendre à quel point leur vie à tous pourrait devenir plus agréable.

— Tu sais, ma Thérèse, une place ou ben une autre, ça change rien pour moi, était justement en train d'avouer la tante Félicité.

Sans le savoir, elle venait d'enlever un poids immense sur le cœur de Marie-Thérèse, qui, malgré tout, se permit de protester.

— Mais vous aimez tellement votre petite maison ! argumenta-t-elle avec une sincérité qui n'était nullement feinte. Vous en êtes si fière !

— C'est sûr que ça me fait toujours un petit velours de me dire que je l'ai payée toute seule, à la sueur de mon front. Pis je l'aime, ma maison, pas de doute là-dessus. Je trouve qu'elle me ressemble. Mais un dans l'autre, ça restera toujours ben juste un toit pis des murs. Pas de quoi en faire toute une histoire ! Oublie pas, ma belle, que, pour moi, ben des choses ont changé, depuis ma crise de cœur. D'être longtemps à l'hôpital, ça m'a permis de jongler à ma guise. Au bout du compte, j'ai finalement compris qu'il y a juste une chose à laquelle je tiens vraiment, pis c'est la vie. Quand on a eu peur de mourir comme moi, ça nous fait comprendre que l'important était pas nécessairement là où on pensait qu'il était… Ben des affaires, dans notre vie, sont juste de l'accessoire, un peu comme des fanfreluches sur une robe ou une plume sur un chapeau. C'est ça que j'ai compris à travers ma maladie. Ça fait que j'irai ben là où la vie va m'appeler, en tenant compte du fait que toi pis ta famille, vous avez pas mal plus d'importance qu'une maison. De toute façon, ça me donnerait quoi de m'entêter à vivre dans un village où j'ai vu partir la plupart de mes amis au fil des années, en pensant à toi qui serais toujours ben vivante à quelques heures d'ici ? Je me trouverais sans-dessein de rester ici tandis que toi, t'es ailleurs. À l'exception de mon frère, qui se trouve à être ton père pis que je laisserais en arrière de moi, j'avoue qu'il y a pus grand-chose pour me retenir au village. De toute façon, avec le char d'Émile à notre disposition, je pourrais venir faire mon tour de temps en temps, ça me suffit.

— Si j'avais su…

— Si on avait toutes su, ma belle, on serait pas ici en train de jaser d'avenir parce que ça ferait belle lurette que tout ça serait réglé, pis qu'on le vivrait déjà, notre avenir.

— Peut-être pas, matante, peut-être pas… Il y a Cyrille aussi. Je sais ben qu'il deviendra jamais cordonnier. Ça, il l'avait d'écrit dans la face, l'été dernier, quand il a été obligé de travailler avec son père. Mais il reste quand même ses études. Mettons qu'on part de Sainte-Adèle-de-la-Merci, pis ça, c'est pas faite encore, rapport qu'on sait même pas combien ils veulent pour l'épicerie, mais si des fois on partait, jamais le curé Pettigrew consentirait à payer la fin de son cours.

— C'est quoi, cette crainte-là, Marie-Thérèse ? J'suis là, moi.

La voix d'Émile, grave et chaude, rassurante et fraternelle, fit venir les larmes aux yeux de Marie-Thérèse. Incapable de parler, elle se contenta de le fixer longuement.

— Le Bon Dieu nous a peut-être ben pas donné d'enfants, à Lauréanne pis moi, poursuivit Émile sur le même ton chaleureux, mais vous l'avez faite à notre place ! Pis savez-vous quoi ? On les aime comme s'ils étaient à nous autres, ces enfants-là.

Alors, faites-vous pas de soucis, Marie-Thérèse. On s'inquiétera de tout ça, dans le temps comme dans le temps ! Au besoin, on jasera ensemble des études pis de tout le reste qui va avec, pis on finira ben par trouver des solutions.

— Ben voyons donc, vous autres...

Émue, Marie-Thérèse passait de l'un à l'autre. Sa chère tante Félicité, Lauréanne et Émile la regardaient en souriant.

Le soulagement que Marie-Thérèse ressentit alors arriva presque à la rendre heureuse, elle qui n'avait toujours pas cessé de pleurer son Albertine.

— Comme ça, si je vous ai toutes ben compris, il nous reste juste à aller chercher Jaquelin pour...

— Ça sera pas nécessaire, Marie. J'suis déjà là...

Tout comme sa femme l'avait fait auparavant, Jaquelin s'était glissé silencieusement dans la cuisine, attiré par le murmure des voix. Dans l'ombre du corridor, on devinait la présence de Benjamin qui n'osait avancer, tant il y avait de gravité dans la voix de son père. Par instinct, le jeune garçon sentait que l'instant était solennel.

Jaquelin hésita à peine. S'il n'avait pas été présent au début de la conversation, il en avait cependant assez entendu pour comprendre de quoi il retournait.

— Comme ça, l'idée de partir de la maison, c'était vraiment du sérieux, Marie ?

— Oh oui ! Si tu savais à quel point j'en ai envie...

Marie-Thérèse s'était levée précipitamment quand

elle avait entendu la voix de son mari. De la main, elle désigna la cuisine autour d'eux.

— Elle est belle notre maison, Jaquelin, je dirai jamais le contraire, mais j'suis pus heureuse ici. C'est comme si la mort de notre fille avait été un signe du Ciel pour me dire qu'il était temps de partir. Je me doute un peu que ça risque de blesser mes frères pis mon père parce qu'ils nous ont aidés à la construire, mais j'ose croire qu'ils m'aiment assez pour comprendre.

Présentement, un long regard unissait Jaquelin et Marie-Thérèse. C'était un peu comme si les autres parents assis à la table s'éloignaient d'eux, s'effaçaient dans la brume.

Pour Marie-Thérèse, il n'y avait plus que ce regard entre Jaquelin et elle, que cette attirance réciproque entre eux, que ce besoin l'un de l'autre... Il n'y avait plus que leur amour qui avait de l'importance.

Tandis que Jaquelin s'approchait d'elle sans la quitter des yeux, Marie-Thérèse se demanda comment elle avait fait pour pleurer sa petite Albertine loin de son mari. Comment avait-elle pu exiger de lui qu'il la laisse seule, sachant qu'il devait souffrir tout autant qu'elle? Fallait-il qu'elle soit bouleversée pour en oublier à quel point elle se sentait bien dans ses bras, pour oublier à quel point cet homme-là avait toujours su l'apaiser...

Dès que Jaquelin fut à ses côtés, Marie-Thérèse se blottit tout contre lui, un bras passé autour de son cou. En elle, il n'y avait plus que ce profond amour qui les unissait, malgré les silences et les non-dits. Leur vie était ainsi faite, depuis le tout premier instant. Marie-Thérèse le savait et elle savait aussi que cela ne changerait jamais. Ça n'enlevait rien à la profonde confiance qui existait entre eux.

Quant à Jaquelin, il ferma les yeux et il respira profondément l'odeur du savon imprégné dans les cheveux de sa femme. Que serait-il sans elle, sans leur famille? Il était là, l'essentiel de sa vie, comme il l'avait avoué au lendemain de l'incendie. Être ensemble, se serrer les coudes au besoin, apprendre à mieux s'aimer.

Apprendre à se respecter.

Marie-Thérèse savait tellement mieux que lui comment respecter l'autre. Même son silence, parfois, était éloquent d'amour et de respect.

Jaquelin serra les paupières très fort l'une contre l'autre pour retenir les larmes qu'il serait gêné de verser devant des étrangers, parce qu'en ce moment, tous ceux qui n'étaient pas Marie-Thérèse étaient un peu des étrangers pour lui. Puis Jaquelin prit une profonde inspiration, et, glissant un doigt sous le menton de sa femme, il l'obligea à lever les yeux vers lui.

— Si tu veux partir, ma femme, on va partir.

La voix de Jaquelin était rauque d'émotion.

— Si tu préfères la ville, j'vas apprendre à préférer la ville, moi aussi. Tu le sais que j'suis jamais bien quand t'es loin de moi. Ben tu sauras, ma femme, que j'suis pas bien non plus quand je te vois malheureuse, même quand t'es à mes côtés, surtout quand t'es à mes côtés. Tes tristesses me font mal, Marie, parce que j'ai promis, au matin des noces, que je ferais tout en mon pouvoir pour te rendre heureuse. Si tu pleures, ça veut dire que je me suis trompé, en quelque part. Je peux peut-être pas empêcher tous les malheurs, pis Dieu sait qu'on en a connu, toi pis moi, mais je peux t'aider à les traverser, par exemple. Ça fait qu'on va trouver une solution à tes larmes pis à tes tristesses d'aujourd'hui.

Marie-Thérèse sentait battre son cœur jusque dans sa gorge.

— Pis si je te disais, mon homme, que la solution est peut-être déjà trouvée?

— Je te répondrais que j'suis paré à t'écouter. Ouais, j'vas écouter ton explication jusqu'au bout, Marie, sans dire un mot, parce que tout ce que j'veux, c'est voir ton sourire revenir.

À ces mots, Marie-Thérèse esquissa un pâle sourire, fragile comme une promesse. Elle glissa un doigt sur la joue de son mari, se hissa sur le bout des pieds pour l'embrasser, puis elle se tourna vers sa belle-sœur.

— Si j'ai ben compris, tantôt, ton père est déjà au courant de tout ça, pis c'est à toi qu'il a confié la mission de parler à Jaquelin, non?

— C'est ça, oui.

— Ben, si tu nous racontais ce qu'il a de bon à dire? Peut-être que ça nous donnerait l'occasion de se faire une tête sur ses projets. Pis ensemble, mon homme pis moi, on saurait peut-être mieux ce qu'on a à faire pis à décider…

Et tandis que Benjamin, resté dans l'ombre, écoutait de ses deux oreilles, Marie-Thérèse et Jaquelin s'installèrent à la table, tout près l'un de l'autre.

Le bébé qui se faisait attendre entendit le cœur de sa mère, qui battait à grands coups. Il se mit alors à bouger à gestes discrets. Oh ! À peine un petit roulement d'épaules, tout juste un rappel de sa présence. Néanmoins, ce fut suffisant pour que, machinalement, Marie-Thérèse posât la main sur son ventre, et sans hésitation, malgré l'intimité du geste en présence de la tante Félicité, de sa sœur et de son beau-frère, Jaquelin y joignit la sienne.

ÉPILOGUE

Quinze mois plus tard...
À la fin du mois de juin 1926

À Pointe-aux-Trembles, en compagnie d'Irénée et de Félicité

— Sacrifice de batince que ça a été long!

Irénée Lafrance se berçait avec énergie, donnant de l'élan à sa chaise avec de vigoureux coups de talons. Si le ton de la voix était bougon, il avait tout de même l'air d'un homme satisfait. Sur une petite table d'osier, placée à côté de lui, il avait déposé son fidèle paquet de cigarettes et le cendrier de cristal qu'il avait apporté depuis Montréal. Maintenant qu'il avait un chalet bien à lui, où il pouvait faire ce que bon lui semblait, ou presque, Irénée ne sentait plus le besoin de fumer en cachette dans sa chambre.

— J'suis paré à diminuer, avait-il consenti, lors d'une discussion avec Lauréanne, mais pas question d'arrêter complètement, j'suis trop vieux pour ça.

Cette réplique, servie sur tous les tons à un peu tout le monde autour de lui, avait enfin réussi à clouer le bec tant aux membres de sa famille qu'à son médecin.

En ce moment, Félicité aussi se berçait à ses côtés. Détendue, elle y allait toutefois beaucoup plus calmement, profitant, les yeux mi-clos, de la fraîcheur d'une petite brise venue du fleuve, tout en pensant à sa chère Marie-Thérèse qui, malgré le travail, la chaleur et l'ouvrage occasionné par le bouleversement de leur quotidien, était toute souriante depuis le déménagement. La remarque d'Irénée la tira cependant de sa réflexion.

— Vous vous attendiez à quoi, mon pauvre Irénée? Que ça se fasse en claquant des doigts? demanda-t-elle, sans tourner la tête, le regard posé sur l'horizon qui, de l'autre côté du large cours d'eau, paraissait délavé dans la brume de chaleur qui était tombée sur la région vers l'heure du midi.

— Je m'attendais peut-être à un peu plus de collaboration, rétorqua Irénée, en soupirant.

À ces mots, Félicité se retourna à demi pour fustiger le vieil homme.

— Ben voyons donc, Irénée! Que c'est que ça vous aurait pris de plus? J'ai jamais vu autant de monde mettre autant d'efforts pour réaliser un projet. Émile, Jaquclin, Lauréanne... Tout le monde y est allé de ses suggestions pis de ses sous, ou de ses encouragements pis de son temps, faute de mieux! Même Marie-Thérèse a fait sa part, malgré la naissance de la petite Camille, qui a dû gruger pas mal de son énergie, en plus de tout le reste. Faut pas oublier que c'est elle pis moi, toutes seules, qui avons fait le ménage des deux maisons quand une visite s'annonçait, pis...

— Maudit sacrifice ! Je vous arrête tusuite, ma bonne Félicité. Encore une fois, c'est sorti tout croche...

À première vue, Irénée semblait contrit. Toutefois, cette attitude était si nouvelle qu'elle surprenait encore tous ceux qui l'entouraient.

— Je sais pas le diable pourquoi, expliqua-t-il, mais quand j'ai quelque chose à annoncer, j'arrive quasiment jamais à le faire de la bonne manière... Comprenez-vous ça, vous ? Tout ça pour dire que c'est pas un reproche que je viens de faire, pas pantoute ! Allez surtout pas vous imaginer que j'entretiens de la rancune envers qui que ce soit. C'est juste que pour une fois, dans ma damnée vie, j'aurais aimé ça que le Bon Dieu fasse sa part, Lui avec, en nous amenant les frères Tanguay plus vite que ça. Il devait ben le savoir, Lui, que la vente de la cordonnerie était pour se faire un jour, non ?

— C'est sûr que le Bon Dieu est supposé toute voir pis toute savoir à l'avance ! confirma Félicité, pince-sans-rire. Du moins, c'est ce que les curés nous disent. Là-dessus, je vous donne raison.

— Enfin ! Vous voyez ben que j'étais pas méchant, pis que j'ai pas complètement tort quand je dis que la vente aurait pu se faire ben plus vite. Un an, sacrifice ! Ça nous a pris une longue année avant que ça aboutisse.

— C'est ben certain que ça aurait pu se faire avant même la naissance du bébé, approuva encore une fois Félicité, toujours aussi calme. Je dirai pas le contraire : la bâtisse était quasiment neuve pis le commerce rentable. Remarquez ben que ça aurait sûrement fait l'affaire de Marie-Thérèse. C'est elle, dans le fond, qui a le plus souffert de la situation, avec le bébé, la maison, la cordonnerie pis tout le reste... Pauvre femme ! Elle a ben du mérite, ma nièce... Ça a dû lui demander ben du courage pis de la patience, tandis que nous autres, on avait juste à ronger notre frein en espérant une vente qui finissait pas par arriver ! Je pense, ma grand foi du Bon Dieu, que pour s'en sortir, ma belle Thérèse a fonctionné à l'espoir durant toute la dernière année ! Mais pour ce qui est de moi, par exemple, je dirais quand même que l'attente d'une chose ou d'un événement, ça peut avoir plein d'agrément.

— Ouais... C'est vrai qu'on a passé une bonne partie de l'hiver dernier à faire toutes sortes de projets, ma fille pis moi. Du moment que la cordonnerie a été vendue, on parlait pus rien que de ça ! Même Agnès pis Émile ont mis leur grain de sel dans nos discussions pis c'était ben plaisant.

— Bon ! Vous voyez ben !

À ces mots, Irénée intensifia le mouvement de sa chaise, prit le temps de s'allumer une seconde cigarette, toussa un bon coup, puis répondit :

— À ben y penser, on a raison tous les deux...

— Mettons, admit Félicité, tout en haussant les épaules. Mais c'est pas ça qui compte. L'important, c'est qu'avec l'argent récolté de la vente de votre maison pis de la mienne, on a réussi à avoir tout ce qu'on voulait. Peu importe le temps que ça a pris. Malgré ce que vous en pensez, j'ai dans l'idée que le Bon Dieu veillait quand même sur nous autres, rapport qu'on a réussi à acheter l'épicerie à un bon prix, pis votre maison au bord de l'eau.

— « Notre » maison au bord de l'eau, rectifia Irénée. C'est grâce à vous tout autant qu'à moi si on peut se bercer en face du fleuve en ce moment...

Sur ce, Irénée regarda autour de lui.

— Batince que c'est agréable d'être icitte ! apprécia-t-il. En plus, on a pu acheter un chalet assez grand pour qu'on aye chacun une chambre, avec deux autres de bonne dimension pour recevoir de la visite... Pis tout ça, c'est grâce à nos deux.

— Ouais... Si vous voulez.

Félicité fit mine de réfléchir, puis elle éclata de rire.

— Ça me fait tout drôle de me dire que, finalement, votre famille pis ma famille, c'est la même... Jusqu'à l'an dernier, j'avais jamais vu la situation sous cet angle-là... Mais toujours est-il que la vente de ma maison a aidé, c'est ben certain. Pis c'est vrai aussi que c'est nos deux noms, à vous pis à moi, qui sont écrits sur les papiers. N'empêche que c'était votre idée.

— Ouais, c'était mon idée... Pis c'est parce que j'ai la tête dure, comme le dit Agnès, si je me suis entêté comme ça. Mais vous admettrez avec moi, Félicité, que c'était une sacrifice de bonne idée ! Parce que la ville, c'est ben beau en hiver, quand tout est à portée de main, pis que j'apprécie aussi les demi-saisons quand on peut prendre des grandes marches sur les trottoirs de la ville, mais quand viennent les canicules d'été, par exemple, c'est l'enfer de se retrouver coincés dans nos appartements !

— C'est vrai que c'est pas mal chaud dans votre logement de la rue Adam. J'ai ben vu ça, il y a deux ans. Mais je dirais que c'est encore pire au troisième étage de la nouvelle maison de Marie-Thérèse pis de Jaquelin. C'est pas mêlant, on étouffe là-dedans comme c'est pas permis, surtout quand il y a pas un poil de vent. Tandis qu'ici...

Tout en parlant, Félicité montrait le paysage devant elle d'un large mouvement du bras. En ce début d'été, la nature était de toute beauté. Les arbres arboraient encore un peu de ce vert pâle printanier, le gros lilas blanc qui poussait tout près de la galerie embaumait de toutes ses lourdes grappes de fleurs, et le fleuve ondulait dans tous les tons de bleu. Suivant des yeux le mouvement du bras de Félicité, Irénée murmura alors :

— Quand je me retrouve ici, Félicité, j'ai dans l'idée que c'est un aperçu du paradis.

Il y avait une pointe d'émotion surprenante dans la voix du vieil homme et ce fut suffisant pour que Félicité en oublie sa contemplation. Elle se tourna vivement vers lui.

— Bonne sainte Anne, Irénée ! Que c'est qui se passe ? Vous avez l'air ben piteux, quasiment triste, tout d'un coup !

Irénée prit bien son temps afin de soupeser la supposition de Félicité. Puis, il esquissa un petit sourire sous sa moustache.

— Je dirais pas ça, déclara-t-il finalement. J'suis pas triste dans le sens d'avoir de la peine. Ça serait ben ingrat de ma part d'entretenir quelque chose d'aussi funeste, juste au moment où je viens de réaliser mon beau rêve. N'empêche...

Bien maladroitement, Irénée posa la main sur le bras de Félicité et le serra avec affection. Bien que surprise par le geste et décontenancée par l'intimité qu'il suggérait, la vieille dame ne chercha pas à se dérober. Jamais elle n'avait senti autant d'abandon chez Irénée Lafrance.

— Vous savez, Félicité, depuis ma maladie, j'ai eu le temps de jongler à ben des choses, confia Irénée, tout en se redressant.

Présentement, il suivait des yeux les vaguelettes mousseuses qui venaient mourir sur la grève, à quelques pas de lui. Un peu plus loin, vers l'est, deux bateaux de pêcheurs flottaient comme des bouchons de liège.

— Avec mon batince de toussage qui veut pas s'en aller, pas besoin d'être sorcier pour comprendre que j'en ai pus pour ben des années.

— Voyons donc, vous! On sait jamais ce qui nous pend au bout du...

— Laissez-moi finir! somma le vieil homme, avec une certaine fébrilité. Pour une fois que j'ai l'impression d'être capable de parler sans m'enfarger dans mes idées, je voudrais ben aller jusqu'au boutte… De toute façon, ça vous donnerait rien de m'ostiner parce que j'ai raison. À cause de nos âges, vous pis moi, on arrive au bout du chemin, c'est clair comme de l'eau de roche. C'est pas juste à cause de ma grippe, si j'ai dit ça… Maudit batince ! J'ai toujours ben fêté mes soixante-dix ans, il y a pas longtemps, non ?

— C'est vrai. Même que votre fille vous a fait un gros gâteau avec des fraises pis de la crème fouettée.

— J'ai trouvé ça fin de sa part, vu que c'est mon gâteau préféré… Pis c'était ben agréable d'avoir toute la famille autour de moi. Avez-vous remarqué comment c'est que Jaquelin est plus d'adon, plus souriant, depuis qu'il est arrivé en ville ? C'est pas mêlant, je reconnais quasiment pus mon garçon ! Sacrifice ! On dirait qu'il a rajeuni. Tout ça pour dire qu'on aurait beau se chamailler jusqu'à demain, on est rendus vieux, vous pis moi. C'est ça qui est ça, pis on pourra rien changer là-dedans. La vie est faite de même depuis toujours : il y a un début, une fin, ben du travail entre les deux, pis c'est pareil pour tout le monde. Mais où je veux en venir, c'est au fait que pour d'aucuns, la perspective de mourir amène ben de la peur pis des questionnements, malgré tout ce que les curés peuvent en dire.

— C'est vrai, approuva spontanément Félicité, interrompant ainsi Irénée. C'est vrai que la mort peut faire peur. À cause de l'inconnu, je pense ben… J'ai jamais vraiment cru à l'image que les curés nous en donnaient, rapport qu'ils l'ont jamais vue, pis…

— Pis rien pantoute, coupa Irénée. Calvaire! Il y a pas personne qui est revenu pour nous en parler, ça fait que ça restera toujours une sorte de mystère pour moi comme pour tout le monde, pis les curés devraient, eux autres avec, s'en tenir à ça, au lieu de nous bourrer le crâne avec des images de Dieu le Père assis sur son nuage, pis de grand banquet pour l'éternité. Pour moi, en tout cas, j'aime mieux rien savoir, pis me faire ma propre idée. C'est à ça que j'ai pensé, durant ma maladie. À ça, pis à ma défunte Thérèse... Savez-vous quoi, Félicité?

— Non, mais je sens que vous allez me le dire, par exemple.

— C'est ça, moquez-vous donc! Mais j'vas quand même ajouter que j'ose espérer qu'on va finir par se retrouver, ma femme pis moi, annonça-t-il avec un trémolo dans la voix. J'y crois dur comme fer! Ça doit jouer ben gros dans le fait que j'ai pus peur pantoute de mourir...

Il y eut alors un court silence, puis, raffermissant sa voix avec une bonne quinte de toux, Irénée poursuivit.

— Je voulais que quelqu'un le sache pour le dire aux autres, le jour où ça va m'arriver. J'suis pas un gros jaseux, vous le savez, mais avec vous, Félicité, une femme de mon âge, je trouve ça plus facile. C'est un peu comme si je discutais avec mon ami Napoléon. Mais quand viendra le temps de parler à ma famille, par exemple, je préférerais que ça soye vous qui le fassiez. Après toute, comme vous l'avez dit tantôt, on partage un brin tout ce beau monde-là, hein ? C'est pour ça que je me suis dit que ça vous dérangerait pas trop de faire cette commission-là pour moi, pis de leur dire que je reste un homme heureux, même mort.

— C'est sûr que je peux faire ça pour vous. Même si j'suis pas pressée que ça arrive.

— Ben là... C'est gentil de dire ça.

— Je dis pas ça pour être fine, je le dis parce que c'est vrai. Jamais j'aurais imaginé penser de même un jour, mais je trouve qu'on s'adonne ben, nos deux, pis ça serait plaisant que ça dure encore un petit boutte.

— Pas de doute là-dessus, qu'on s'entend ben. Je dirais même que je considère ça comme un cadeau, la chance que j'ai de finir mes jours avec une amie comme vous, pas trop loin.

— Finir vos jours ? Faudrait quand même pas exagérer ! Même si on est pus tout jeunes, on se mettra pas à faire le décompte en journées, si vous le permettez ! Je garde l'espoir d'avoir encore un petit bout de chemin à faire avant d'arriver devant saint Pierre.

— J'espère ben !

— Bon, enfin ! Ça, c'est ben parlé ! En attendant, que c'est vous diriez, Irénée, de penser au souper de vendredi ? Faudrait quand même pas oublier qu'Émile pis Lauréanne doivent nous amener Conrad pis Ignace pour passer la fin de semaine avec nous autres, pis qu'on avait parlé de manger toutes ensemble.

— C'est ben vrai !

— Comme vous voyez, c'est pas le temps de penser à mourir ! J'en connais un qui rêve d'aller pêcher avec son grand-père. Un certain Ignace Lafrance... Ça vous dit-tu de quoi, ce nom-là ? C'est depuis qu'il est arrivé à Montréal, le 1er de mai, que le petit sacripant nous casse les oreilles avec ça. Ça serait ben malhabile de votre part de lui faire faux bond, en cassant votre pipe tusuite.

— C'est quand même pas ça que je voulais dire, ronchonna Irénée. Moi avec, j'espère ben avoir du temps devant moi. Dites-vous plutôt que j'ai hâte en sacrifice d'aller sur l'eau avec le petit Ignace... Pis, avec Conrad, comme de raison... À soir, on ira prendre une marche jusque chez Napoléon. Faudrait surtout pas qu'il oublie qu'on va avoir besoin de sa verchère samedi pis dimanche. Surtout que dans le radio, ils ont annoncé pas mal beau pour toute la fin de semaine... Pis, pour le souper, je sais que mon gendre aime ben le jambon. Pensez-vous, Félicité, qu'on pourrait faire cuire ça, icitte, dans notre poêle à bois ? Me semble que ça serait une belle façon de le remercier pour toute le trouble qu'il s'est donné pour un peu tout le monde. De toute façon, j'suis d'accord avec lui pour dire que du jambon avec des patates pilées, c'est vraiment pas pire. Que c'est vous en pensez, vous ?

Au même instant, à Sainte-Adèle-de-la-Merci, Cyrille débarquait de l'autobus, devant le magasin général.

En effet, depuis la fonte des neiges, un service de transport régulier, par autobus, reliait les différents villages de la région avec Trois-Rivières.

— Si vous le permettez, moman, avait-il expliqué à Marie-Thérèse au téléphone, j'en profiterais pour aller faire un tour au village. Ça me permettrait de voir les grands-parents pis la famille de mon oncle Anselme avant d'aller vous rejoindre à Montréal. J'en ai parlé au père Auguste, pis il est d'accord pour garder mon gros coffre pendant une couple de jours, même si moi, je serais pas là. Pis, que c'est vous en dites ?

— C'est vrai que c'est gentil de penser à tes grands-parents pis à la famille de mon frère comme ça… Après tout, pourquoi pas ? Mais juste pour une couple de jours, par exemple. On a toutes ben hâte que tu voyes la nouvelle maison pis l'épicerie.

— Promis, moman. Moi aussi, j'ai hâte de voir tout ça… Samedi prochain, je vous rejoins à Montréal, en autant que mononcle Émile puisse venir me chercher au collège.

— Il devrait pas y avoir de problème. On en a justement parlé hier soir. Émile peut pas prendre congé durant la semaine pour aller te chercher tusuite, mais il nous avait parlé de samedi… Tu vas voir, Cyrille ! C'est ben plaisant de pouvoir se voisiner aussi facilement. Leur maison est juste à cinq menutes d'ici, pis à date, on se voit quasiment tous les jours !

Voilà pourquoi Cyrille était à Sainte-Adèle-de-la-Merci, en cette fin d'après-midi ensoleillé. Les vacances venaient tout juste de commencer pour lui et il en était fort aise, d'autant plus qu'une petite canicule les avait tous fait suer durant les examens. Encore deux années, et Cyrille en aurait fini avec le collège. À moins qu'il ne vise l'université, lequel cas, il devrait faire trois années de plus au collège. À cette pensée, Cyrille esquissa une moue. Même s'il aimait étudier, le jeune homme avait tout de même hâte de passer à autre chose, sans trop savoir pour l'instant ce qu'il aimerait faire comme métier.

Peut-être fermier, comme son oncle Anselme ?

Hier, le cœur en joie, sachant qu'il verrait Judith bientôt, Cyrille avait assisté au départ de ses amis, qu'il avait bien l'intention de visiter durant l'été.

— Avoir une épicerie, c'est pas mal différent qu'avoir une cordonnerie, avait-il expliqué. Maintenant, Agnès pis les plus jeunes peuvent donner un bon coup de main aux parents. Pis paraîtrait-il, en plus, que mon frère Benjamin adore ça. C'est donc dire que j'vas avoir l'occasion de prendre des jours de congé, pis pas mal à part de ça.

— Est-ce que ça veut dire que tu vas venir au chalet de mes parents, cette année ? avait demandé Xavier, avec une pointe d'espoir dans la voix.

— C'est sûr que j'vas trouver du temps pour ça, avait répliqué Cyrille avec assurance. Pis toi avec, Fulbert, j'aimerais ça te voir, durant l'été.

— Je comprends donc ! Le contraire m'insulterait, vu que tu demeures à Montréal, maintenant. De mon bord, parce que mon père te connaît, ça devrait pas être trop compliqué d'arranger ça. Ça serait pas mal le *fun* de plus être tout seul à faire des paniers dans la cour. Pis tu pourras inviter ta sœur, des fois qu'elle aurait rien à faire. Je l'ai trouvée pas pire, pour une fille, la fois qu'on est allés au cinéma ensemble.

À ces mots, Cyrille avait esquissé un sourire moqueur.

— Ah ouais? Comme ça, tu trouves ma sœur pas pire?

— Ouais, pis? C'est pas comme si j'en avais tout plein à la maison... Pars surtout pas des rumeurs là-dessus!

Les trois garçons s'étaient quittés en riant.

Cyrille avait décidé de se rendre d'abord chez ses grands-parents Gagnon. Il passerait même la soirée avec eux, avant de dormir là. Il se doutait bien que sa grand-mère l'inviterait. Mais demain, par contre, dès le déjeuner terminé, il avait bien l'intention de se poster près du couvent pour saluer Judith avant le début des cours. Ensuite, il se rendrait chez son oncle pour attendre le retour de sa cousine. L'oncle Anselme avait peut-être besoin d'un peu d'aide. Après tout, le temps des foins était commencé.

Tout au long de la route, Cyrille avait échafaudé des projets, pour ces quelques jours passés au village et même pour tout l'été. Il s'était dit qu'avec un peu de chance, sa tante Géraldine le garderait à souper et qu'il pourrait même passer la nuit chez eux, au grenier, dans son ancienne chambre. Puis, vendredi, il reprendrait l'autobus pour retourner à Trois-Rivières, où il attendrait l'oncle Émile. Il avait hâte de voir l'épicerie que sa mère lui avait longuement décrite dans sa dernière lettre. « Ton père est plus le même homme, tu sauras. J'ai vraiment l'impression qu'il est heureux ici. D'autant plus que Lauréanne, Émile et le beau-père viennent faire leur tour régulièrement. D'ici à quelques jours, les tablettes devraient être toutes ben remplies. Les voisins ont commencé à venir se présenter à nous. Tout le monde a l'air content de savoir que l'épicerie va enfin rouvrir. C'est de bon augure ! On a hâte de te voir, mon grand, pis de te montrer tout ça. »

Cyrille aussi avait hâte de découvrir la nouvelle maison et le chalet de son grand-père, bien entendu. En fait, il ne voyait que du bon temps, devant lui, et il prit la route menant chez ses grands-parents en sifflotant. Heureusement, il n'avait pas à passer devant la cordonnerie. Demain, peut-être, après avoir vu Judith...

La soirée fut agréable et, comme il l'avait escompté, ses grands-parents le gardèrent à coucher.

Au réveil, le ciel était gris et l'atmosphère, lourde d'humidité. L'orage ne devrait tarder. Cyrille en fut déçu. Il aurait bien aimé faire les foins en compagnie de son oncle Anselme, avec qui il s'entendait particulièrement bien. Le temps de faire la route en direction du village, Cyrille se promit que ça ne serait que partie remise. L'été ne faisait que commencer et il y avait tant à faire sur la ferme de son oncle.

Peut-être pourrait-il revenir l'aider durant quelques semaines, au gros de la saison ?

Ce fut donc la tête remplie de projets que Cyrille fit le chemin entre la maison de ses grands-parents et le cœur du village.

— Pis tu reviens quand tu veux, lui avait proposé son grand-père Gagnon, ce matin au déjeuner.

— C'est sûr que j'vas revenir, grand-popa. C'est pas parce que mes parents ont choisi d'aller vivre en ville que moi, j'suis obligé de partager leur idée.

— Que c'est que tu cherches à dire, le jeune ?

— Rien de plus que ce que j'ai dit ! Moi, je préfère la campagne... Mais comme c'est pas pour tusuite que j'vas m'installer dans la vie... On en reparlera plus tard, parce que j'ai ben l'intention de passer les deux prochaines années au collège. D'autant plus que si jamais monsieur le curé décidait de pus payer pour moi, parce qu'on reste pus au village, mon parrain est prêt à nous aider, au besoin.

— T'as ben raison de penser de même, mon jeune. Les études, c'est ben important, de nos jours. Plus que dans mon temps !

Cyrille avait donc quitté ses grands-parents en réitérant sa promesse de revenir dans le courant de l'été.

Quand Cyrille décida de s'arrêter, à quelques pas du couvent, il ne put faire autrement que d'apercevoir la maison de ses parents du coin de l'œil. Il eut alors un petit serrement de cœur. C'était tout de même une belle grande maison. Malgré l'envie de s'établir en ville, ses parents avaient dû avoir le cœur gros de la quitter.

Si jamais il avait apprécié le métier de cordonnier, ses parents seraient-ils partis comme ils venaient de le faire ?

Cyrille préféra ne pas apporter de réponse à cette question. Il y avait trop d'éléments dans l'équation, à commencer par son grand-père Lafrance, qui n'avait pas du tout semblé incommodé par cette vente. C'était à n'y rien comprendre !

Cyrille fut cependant heureux de voir que les nouveaux propriétaires avaient gardé l'ancienne pancarte, où le nom des *Lafrance* apparaissait en lettres d'or. Cyrille se promit de le dire à son père et à son grand-père. Ça devrait leur faire plaisir.

Puis, une cacophonie de voix féminines lui fit oublier la cordonnerie. Il détourna la tête et son cœur se mit à battre comme un fou, dès qu'il vit Judith.

Depuis les vacances de Noël, sa cousine avait beaucoup changé et, aujourd'hui, c'était une jeune femme qu'il voyait marcher d'un pas sautillant avec ses amies. L'envie de la tenir tout contre lui fut si intense qu'il en trembla.

Cyrille la regarda un moment, le cœur gonflé d'amour, puis il leva le bras pour attirer leur attention.

Ce fut Judith qui l'aperçut en premier, et le geste de Cyrille se fit alors plus large, plus fébrile. Cependant, au lieu de se précipiter vers lui, comme il l'avait espéré, Judith s'arrêta brusquement, pour le fixer, sourcils froncés.

Décontenancé, Cyrille baissa lentement son bras.

Curieusement, sa cousine n'avait pas l'air heureuse de le revoir. Il la vit se pencher vers l'une de ses amies pour lui chuchoter quelque chose à l'oreille, puis elle se dirigea vers lui à pas lents. Elle s'arrêta à quelques pas de lui, comme si elle était gênée de se retrouver en sa présence.

— Salut, Cyrille… Que c'est tu fais ici ?

— Une petite visite ! J'ai dormi chez nos grands-parents Gagnon, hier, pis à matin, j'avais envie de te voir.

— Ah bon… Je… Moi aussi, j'suis contente de te voir.

Le ton manquait d'enthousiasme.

— Ah oui ? C'est drôle mais on dirait pas.

— Pourquoi tu dis ça ?

— D'habitude, quand tu me vois, tes yeux sont toutes brillants, tellement t'es contente. Pas à matin.

— Ça change rien au fait que je suis contente… C'est peut-être juste à cause de la surprise, ou du fait qu'on est au beau milieu de la rue ou presque. Je voudrais pas…

Judith se tut brusquement, toute rougissante.

Visiblement, la jeune fille était mal à l'aise. Elle triturait la courroie de son sac d'école en jetant de fréquents regards autour d'elle. Ses amies s'étaient rassemblées devant le couvent et elles semblaient l'attendre. Cyrille tenta de la réconforter.

— C'est vrai que tout le monde peut nous voir, mais on s'en fiche un peu, non ? On fait rien de mal, pis on a pus douze ans... Si tu veux, je peux aller t'attendre chez tes parents pis...

— Non ! Surtout pas...

À ces mots, Cyrille fronça les sourcils.

— Ben là... Je comprends pas, Judith... Depuis quand je peux pus aller chez vous ?

— C'est pas ça... Pas vraiment.

— Ben voyons donc ! Explique-toi !

Cyrille avait la brutale sensation d'être en train de se battre pour garder quelque chose qu'il n'avait pas encore. Il en était presque étourdi. Que se passait-il pour que Judith ait l'air à ce point malheureuse ?

Cyrille prit une profonde inspiration, à court de mots. Comment avait-il pu dire à son grand-père Gagnon qu'il ne voyait pas encore nettement ce qu'il voulait faire de son avenir ? Bien sûr qu'il le savait, depuis des années déjà. Il espérait cultiver la terre aux côtés de son oncle Anselme et se marier avec Judith. Pourquoi, en ce moment, avait-il l'impression de tout échapper dans un grand fracas de désespoir ?

Les yeux de Cyrille s'emplirent de larmes, bien malgré lui.

— Si ton sentiment pour moi a changé, arriva-t-il à prononcer d'une voix enrouée, il faut le dire clairement, parce que moi, je...

— C'est pas ça, Cyrille. Pas ça pantoute...

Judith était nerveuse et parlait d'une voix hachurée.

— Je voudrais donc pas que tu t'imagines que... C'est ma mère, Cyrille ! C'est ma mère qui veut que je… qui voudrait qu'on… Non, j'suis pas capable. Je peux pas parler de ça en vitesse, comme ça, au beau milieu du village…

— Après l'école, d'abord ?

— Oui… Oui, c'est ça, après l'école… C'est ma dernière journée, tu sais. La dernière journée de ma vie que j'vas à l'école. Te rends-tu compte ? Je devrais avoir fini vers onze heures.

— Crains pas, j'vas t'attendre… Sur le bord de la rivière, à la petite plage où on a l'habitude d'aller quand il fait trop chaud. Comme ça, on va être tranquilles.

Judith leva machinalement les yeux vers le ciel menaçant.

— Pis s'il se met à pleuvoir ?

— Tant pis ! C'est là que j'vas être, beau temps, mauvais temps.

— D'accord.

Judith esquissa un petit sourire.

— J'vas aller te rejoindre dès que j'vas pouvoir, promit-elle en secouant ses boucles rousses avec détermination… Beau temps, mauvais temps.

Puis Judith se mit à reculer sans quitter Cyrille des yeux, tandis que la cloche du couvent sonnait à toute volée pour annoncer le début des classes. Les deux jeunes gens se dévoraient du regard.

— Je tiens à toi, Cyrille, avoua Judith, les yeux soudainement pleins d'eau. Ben gros. Faut que tu le saches pis que t'en doutes jamais. C'est juste ma mère qui voit pas les choses comme moi.

— Pourquoi ?

— C'est ça que j'vas t'expliquer tantôt.

— Dans ce cas-là, j'vas t'attendre avec impatience, Judith. Promis ! Tout le temps qu'il faudra. Tu vas voir ! À nous deux, on va trouver une solution, parce que je t'aime, pis qu'il y a rien ni personne qui vont venir défaire ça.

Le grand mot était dit ! Je t'aime...

— Moi aussi, je t'aime, Cyrille, pis c'est pas vrai que ma mère va décider de ma vie à ma place. À tantôt.

— À tantôt, Judith.

Et tandis qu'il regardait la jeune femme qu'il aimait s'éloigner de lui en courant, Cyrille Lafrance se sentit pousser des ailes. Il était le plus heureux des hommes, parce que, pour une première fois, Judith Gagnon avait dit clairement qu'elle l'aimait.

Pour défendre son bonheur, Cyrille était prêt à soulever des montagnes.

Quand le jeune homme arriva enfin à la rivière, le ciel était de plus en plus lourd, mais il ne pleuvait toujours pas. Cyrille y vit un signe favorable et il déposa son sac à dos sur le sol sablonneux.

Devant lui, le courant de la rivière qui descendait jusqu'au moulin à scie était fort, bouillonnant. Cyrille se laissa tomber sur la petite plage fréquentée par tous les jeunes du village, dès que l'eau s'était un peu réchauffée.

Puis il repensa à ce que Judith lui avait dit. Elle devait exagérer. Après tout, sa tante l'avait toujours bien aimé, et son oncle aussi. Ça ne devait être qu'un simple malentendu. Ce soir, ils souperaient tous ensemble et ils en riraient.

Rasséréné, Cyrille ouvrit son sac. Il y trouva la pomme que sa grand-mère y avait glissée, plus tôt ce matin, et le livre qu'il avait emporté dans l'autobus pour tuer le temps.

L'instant d'après, Cyrille Lafrance avait quitté Sainte-Adèle-de-la-Merci. En pensée, il avait rejoint *Les Trois Mousquetaires* d'Alexandre Dumas, et, à moins d'un orage, il resterait avec eux jusqu'à l'arrivée de sa cousine…

FIN

NOTE DE L'AUTEUR

Il y a souvent, dans la vie, de ces circonstances, de ces événements qui nous semblent inachevés. Une rencontre que l'on espérait ardemment et qui n'a pas eu lieu ; une parole qu'on aurait tant voulu dire, mais que, par gêne ou par timidité, on a retenue ; une réplique cinglante qui aurait été fort à propos, mais qui, malheureusement, nous est venue trop tard à l'esprit... Il y a même eu une symphonie inachevée, c'est donc vous dire...

Il m'arrive parfois de penser à ce que ma vie aurait été si...

Si j'avais vécu ailleurs ; si j'avais finalement fait ce cours dont je rêvais ; si j'avais eu l'audace de faire les premiers pas ; si...

Il y en a beaucoup de « si » dans une vie, n'est-ce pas ?

Mais à quoi bon entretenir des regrets, puisque le temps passant inexorablement, ils deviennent inutiles. Personne ne peut revenir en arrière, ni vous, ni moi... De toute façon, agir autrement aurait-il vraiment changé les choses ? Nous ne le saurons jamais. Puis, à l'âge où je suis rendue, je suis consciente que la vie passe vite, très vite. Alors, s'apitoyer sur un passé qui nous a parfois déçus serait une vraie perte de temps, comme l'aurait sans doute dit notre bon Célestin de la série *Les Héritiers du fleuve*. Que l'on ait vingt, quarante ou soixante ans, il faut donc foncer droit devant et profiter de chaque instant pour faire en sorte que ce que l'on possède devienne exactement ce que l'on souhaitait.

Voilà ce que mes 65 ans m'ont apporté: un tout petit peu de cette sagesse qui vient avec l'âge. Ne me reste plus qu'à espérer que les années à venir soient aussi belles et gratifiantes que possible. Et pour ce faire, je vais continuer à écrire, car j'ai ce privilège d'être comblée par un travail qui est aussi une passion. Ma plus belle passion. Après mes enfants, bien entendu.

Si vous lisez ces quelques lignes, c'est que, tout comme moi, vous venez de quitter Cyrille, Félicité, Irénée et tous les autres. Je sais qu'ils ont encore bien des choses à me raconter et n'ayez crainte, je vais rester à leur écoute. Mais en attendant qu'ils se manifestent à moi, j'ai décidé de tendre l'oreille à Marion. Elle est toute jeune, cette Marion. À peine treize ans. Cependant, elle travaille déjà. Chez les Jordan, une famille à l'aise qui vit à Terrebonne en 1926. Toutefois, ne cherchez pas inutilement à retrouver cette famille Jordan. Elle a vraiment existé, mais les Jordan avaient déménagé depuis belle lurette au moment où je situe l'histoire. Je n'ai fait qu'emprunter le nom et la fortune de Jacob Jordan pour y greffer mon histoire. Par contre, mon Jordan à moi s'appellera Philip. Voilà... Je vous convie donc à me suivre dans cet univers particulier, où deux classes de la société se côtoient au quotidien sans pour autant appartenir au même monde. Les maîtres et les valets, comme le disait si bien une vieille série anglaise. Et qui sait? Les Lafrance viendront peut-être y glisser leur petit grain de sel? Allez, je vous laisse ici! Marion est déjà dans mon bureau et, de toute évidence, elle attend après moi.

LE MOT DE L'ÉDITRICE

Chers lecteurs,
Vous venez de terminer la série *Une simple histoire d'amour* qui mettait en vedette le destin tumultueux de la famille Lafrance. Si vous êtes comme moi, vous avez sans doute le cœur gros de quitter ces êtres de papier, fictifs, mais que son auteur a su nous rendre si vivants, si attachants. Mais si ça peut vous rassurer, Louise Tremblay d'Essiambre travaille déjà sur un nouveau projet qui sera, mine de rien, le 45e titre de sa prolifique carrière ! Ouf ! Que d'heures passées à son clavier pour nous concocter des histoires inoubliables !

C'est un immense privilège de pouvoir travailler à ses côtés pour vous livrer saison après saison, de nouvelles aventures. Sa sensibilité à fleur de peau la sert bien, car elle accorde beaucoup d'importance aux émotions, aux tourments intérieurs et aux dilemmes moraux. Comme une comédienne, elle est capable de « se mettre dans la peau » de tous ses personnages qu'ils soient hommes, femmes, enfants, aînés et ce, peu importe l'époque et le cadre où se situent l'action. Ne dit-on pas que le sentiment humain est ce qu'il y a de plus universel ?

Le savoir-faire de Louise Tremblay d'Essiambre réside aussi dans sa capacité à donner une voix à ceux qui sont en marge des livres d'histoire. Ces héros du quotidien qui n'aspirent qu'à mener une vie au meilleur de leurs capacités et selon le respect de leurs valeurs. Mais on le sait, « la vie n'est pas un long fleuve tranquille... » et l'auteur sait se mettre à l'écoute de ses personnages et les laisser se confier à elle. Comme elle se plaît à le dire dans ses conférences, elle ne joue jamais à « Dieu le père » avec eux. Ça, non ! Ce sont plutôt eux qui lui dictent la prochaine scène à écrire... Rien n'est donc forcé, tout est intuitif et coule de source. Bref, Louise Tremblay d'Essiambre c'est un talent pur doublé d'une travailleuse acharnée. Jugez par vous-mêmes : 44 publications en 34 ans dans les sentiers de la création !

C'est pourquoi je veux lui rendre hommage par l'entremise de ce petit mot glissé à son insu dans son roman. Je l'entends déjà ronchonner un peu :

— Bien voyons donc ! Veux-tu bien me dire...

Chère Louise,

Merci de créer tous ces personnages qu'on voudrait bien adopter. À travers leurs histoires, tu nous apprends à voir la vie différemment avec son lot de doutes, de non-dits, de joies, de peines et d'espoirs. Tu maîtrises l'art de nous faire passer par toute la gamme des émotions, mais surtout, tu nous offres des heures de lecture mémorables! Encore une fois, merci!

Maintenant, en route vers le 50e titre!

En toute amitié,
Isabelle Longpré
Éditrice